BAJIN WENXUEYUAN

故事或现实

蒋林 著

四川文艺出版社

图书在版编目（CIP）数据

故事或现实 / 蒋林著. — 2版. — 成都：四川文
艺出版社，2019.4
ISBN 978-7-5411-5289-4

Ⅰ.①故… Ⅱ.①蒋… Ⅲ.①中篇小说—小说集—中
国—当代②短篇小说—小说集—中国—当代 Ⅳ.
①I247.7

中国版本图书馆CIP数据核字（2019）第038271号

GUSHI HUO XIANSHI

故事或现实

蒋 林 著

责任编辑　梁康伟　孙学良
封面设计　叶　茂
内文设计　史小燕
责任校对　文　诺

出版发行　四川文艺出版社（成都市槐树街2号）
网　　址　www.scwys.com
电　　话　028-86259285（发行部）　028-86259303（编辑部）
传　　真　028-86259306

邮购地址　成都市槐树街2号四川文艺出版社邮购部　610031
印　　刷　三河市华东印刷有限公司
成品尺寸　145mm×210mm　　　开　本　32开
印　　张　8.5　　　　　　　　字　数　190千
版　　次　2019年4月第二版　　印　次　2020年4月第二次印刷
书　　号　ISBN 978-7-5411-5289-4
定　　价　38.00元

故事或现实

目录

孤山回响

1

冬日的细雨绵长得像一场没完没了的抽泣，雨丝中夹杂着冰冷的惆怅。头发蓬乱的黄松穿着肥硕而陈旧的棉衣，从检票口逆流而上。尽管他客气地对每一个人说"请让一让，谢谢"，但还是没人让他半分。拥挤的过道里，男男女女都一脸疲惫地往前挤，担心错过远行的列车。用了七八分钟，黄松才艰难地从人群中逃离。十五年过去，他不知道回家的列车已经改在另一个车站。十三年前，黄松曾经故意放慢脚步，等待回家那趟列车在轰鸣的汽笛声中远去。当"您乘坐的列车已经停止检票"的声音传来时，他长出一口气，在车站广场兜一圈后又默默离开。现在，归心似箭的黄松却无法从这个车站顺利抵达故乡。

九年前，这个城市修了一个新车站。

黄松从车站广场一路小跑来到街上，手里的车票被捏得皱皱巴巴。一辆出租车疾驰而来，他使劲地挥舞着手臂，生怕司机看不见。跳上车后，他对那个络腮胡司机说，师傅请开快点，否则我就赶不上回家的火车了。司机看都没看黄松，对着对讲机吼了一句："看样子这天是要下雪咯。"黄松扭头看了看窗外，觉得这不像是要下雪的天。不过，他也不知道城里下雪到底是什么样子。关于雪的记忆，黄松记得的还是站在故乡的山顶眺望天地之间的一片苍茫。

出租车的速度不慢，但黄松总觉得还可以更快。离家十五年来，现在的黄松比任何时候都想回到故乡的老屋。这种情绪来自前几天获知的消息。一个星期前，社区民警在登记外来人口时发现黄松没有身份证，便敦促身份证丢失已经半年的他补办。黄松不想回到在记忆中空缺十五年的故乡，但他又与那个凋敝的村庄切断了所有联系。他想把资料寄回老家找人补办，却苦于找不到一个熟悉的人。后来，在民警的帮助下，他终于查到村支部书记的办公电话。这个电话让黄松刹那间被悲伤和绝望笼罩，也让他想马上要回到曾经生活了十七年的山村。村支部书记还记得黄松，电话一接通他便急吼吼地问："你还活着呀？"

黄松"嗯"了一声。

"我们都以为你死了呢。"

黄松没吱声。

"你爸十年前就被你气死啦。"

黄松差点哭出来："你说什么？"

"你妈三年前也被你气得瘫在床上啦。"

黄松一愣，号啕大哭。

"全村人都以为你死了，没想到你真的还活着。"

村支部书记还想说什么，但被黄松鲁莽地挂断了。在寒风凛冽的街头，他不顾周围往来的人群，肆无忌惮地仰天长啸。半晌，他突然收住哭声，然后是一长串令人窒息的沉默，仿佛整个城市都停止了呼吸。那天接下来的时间，黄松在漂泊了十五年的城市茫然地行走。他有点不相信自己的耳朵，但村支部书记的话不断地在耳边回响。当天晚上，黄松买了一张回家的车票。

二十五分钟后，出租车顺利从一个车站到达另一个车站。拉开车门后，黄松捂着胸口一路狂奔，最后一个冲过检票口，风一般跳上即将关门的火车。上车后，他还没有找到自己的位置，火车便在汽笛声中缓缓前行。用了好几分钟，黄松才疲倦地在第八排第六号坐下来，争分夺秒带来的紧张情绪慢慢平静。

车厢里人头攒动，各种声音汇聚在一起，形成一个巨大而密闭的噪音储藏室。黄松旁边坐着一对中年夫妇，看样子与对面的两女一男认识。他们叽叽喳喳地聊着天，好像在说老家村子里的一桩见不得人的风流韵事。听了半天，黄松才明白他们说的是某家女孩未婚先孕，举办婚礼当天因为挺着大肚皮不好意思见人，其父便让儿媳妇代替女儿完成仪式，结果儿媳妇与未来女婿情投意合假戏真做，一桩喜事变成一场闹剧。在五个人嘎嘎的笑声中，黄松成了一座孤岛，木然地坐着。他觉得这个故事似曾相识，好像就发生在十五年前自己生活的那个村子里。

火车已经驶离市区，窗外是萧瑟的田野。干枯的树木，刚从褐色泥土中冒出的麦苗，泛黄的枯草。风一吹过，漫山遍野都飘飘忽忽。一切都很熟悉，一切都很陌生。偶尔有座孤零零的小山一晃而过，引得黄松扭头瞩目，直到它在轰隆隆的车声中消失。不知道从什么时候开始，天空中开始飘舞着雪花。黄松的思绪一下便回到十五年前，想起那个大雪封山的夜晚。那场大雪的记忆让他终生难忘。埋藏在心底的往事一层层泛起，泪水在黄松的眼眶里慢慢沉积，最终顺着脸颊默默滑下来。

2

十五年后，黄松孤独地坐在回家的列车上，脑子里全是十五年前逃离故土的记忆。那时候，他才十七岁，在镇中学读高中二年级，成绩谈不上好但也不差。尽管整个冬季都被阴冷笼罩，但是千禧年即将到来的喜悦依然让村子里的年轻人欢呼雀跃。从天南地北打工回来的年轻人，光鲜亮丽地走家串户，吸引了众人的目光。人们谈论得最多的是谁家的儿媳妇漂亮，谁家的女孩找了个长得帅气又有钱的男朋友。孤独的黄松看着这一切，就像在看冗长而乏味的电视剧。

腊月二十三那天，几个在外打工的老同学约黄松在镇上的小酒馆里过小年。他本来不想去，但待在家里又十分无聊。参加聚会的有刚刚辍学打工半年的张晓波、初中二年级就开始跑江湖的陈正涛和在广州一家电子厂当领班的王科，他们穿着笔挺的西装和光亮的皮鞋，搂着花枝招展的女朋友在黄松面前谈笑风生。刚坐下来，黄松就感到氛围不对，全身上下不舒服。他们一个劲儿地聊外面的花花世界，不再关心读书的事，甚至只字不提童年那些令人回味无穷的往事。每隔几分钟，他们都会与自己的女朋友旁若无人地做出亲昵的动作，让黄松感到十分尴尬和刺眼。

张晓波、陈正涛和王科口若悬河地吹嘘大城市里的美好生活，体面的工作、高额的收入、在KTV唱歌的痛快和刺激。王科刚说到泡妞的事情，他的脸就被身边的女朋友掐了一把，这个话题便在哄笑中结束，然后举杯喝酒。聚会的前半段，黄松坚决拒绝喝酒。但是，当同学们的夸夸其谈让他越来越感到烦躁时，不知道在谁的怂恿下他悄然地喝起来。后来，当他醉醺醺地往家赶时，才恍惚想起第一口酒下肚的苦涩和灼热。

参加聚会前，父母对黄松千叮万嘱，不准喝酒抽烟，天黑前一定要回家。但是，他直到晚上九点才醉醺醺地往家走。乡村的冬夜弥漫着雾气，零零星星的犬吠从黑咕隆咚的山坳传来。黄松拨开在冷风中飘绕的迷雾，摇摇晃晃地走着。一个多小时后，他才气喘吁吁地站在院子门口。熟睡的老狗只哼哼了一声，便对着黄松欢快地摇着尾巴。他拍了拍它的脑袋，蹑手蹑脚地钻进屋子。父母的屋子里还亮着灯，他不敢惊动他们。

躺在床上，黄松全身酸软头痛欲裂。

这个夜晚的相聚，给黄松的内心造成了极大的冲击。这种冲击不是来自三位老同学描绘的花花世界和炫耀的西装、皮鞋和手表，而是他们对读书的贬损。在杯盘狼藉时，黄松听见王科说："读那么多书有什么用，我们车间有五六个大学生，都被我管得服服帖帖。"

已经成为装修公司项目经理的陈正涛接话说："我初中都没读完，依然能当上项目经理。"然后，他又对张晓波说，"你千万别以为自己是辍学的打工仔，外面的世界不认这一套，只要努力就有大把机会。"

张晓波嗫嚅道："这几年大城市里的确是天地广路子宽，只要努力干都会出人头地。"

黄松没说话，端起酒杯一饮而尽。一股强烈的灼烧感从喉咙蔓延到胃里，呛得他咳嗽咳得后脖根子上青筋暴起。

夜越来越深越来越静，仿佛整个村子只有黄松一个人。虽然他双眼紧闭，但是翻来覆去都睡不着，脑子里全是几个小时前在小镇酒馆里的场景。他努力抑制自己，不去臆想大城市的美好生活和困顿的前途。在昏昏沉沉中，他开始无聊地对比三个老同学的女朋友，她们的头发、眉毛、眼睛、鼻子、嘴唇，以及各种各样的表情，像照片那样一张张闪过。最终，黄松还是觉得王科的女朋友最漂亮，不仅脸蛋好看，性感的身材也在他的脑海里挥之不去。但是，当他第二天早上醒来时，又开始纠结人生选择的难题。

三位老同学关于读书无用的言论在黄松心里形成的影响越来越强烈，如一颗石头砸进平静的湖面，让他不得不直面山村的凋敝和家庭的困境。这个偏远的村子，教育十分落后，几十年没有出一个大学生。当黄松考上高中后，羡慕的声音中不乏冷嘲热讽，大部分人认为没有必要读高中，因为终归考不上大学。虽然黄松的父母为儿子的成绩感到骄傲，但是他们心中有数，儿子上大学的机会十分渺茫。从高一下学期开始，周末回家后，黄松偶尔能听到爸爸妈妈悄然地谈起家庭窘迫的经济状况。黄松明白，自己读书给家庭带来了经济压力。这些年来，靠卖猪肉、花生、小麦和大米获得的微薄收入，仅仅能维持一家人的生活和黄松的学费。当那些孩子没有读书的家庭靠着儿女在外挣钱修建起二层楼房时，黄松一家人还住在低矮的土坯房里。以前，黄松对于这些仅仅是看在眼里，昨天晚上聚会回来后便堵塞在心底。他开始思考是否真的有必要通过读书改变自己的命运，或许外出闯荡也是一条出路。

这个念头就像潮湿而凛冽的空气那般缠绕着黄松，使得他骨髓里都渗着焦躁的寒意。气温越来越低，山风如刀般削在每一个人的脸上，天空似乎在酝酿一场大雪，小小的村子完全被阴沉套住。迷茫的黄松完全没有心思学习，每天在荒芜的田野上走来走去。羊肠小路纵横交错，弯弯曲曲地交织着，勾勒出一种奇怪的图形。他埋着头，仿佛在循着地图的指引寻找某种改变命运的宝藏。

第三天，黄松打定主意放弃读书；第七天，他决定悄然出逃，不告诉任何人。

大年三十，蓄谋已久的雪终于落下。早上起床后，雪花便在空中恣意飞扬，安静地落在黄色的泥土和干枯的树枝上。这场雪来得看似在情理之中，但又有点令人措手不及。吃过午饭，整个村子就完全被积雪覆盖，四顾之下一片刺眼的白色。从下午一两点开始，家家户户都开始准备年夜饭，被积雪包围的烟囱里冒着缕缕炊烟。父母忙着准备饭菜、打理清洁，黄松心不在焉地坐在屋子里，脑子里想着什么时候离家以及到底去哪里。他就像一只关在笼子里的鸟儿，每天都想飞出牢笼，但是真正把门打开后，广阔的天空又让他不知何去何从。

暮色慢慢降下，鞭炮声零零星星地响起。黄松从遐思中回到现实，仿佛听见有人扯着嗓子眼说"瑞雪兆丰年，明年挣大钱"。他打了一个冰冷而疲倦的哈欠，确定刚才那个大嗓门就是住在村子东头的王科。他磨磨蹭蹭地来到堂屋，桌子上摆满了好吃的饭菜。爷爷奶奶和二伯一家都坐在桌子上，他们热情洋溢地招呼着黄松，叮嘱他过年就不要学习了，一年之中总要休息几天。黄松木讷地笑了笑，呆呆地坐着。父亲在院子里摆弄鞭炮。一连串噼噼啪啪的鞭炮声后，全家人开始了这顿年年岁岁都雷同的年夜饭。每个人都感到欢欣，说了很多笨拙而真诚的祝福，唯独黄松沉默着扒拉饭菜。

吃过晚饭，屋子又安静下来。爸爸妈妈盯着那台陈旧的电视机，看着淡如白水的联欢晚会。黄松沉闷地坐在卧室里，外面此起彼伏的鞭炮声敲打着窗户，搅扰得他心神不宁。突然，他想出去走走。

大年三十晚上，白雪封山，夜色如水。黄松推门而出，沿着院子外的小路缓缓走着，脚下发出嘎吱嘎吱的声响。积雪很厚，一脚踩不到底。自由延展的乡村小道，牵引着这个迷茫的小伙子走向不知名的方向。黄松边走边想，自己到底应该去哪里才能闯出一番天地，像张晓波、陈正涛和王科那样成为大家羡慕的对象。

半个小时后，黄松不知不觉地爬上村子的后山。这是村子里最高的山，仿佛一座沉静的人物雕像，宽厚的肩膀上耸着一颗硕大的脑袋。村里人喜欢把那颗脑袋形容为凳子，闲暇时喜欢爬上这个巨大的凳子眺望远方。这个白雪皑皑的夜晚，黄松踏着鞭炮声来到凳子上。放眼望去一片苍茫。不过，在混沌之中，黄松的心里却是一片清朗。他终于明白自己将要去向何方，北京成为最好的选择。

村子里的年轻人，大多数都在工厂密集的南方打工，从未听说有人在北京。黄松不想去南方，他不想重复别人的道路，他不想在陌生的城市遇见熟悉的人。所以，他希望到北京闯荡，到经常在电视上看见的大城市追逐自己的梦想。然后，他张开双臂紧握拳头，朝着朦胧的远方大声呼喊："北京，我来啦。"

声音穿越苍茫的夜色，一缕一缕飘向远方。

从山顶回到家后，黄松还没来得及关好门窗，便听见了密集的鞭炮声。他知道现在时间是十二点，新的一年已经来到。每年春节，十二点时村子里就会沸腾起来，鞭炮声仿佛要将盖在村子上面的天空炸开。黄松站在窗前，透过锈迹斑斑的铁栏杆看着天空中闪烁的火花，心里荡漾起一股暖流。

3

火车像一头眼神浑浊的老黄牛那样不知疲倦地奔跑，累得大口大口地喘白气。黄松趴在桌子上睡了一觉，醒来时外面的雪花早已不见踪影，但依然是一片冬日的萧瑟。他问了旁边那个神色倦怠的男人，才知道火车刚过南阳。黄松半天都没有估算出南阳到家还有多少公里，但他明白现在只走了一半路程。

回家路很漫长，就像当初离家的路一样。

千禧年第一天，黄松在凌晨离开了万籁俱寂的山村，一步步走向远方。他背着简单的行囊，摸了摸安睡在院子里的老黄狗，头也不回地走了。黄松没有向任何人告别，因为他无法忍受分离带来的哭泣和泪水。但是，他不知道雪地里深深的脚印会给含辛茹苦的父母留下多少伤痛。来到小镇车站后才深夜两点半，唯一一趟开往县城的汽车六点才出发。雪已经停了，但风吹在脸上好像可以刮去一层皮。黄松安静地蹲在路边，心里一直在规划自己的未来。三个半小时里，他给自己制订了严苛的计划，如果混不出名堂，这辈子坚决不回家。在黄松的眼里，出人头地的标准就是像王科那样在工厂里当个小领导，或者像陈正涛那样当个包工头，回家过年时穿着时髦的衣服、带着漂亮的老婆。

从小镇到县城，然后转车到市里，第二天傍晚时分黄松才买到前往北京的火车票。正月初四那天，他终于筋疲力尽地来到梦寐以求的北京。不过，从双脚落在偌大的城市那一刻起，彷徨便围绕在黄松身上。他分不清东南西北，找不到地铁出口在哪里。没有像样的学历，没有谋生的手艺，黄松像只迷路的蚂蚁在高楼大厦之间徘徊。他不知道自己该做什么，但明白开弓没有回头箭，即便头破血流也只有一路向前。

两个星期之后，当身上仅有的几百元钱差不多快用完时，走投无路的黄松只得选择在一家餐馆打杂。这家藏身在小巷子里的餐馆不大，吃饭的人基本上是漂泊在北京的外来务工者。虽然那条悠长的巷子总是遍地垃圾，但是餐馆的内部环境还不错。老板是河南人，五年来一直靠着餐馆养家糊口。他对机灵、勤快的黄松很满意，发工资时总是背着其他员工悄悄多给两百元。

安定下来后，黄松曾想过给爸爸妈妈打个电话。不过，思来想去后还是无奈地放弃。他能猜到电话打通后对话的内容和结果，他们无非是苦口婆心地劝自己回家读书，然后因为意见不统一而争吵。黄松不想听见父亲的咆哮和母亲的哭泣，因为自己内心早已断了继续读书的念想，一心只想混出个样子来。接下来的几个月里，他多次拿起电话又放下，矛盾一直持续到春节。

春节前两个星期左右，餐馆的生意便冷淡下来。腊月二十六那天，老板带着妻儿回老家后，餐馆便正式停止营业。发过年钱时，老板特意多给黄松发了八百元，叮嘱他给父母买点礼物。接过钱时，黄松默默地点了点头，没有告诉老板今年过年自己不回家。他觉得自己的工作不如王科那样体面，收入也没有陈正涛那样多。是否回家过年成为黄松年前最痛苦的思考，最终还是决定明年再回。

2001年的春节黄松过得孤零与落寞，独自一人窝在出租屋里看电视，看到腰酸背痛眼冒金星后就在大街小巷里穿梭。拥堵与嘈杂的城市，似乎一夜之间变得空荡荡的。一路走过去，车稀人少，店铺大多关门歇业。这让忙碌了一整年的黄松极不习惯。在一条幽深的巷子里，黄松看见一条黄狗夹着尾巴慢悠悠地走着，蓦然想起一年前离家时那条喂养了九年的老狗温顺地看着自己，泪水情不自禁地落下来。

整整二十天假期，黄松在郁郁寡欢中度过。他想念家乡，却不想回去；他牵挂父母，却没有勇气给他们打个电话。

开年不久，黄松便着手寻找第二份工作。他要找个更体面的工作，他要找个更能挣钱的职业。两个月后，黄松到一家电器公司做销售。在黄松看来，这次应聘有些侥幸，他觉得自己没有能力做这份工作，但那个肥头大耳的营销部经理居然同意自己入职。回到出租屋后，他兴奋得手舞足蹈。看着窗外一幢幢耸立的大楼，他神情严肃地发誓要干出成绩来。但是，事与愿违，三个月试用期结束后，他失去了这份工作。虽然黄松有些失落，但是他对公司的决定并无怨言。离开公司那天，找他谈话的还是那个越来越胖的经理。他耸耸肩膀说："如果我不辞掉你，我就会被老板辞掉。"

黄松颤巍巍地说："明白。"

三个月时间，黄松的业绩在团队里最差，尽管他想尽了办法踏破了客户的大门，但是依然没有签下一笔单子。灰溜溜地离开公司后，他倒在床上蒙头大睡。可是，起床后内心的沮丧并未消散。而且，这种打击带来的消极情绪持续了大半年。

九月中旬，连续在几家公司经历了应聘、试用和辞退之后，黄松终于在一家地板销售公司找到一份工作，主要是为客户提供售后服务。与销售相比，维护客户关系要轻松得多，至少没有经济指标的考核压力。凭着吃苦耐劳的精神，黄松把工作做得卓有成效，几乎没有客户能挑出他的毛病。

黄松现在的月收入比以前略高，年终奖也比在餐馆打杂时领得多，但是这一年因为好几个月都在飘荡，整体收入还不如第一年。这让黄松回家过年的愿望成为泡影。年初时，他计划带着一笔不错的收入，回家给父母一个惊喜。遗憾的是，囊中羞涩的黄松只得像去年那样，独自待在陌生的城市回味着童年的年味。小时候，他每年都会穿着新衣服，在爸爸妈妈的带领下到亲戚家拜年。

唯一的安慰来自幻想，黄松认为明年应该可以体面地回家。按照现在的月收入，加上一笔不错的年终奖，明年可能是他来北京打工后收入最多的一年。不过，春节后刚上班没几天，残酷的现实便击碎了黄松美好的幻想。老板觉得地板销售利润太薄，准备改行开餐馆。听到老板要开餐馆后，黄松的情绪十分低落，他不喜欢餐馆的工作。不过老板也没给黄松机会选择，直接辞退了他。

再次失去工作的黄松比以前平静很多，他已经不再惧怕寻找新的工作。短短两年时间，他前后在七八个公司工作过，发现每个公司的人员流动性都很大，对失业已经见怪不怪。黄松逐渐认识到现实的残酷，也愿意接受命运的挑战。接下来的十三年里，他在不同行业和各个单位兜兜转转，艰难而又顺利地生存了下来。横在黄松面前真正的障碍，是十五年来从未返回过故乡。在那个贫瘠的村子里，他成为莫名消失的人。整整十五年不见人影，所有人都认定他已经死了。

4

黄昏时分，火车已经来到安康站，停留三分钟后又马不停蹄地飞驰起来。黄松知道，三四个小时后他便能回到阔别十五年的故乡，看见那座孤独而又骄傲的山。他已记不清十五年前到北京时是否走过这条路线，但此刻的心情却与当年完全相同。有些忐忑，有些不安，有些期盼火车长出翅膀直接飞到终点站。黄松歪着脑袋望着窗外，陌生的乡野不断进入眼帘又瞬间消失，干枯的树叶和光秃秃的远山与故乡的景象重叠在一起，牵扯着他的神经。如果不是突如其来的电话，黄松会一直沉溺于对故乡的回味与幻想。

黄松觉得电话号码有些熟悉，但又想不起到底是谁的。他正琢磨电话是谁打的时，一声哭泣和呼唤便如一颗炸弹炸得他支离破碎。一个老人在电话里说："松儿呀？"

"妈……"黄松的泪水决堤而下。

"松儿，你还活着吗？"

"妈，我还活着，我在和你说话呀。"

"松儿呀，你啥时候回来？"

"妈，我在回来的路上了。"

"松儿呀，还有多久能到家呀？"

"妈，我马上就到家了。"

黄松无法抑制巨大的悲伤，仰头号啕大哭。

十五年后，黄松与妈妈刚说几句话便泣不成声无法言语。他不知道，电话那端的母亲把头深深地埋在被窝里，泪水哗啦啦地流淌。片刻后，电话里传来一个男人的声音。黄松听出来了，是村支部书记。他嚷嚷着："你别哭啦，快点回来吧。知道你还活着，所有人都高兴着呢。"

黄松挂断电话，哭泣慢慢停下来。突然，他想起支部书记刚才的话，心里一阵莫名的慌乱。黄松的脑海里出现一幅画面，当自己出现在院子里时，全村老老小小都前来围观，院子里挤得满满当当的，大家争相对自己品头论足。他非常清楚，这些人中有一部分是来打听自己赚了多少钱，或者是否结婚生子。这样的情形曾经多次出现，当某个年轻人打工几年回家后，人们都会集中起来七嘴八舌地讨论。只要穿得时髦并且带个女朋友，一定会赢得羡慕的眼光。

火车的速度似乎越来越快，窗外的一切都是一晃而过，无法在黄松的脑海里留下印象。

黄松问刚好从过道经过的服务员还有多长时间到终点站，那个声音甜美的女孩说："最多半个小时。"黄松说了声谢谢，默默地望着窗外。他盘算着，下火车后坐一个小时大巴车便能到达小镇，然后走大半个小时乡村小道就能回到家中。那么，两个小时后，黄松就将接受村里人的检阅。这让黄松感到惶恐。在外漂泊这么多年，他没有多少积蓄，没有稳定的工作，而且三十多岁了还孤身一人。离家越近，黄松越觉得自己可能是全村活得最糟糕的人。此刻，他想起十五年前那个满地积雪的凌晨，混不好就不回来的誓言还在心底回荡。

　　十五年来，黄松一直没有回到故乡，的确是觉得自己混得不好。这种誓言如一座孤傲、冷酷和荒芜的大山。黄松无法翻越，也没有能力将它推倒。他只能沉默地站在山的一边，想象着山那边的风景。

　　离开家乡第三年，黄松重新在餐馆找到熟悉的工作。但是，一年下来没有存多少钱，依然不敢回家过年；第四年，他在一个工地当监工，收入还不错，但过年时又不想回家；第八年，他在一家房地产销售公司卖房子，刚刚入行没有经验，缺钱的他又选择在城里孤独地过年；第十三年，他进入房屋中介公司，但随着市场的萎靡工作越来越开展，他又没有心情回家过年；第十四年，他从普通业务员做到片区经理，收入和职位都有所改观，当新年的脚步越来越近时，他已经忘记了还需要回家过年。

　　十四年来，每个大年三十的晚上，无论黄松在什么地方、抽什么烟、穿什么衣服和吃什么饭菜，他都会在十二点来临之前想起离家出走的那个夜晚。那一声坚定而悠长的呼喊，透过泛黄的岁月从记忆深处穿越而来，在心底卷起巨大的回响。这种回响与现实的窘迫交织在一起，引发的共振把对回家的念想震成飘在异乡天空的粉末。

　　第十五年，时间不是春节，也没有任何人敦促，黄松义无反顾地踏上了回家的路程。父亲去世留下的遗憾，母亲病倒在床带来的焦急，如一根巨大的绳索紧紧地勒住他的脖子，使劲地把他往千里之外的小山村拉。

　　一个半小时后，黄松从那辆污迹斑斑的大巴车里钻出来，站在十五年前离家时的车站。旧日的景象不复存在。不知道从什么时候开始，狭窄的街道两边耸立起了楼房。冬日的黄昏暮色沉沉，小镇的街道冷冷清清，如果不是几丝寒光从楼房里射出来，黄松感觉不到这里真的有人居住。

夜色仿佛一瞬间从天空倾倒而下，天说黑就黑了。黄松一声长叹，迈着蹒跚的步子朝回家的路走去。

5

这条路很熟悉，他曾经多次往返；这条路很陌生，他已十五年没有踏足。

原来的泥土路已经变成水泥路，两边土地上种满了各种树木。手臂一般粗细的树木掉光了叶子，突兀地站立在夜色里。漆黑之中，他叫不出那些树的名字，只能回忆着曾经麦苗葱茏的景象。两天一夜的奔波让黄松极度疲乏，但藏在鞋子里的两只脚却充满力量。它们匆忙地交替着，把黄松沉重的肉身带向生命出发的地方。

走过一个山村，翻过一个小山坡，黄松终于回到自己所在的村子。站在天鹅绒般的夜色里，他远远地望着那座孤独的高山，再次想起那个雪花飘飞的大年夜。十五年前的呼喊再度在心底回响，但此刻他已毫无顾虑，急切地想回到母亲的身旁。山脚下就是黄松的家，低矮的土墙房子被夜色淹没。天空散发出寒冷的星光，他依稀看见家里亮着。灯光十分昏暗，若隐若现。黄松的眼泪夺眶而出，他明白那是母亲在等待消失十五年的儿子。

一股热血在黄松浑身上下涌动，他的脚步越来越快。不知不觉地，他居然跑了起来，行囊在背上左右摇晃。从水泥路分叉后，黄松已经很难在黑黢黢的夜晚看清荒草丛生的小路，只能望着远处微弱的灯光凭着模糊的记忆往家跑。转过一个小弯便是一条长长的下坡路，慌乱之中黄松一脚踩在路边的野草上，整个人顿时向前倾斜坠入深不见底的漆黑中。他紧紧地抓住背包，毫无反抗地一路滚下去，直到掉进约有三米深的坑里。

半晌，黄松才缓过神来，脸上火辣辣的，好像被什么东西刮伤了。从泥坑里爬出来后，黄松放慢了脚步，战战兢兢地走在熟悉而又陌生的小路上。

距离越近，灯光越亮。灯光越亮，黄松的心情就越激动。当他站在院子里时，听见屋子里有人在说话。他不想猜测与母亲说话的人到底是谁，一边敲门一边说："妈，我是小松。我回来了，你快开门呀。"他忘了村支部书记的话，母亲三年前就已瘫倒在床，根本无法走出来为他开门。

一阵窸窸窣窣的响动后，门吱呀一声开了，苍老的二娘出现在门口。她说你是小松吗，黄松说是我。二娘又说，你总算回来了。说着，她低垂着头悄悄抹泪。黄松说二娘别哭，我回来了。然后，他径直往里屋钻。当他看见母亲斜靠在床头泪水长流时，咚的一声跪在地上。黄松说："妈，我回来了。从此以后，我哪里也不去，就在家里陪着你。"

"回来就好……"喜极而泣的母亲已经无法说出一句完整的话，十五年的悲伤和期盼突然转换成巨大的幸福，她感觉这像是在做梦。她说："我做梦都没想到你还会回来。"她伸出干枯的手想要抚摩儿子的脸庞。黄松站起来靠近母亲，伏在她身上哇哇大哭，声音如一条老狗被打断双腿后的嚎叫。

这个夜晚，黄松不顾旅途的劳顿，站在母亲的床前看着她幸福地进入梦乡。

黄松已经决定不再去北京，外面任何地方都不去，就在凋敝而宁静的村子里陪母亲终老。从第二天开始，他开始收拾家务，给母亲做最好吃的饭菜；他开始翻耕荒芜的田地，补种农作物，希望来年能够丰收。有太阳的日子，他就把母亲抱出来坐在院子里晒太阳，说那些以前觉得枯燥无聊的家长里短。

从妈妈的口中，黄松得知了这个村子十五年来的变化。外出打工的人越来越多，村子里加起来还剩下不到二十个人，几乎都是没有劳动能力的老人和残疾人。即便是老人，平常都在镇上陪孙子孙女上学，周末和放寒暑假才回来。村里的小学早已因为学生人数不够无法正常开课，孩子们都集中到镇里的学校读书，留下来照看孩子的人都在镇上租房子陪读。

母亲的牙已掉光，说起话来口齿不清。她慢慢地说，他耐心地听。黄松看着杂草丛生树木葱芜的村子，张晓波、陈正涛和王科三个人家的房子几乎难以看清。他深深地吸了一口气，然后问道："张晓波现在怎么样？他有几个孩子？"

"上次听说在湖北打工，具体也不是很清楚。周末他妈要回来，你去问问吧。"母亲说，"波娃有三个娃儿。前面两个是女儿，后来又生了个儿子。"

"最大的娃娃应该都读高中了吧。"

"他结婚晚，大女儿才上六年级，二女儿上三年级。最小的那个儿子，他带到外面去了。"

"王科去年过年回来了吗？"

"王科的父母都死了，他好像有几年没有回来咯。"

冬日的暖阳金灿灿的，母亲眯着眼睛看着黄松，突然话锋一转："你都三十二岁了，怎么还没有成家？"

黄松没吱声。

"有没有女朋友？"

"本来有一个，后来又分了。"黄松想了半天才这样回答，其实他从未有过真正意义上的女朋友。这些年来，他与几个女孩交往过，但都还没有进入恋爱阶段便无疾而终。

"过几天，我托媒给你介绍。"

"妈，不急嘛。"

"三十二岁了，你不急我都为你着急呢。"接着，她又叹息地说，"不过，现在的人都在外面打工，村子里好像都没有年轻女子了。"

"陈正涛呢？"半晌，黄松突然问道，"这段时间你从来没有说起他。"

"他死了好多年咯。"

"死了？怎么死的呀？"

"我听他妈说，在外面包工程亏了，欠了一屁股账，被讨债的人砍死了。"停顿片刻，她接着说，"他死后第二年，老婆丢下两岁的女儿嫁给莫家村的李海林了，听说又生了一儿一女。"

黄松看着太阳下荒芜的田野，半天说不出一句话来。他很想大哭一场，但悲伤的情绪始终像淤泥那样堆积在心底，激发不出一声哭泣和一滴眼泪。

没事的时候，黄松经常独自一人来到父亲的坟前，一坐就是几个小时。他不说话也不哭泣，就那么沉默地看着被青苔和荒草缠绕的坟墓，眼前总会浮现出父亲那张朴素而又严肃的脸。

每次，黄松从父亲的坟前离开后，都会顺着弯曲的山路爬上村里那座最高的山。站在巨大的石头凳子上，他神情凝重地眺望着远方，十五年前的呼喊像洁白的云朵，从记忆深处翻越群山飘过来，巨大的回响将他紧紧地包围。

鱼在心底游

1

　　每年春天，我的情绪都会变得纷扰，今年尤其如此。烦乱、徘徊与焦灼占据着我的内心。在这样的状态里，我和她难免发生摩擦和争执，偶尔也会爆发意想不到却又合乎情理的战争。每次，我的心情都格外复杂，不知道自己为何会说出那些话，做出那样的行为。我清楚这些言语和行为，会给她带来伤害，但依然一次次地撕开那个伤疤。她总是一脸茫然地问我，你为什么要这样做？接着，便低下头，声音也慢慢地降了下来。她说，既然如此，当初又何必执意选择我呢？我无言以对，矛盾如惊雷，在心里不停地翻滚。

　　今天天气很好，春天的气息弥漫了整个房间。但是，我还是能够感觉到去年冬天残留的冷意。我们依然乐此不疲地重复上演着曾经熟悉的生活。我第一次看见她冒火了，开始猛烈地反击。当时，她正在喝水，干枯而没有血色的手指紧紧地握住玻璃杯子。我刚说两句，她便侧身用闪烁而坚定的眼神看着我。继而她问，你又在说什么？是不是每年不折腾一次就不过瘾不死心？我没有与她针锋相对，脸上挂满无辜和散漫的表情，双手插在裤兜里，在她身边转来转去。

沉默、寂静。空气仿佛停止了流动。

突然，一阵碎响搅扰得阳光颤抖，飞舞的尘埃越发狂乱。我还没来得及循着声响查看究竟，就听到她噼里啪啦地朝我咆哮道，你为什么要这样折磨人？你这个道貌岸然的家伙，你是个超级大骗子。说完，她用高跟鞋狠狠地踩着地板上的玻璃碴儿，那些细碎的物体向四周飞奔而去。

就在我不知所措时，手机响了。我神情恍惚地看着手机屏幕，对这个陌生的电话号码厌恶透了。我把吵闹的手机放在茶几上，转眼看着阳光里的尘埃。响声停了，我立即回头看着它，等待接踵而来的响声。我知道对方还会打来的。于是，我看了她一眼，踱步回来，抓起手机朝阳台上走去。还没走到阳台时，手机又响了。我怒气冲冲地接了电话。

望着金光灿灿的天空，我"喂"了一声。对方的声音很急切，充满了海椒味。他问，是罗兄吗？我一头雾水，这个声音似曾相识，但却分辨不出对方到底是谁。我呆愣着，眼睛看着脚边的一粒玻璃碎片。难道是电话诈骗案？但对方又怎么知道我姓罗呢？我这样怀疑着、否定着，思绪在脑子里迅速翻腾起来。对方不失时机地问，罗兄你知道我是谁吗？我错愕、慌乱地"啊"了一声，并未直接回答对方。我确实想不起来了。于是我说，你有什么事吗？对方也答非所问，他说我是江宁啊，罗兄不记得我了吗？

一个混沌的形象在我的脑子里慢慢浮现，又慢慢隐没。我完全沉溺于记忆之中，寻找那个叫江宁的人，以及关于他的所有印记。但我越想越糊涂，没有半点头绪。对方接着说，罗兄，我们去钓鱼吧？我吃惊地问，钓鱼？他说是的。停了一下，他又唠叨起来，现在食品污染那么严重，我们去钓点生态、环保一点的鱼回来吃吧。我扑哧了一声，我说，城市里哪有地方钓鱼？现在什么污染都严重，只要吃了不死人，就无所谓啦。那个自称江宁的人急不可耐地打断了我的话，他说，吃饭是个重要事，怎么能马虎呢？这样吧，我有个朋友在三圣乡那边养鱼，我们去那里钓鱼吧。

我竟然答应了江宁。放下电话的那一瞬间，有种恍然的错觉。现在，我还是没有想起江宁到底是谁，但我决定跟他一起到三圣乡去钓鱼。我简单收拾了一下，放好手机和钱包，就急匆匆地朝楼下跑去。刚走出门，我就听到她把门关得山响，仿佛地震来袭。一阵狮吼在背后传来，他妈的，每次都这样，吵完后就闷声闷气地走了。这过的什么日子呀，还不如早点离了呢。

后来她还说了些什么，我并不知道，我几乎是一大步直接飞到了楼下。然后，我径直朝九眼桥走去。我和江宁约好在那里会面。

2

走了大概三十米，我觉得脱离了她的视野之后，便停了下来。对于即将面临的遭遇，我有些忐忑了。我并非后悔这次奇特的约定，但总得为自己的决定找个理由吧。脑子里思绪顿时就翻飞起来。我边走边想，走过了一条长街，路过两个如火如荼的建筑工地，但依然没有想出个头绪来。于是，我只得悄然地苦笑了一声。

半个小时后，我在九眼桥见到了江宁。当时，他目不斜视地看着府南河里湍急的河水。事实上，在相距二十米时，我就看到了这个身影。我觉得他太熟悉了，肯定在哪里见过。我慢慢地接近他，接近我记忆中的真实。在他抬头看我的那一瞬间，我便想起了他，童年时最好的伙伴江宁。江宁的眼神里有一种永恒的东西叫我难以忘怀。

面对这张熟悉而又陌生的脸庞，我有些诧异。我问怎么是你啊？江宁说，我们有十多年没见了吧？我干瘪地笑着，脸皮绷得很紧，然后陷入了沉默。面对我的沉默，江宁无动于衷。他说，我知道你在成都生活十多年了，其实，这些年我也在这个城市。但是，我从未找过你。因为，我的内心抗拒你，不愿意见到你。

我不安地看着河面，一个塑料口袋弯弯曲曲地飘了过去。我转眼看了看江宁，他已经老了，跟我一样脸上堆满了皱纹。接着，他又说，这个春天我特别地想见你，积淤在心底的很多复杂的情绪，在春日的阳光下疯狂地涌动着，促使我不得不找到你。我第一次正面看着江宁，纳闷地问道，你从哪里找到了我的联系方式？一直以来，我特意拒绝了外界，把自己悄然地藏于这个大都市里，没有与任何熟识的人交往过。江宁慢腾腾地说，只要用心找，总是能找到的。我继续追问，到底从哪里找到的？他笑而不答。这天，我接连问了好几次，江宁始终没给我答案。

时间已是十点过了，温暖的阳光中藏着毒辣，晒得人头皮发麻。片刻后，江宁说，走吧，我们去钓鱼吧。我没有说话，但却跟在他身后，朝三圣乡奔去。我们上了一辆破旧的公交车，车里很拥挤，大家似乎都粘在一起了。我和江宁并排站着，距离近到可以听见对方的心跳。江宁的身上散发出一股奇怪的味道，在我模糊的印象中，他以前没有。十多年没见了，这个童年伙伴的身上隐约发生了太多变化。

车子走走停停，人们的情绪并未因为明媚的阳光而温和，相反都有些烦躁。我的眼神大部分时间都集中在窗外，车窗脏兮兮的，上面有块不知名的秽物。偶尔，我也把眼神收回来，看一看身旁的江宁，算是对他的唠叨做着回应。自从上车后，江宁就在我的耳朵边不停地念叨。我断断续续地听着，倒也随着他的话想起了很多往事。

江宁说得最多就是钓鱼。很多年以前，当我们都还是快乐无忧的少年时，钓鱼是我们最乐此不疲的事情。我们同住在一个村庄，两家人相距不过三百米。村子东头有一条弯曲的小河，从南到北缓缓地流淌。这条小河是我和江宁记忆的载体，我们在这里度过了很多美好的时光。周末或者寒暑假，我与江宁都会扛着鱼竿拎着鱼笼，到小河边钓鱼。每次，江宁都会扯着嗓子喊道，罗默，快走了哩。他的声音穿过三百米的距离传到我的耳朵里，然后，我心领神会地拿起工具，欢快地朝小河边跑去。

车子的速度不知不觉地快了起来。越是远离市区，交通就越顺畅。窗外是一片城乡接合处，这里既有城市繁荣的轮廓，又保持着原始的迹象，依稀残留着未开垦的绿地。但是，工业的气息正在慢慢侵蚀这片土地。轰鸣的机械声和漫天飞舞的尘土，搅扰了本属于这里的宁静。

江宁还在说童年时钓鱼的陈年旧事，但他变得吞吞吐吐起来，好几次都是欲言又止。当我回头看他时，他的脸立即就红了，尴尬的神色难以掩藏。我问，怎么啦？半晌，他答非所问，自嘲地笑道，你这个家伙，钓鱼太厉害了。你这辈子，就该做个专业捕鱼手。我"哼"了一声，没有接他的话。的确，如江宁所言，我是个钓鱼高手。我掌握了鱼儿试探鱼钩的特征，在与它们的较量中，几乎是百战百胜。而江宁则不然，他总是被鱼儿戏耍，常常是喂光了诱饵，却钓不到一条鱼。江宁梦想着像我一样，拥有高超的钓鱼技巧。但是，他的愿望却一直没有实现。不知多年以后的今天，他的钓鱼技巧是否有所进步。

3

一个多小时后，颠簸的公交车终于停了下来。但是，这并不意味着我们到达了目的地。江宁告诉我，还要走一段路才能到他朋友的鱼塘。我点了点头，跟他并排朝鱼塘走去。这是一条宽阔的水泥马路，时不时有电动三轮车或者摩托车从身旁呼啸而去。这又让人想起了童年时的光景。我的家乡地处丘陵地带，并不多见的公路总是盘旋而起伏，而电动三轮车和摩托车也是路上的主角。小时候，一群没有见过汽车的小孩子，跟在三轮车或者摩托车后面，呼喊着狂奔。跑出几十米后，才怏怏地看着被扬起的尘埃，直到什么也看不见。

江宁紧挨着我，我们的胳膊时不时地会碰在一起。我下意识地远离他，脚步轻微地往外移。但是，他似乎知道我在躲避，继续紧跟着我。江宁一脚踢飞路边的一粒石子，顺手从口袋里摸出烟来。他递给我，但我没接。我告诉他自己戒烟很多年了，可他不相信。他嘘了一声，说，你把烟戒了？我说真是戒了。江宁差点笑出声来，他说，别装了，你在我面前装什么呀？抽吧。我还是没接，目不斜视地朝前走。江宁索性一把抓住我，揪得我胳膊生疼。他说抽吧。说着，就把烟塞到我嘴巴里了。

多年以后，我又抽起烟来了。烟雾拘谨地在我的唇边缠绕。江宁说，我们俩很多年没有一起抽过烟了。他的烟和他的话把我带回到了十多年前。

那时候，我们都还在家乡那所中学读书。当时，学校里有同学悄然地抽起烟来。我和江宁也瞒着父母开始学抽烟。我们各自拿出不多的零花钱，到村子东头的杂货店里买了一包大杉牌过滤嘴香烟。回家之后，我们鬼鬼祟祟地来到江宁家的柴房，划着火柴抽起烟来。因为都是第一次抽烟，我们呛得就快要断气了，猛烈的咳嗽声就像幼小的狼发出的嚎叫。我们的举动引来了江宁的奶奶，那个精神抖擞的老人站在柴房门口定定地瞅着，想知道这两个小鬼到底在搞什么。好在我们听到老人的脚步声后，立即掐灭了烟头。我们第一次抽烟就这样狼狈地结束了，但是，这并未阻止烟瘾的膨胀。没过多久，我和江宁就与烟分不开了。只是，多年以后，当我在异乡的城市与童年伙伴重逢时，我已成功戒烟多年了。

没抽几口，我就受不了了。头有些晕，甚至有隐隐的痛。我甩手丢掉烟头，烟火隐秘地在地上绽放。我们依然不紧不慢地走着，阳光明亮得有些刺眼。江宁说，你还记得那年春天吗？他语气微弱，欲言又止。我问，哪年春天？他顿了顿，含混地说，就是那一年，你钓鱼最顺手的那一年，每个周末你都能钓满满一篮子。我不屑地说，我钓鱼就没有不顺手的时候。江宁又停顿了片刻，他说，但是，那一年……

江宁并未说下去。没有人阻止他，他的声音融化在烂漫的春光里了。我知道他想说什么，但我不愿意就这个话题说下去。我故意装出茫然的表情，仿佛删除了所有的记忆。其实，那些记忆早已在心底扎了根，用铁铲也铲不掉。那粒饱满的记忆之种，死死地沉在心底，只要时机成熟，它定会瞬间发芽，然后蓬勃地生长。现在，它遇到了适合生根发芽的条件，有了生长的势头。好在我努力地将局势控制住了。

我们继续走着，自由散漫，似乎忘了钓鱼的事。温度越来越高，天气仿佛跳过了春天而直接进入了夏季。我的额头渗出细密的汗水，就像一群温柔的蚂蚁。我抬起手，想擦掉那些匍匐在额头的汗水，但手到空中时又迟疑了。江宁问，你很热吗？我摇头说，没有啊。接着，我把停留在空中的手伸到脑袋后面，理了理头发，以此来掩饰自己的尴尬。然后，我仰头看了看天空，阳光刺得眼睛流出了泪花。

4

不知道走了多久，当我们到达江宁朋友的鱼塘时，我有些累了，腿脚酸软。江宁的朋友是一个戴眼镜的瘦高男人，看上去并不像个养鱼的人，倒像成天待在办公室里的都市白领。对方伸出一只腥味浓重的手，向我递了根烟。我没有接。我说不会抽。江宁拍着我的肩膀说，这是我的童年伙伴罗默，十几年没见了。他笑了笑，烟雾急不可待地喷了出来。

寒暄了几句，江宁便说了我们此行的目的。他抖了抖烟灰说，这段时间，我特别想钓鱼，夜里睡觉做的梦全都是童年时钓鱼的场景。于是，我便寻思着找个机会钓鱼。今天早上，我打电话给罗兄，一起到你这里来钓鱼了。江宁的朋友不断地点头，然后他说，好。江宁接着又说，你不知道吧？罗兄可是钓鱼高手，没有哪条鱼能逃得了他的鱼钩。对方露出了惊讶的表情。我讨厌那种夸张、虚无的样子。我皱着眉头，没有理会他们。

江宁拿着渔具，朝鱼塘走去。他对这里非常熟悉。我跟在他身后，双脚前后踩着他的倒影。我说你常来这里吗？他摇头说，不是。接着他又说，我已经很多年没有钓鱼了。我想，你应该也是吧。我"嗯"了一声。江宁蓦然回头看着我，他说，那年春天之后，我就再也没有钓过鱼了。我木木地盯他，他的眼神里写满了复杂的内容。

我突然有些后悔跟江宁来钓鱼了，因为他总是不厌其烦地提记忆中的那个春天。我觉得他是故意的，存心要使我们的记忆翻江倒海，然后不可救药地回到多年以前的那个午后。但是，我也不好立即转身而去。我上前一步，绕开江宁向前走去。五十米外，就是我们来钓鱼的鱼塘。

与其说这是鱼塘，倒不如说是一潭养着鱼的死水。水面被一层绿色覆盖，其中漂浮着各种垃圾。牛奶盒子、糖果纸、即将腐烂的菜叶，以及其他很多叫不上名的废物。正当我表示出无限失望时，江宁跟了上来，站在我旁边。他放下凳子，拿起渔具准备开始钓鱼了。我没有心情钓鱼，事实上，我今天跟他来到这个陌生的郊区，也不是为了钓鱼。我不过是在家里烦了，想要逃离，于是到这里呼吸几口新鲜空气。我木然地站在鱼塘边，半天没有行动。

江宁已经放好诱饵抛下鱼钩了，他转身问我，还站着干吗？我看了他一眼，没有回答。接着他又说，难道你不喜欢钓鱼了吗？我说不喜欢了。他问，为什么？我说不为什么，就是不喜欢了。江宁苦笑了一声，他说，哥们儿快行动吧，我从未赢过你，今天想与你比试一下，看是否能将你击败。我并非是受到了江宁挑战的影响，但是，我却违背了自己的心愿，拿起了鱼竿。

现在已是中午了，太阳兴致勃勃地在高空挂着，放射出火热的阳光。我和江宁并排站着，目不转睛地瞅着浮标的动静。这样的场面已经消失很多年了。自从在家乡的小河边经历了那场遭遇之后，我和江宁就没有一起钓过鱼。事实上，从那以后，我也就再也没有钓鱼了。我突然之间十分厌恶钓鱼，并发誓过永远不再钓鱼。但是，这个太阳猛烈的春日，我又握起了鱼竿。

不知道是我们的技术都倒退了，还是这里养殖的鱼与家乡河里野生的鱼不一样，以及其他什么不知名的原因，我和江宁这天一条鱼都没钓到。整个下午，我就没有看见两个鱼竿的浮标动过，它安静地躺在水面的绿色之中。

我们都沉默着，眼睛死死地盯着水面，看也不看对方一眼。就在我难以忍受这沉默时，江宁说话了。他说，罗默，你还记得那天下午吗？就是我们最后一次钓鱼的那个下午。他看了我一眼，接着又说，我从未忘记过。我一直在努力忘记它，但是，被污染了的记忆散发出令人恶心的气息，无论如何也抹不去。我说，别说了，我不想听这些。在我的脑子里，那些东西早已抹去了，不留一丝痕迹。江宁不听我的劝告，依然语气微弱地说着。他说，我还记得她的名字叫小鱼儿，圆圆的脸蛋上有两个迷人的酒窝，一笑起来像两只飞舞的蝴蝶。江宁叹了一口气，他接着说，但是，自从发生了那件事情之后，就再也没有看见她笑过了。

我想阻止江宁的话，可他却执拗着没完没了地说。他的话就像一阵强烈的台风，把我彻底地卷入记忆。我的思绪瞬间滚到了多年以前，以至于没有听清楚江宁又啰唆了些什么。我依稀记得他说到了当年如果我们救了小鱼儿，一切都将改变，决然不是今天这个样子。

多年以前的那个春天的午后，我与江宁安静地守候在河边，等待鱼儿上钩。突然，一阵凄厉的求救之声传来。我与江宁不由自主地回头，看见在河边洗衣服的小鱼儿被几个粗野的男人拖进了芦苇中。我和江宁对视了半晌，但都没有做出任何解救小鱼儿的行动。尽管那时我们都还年幼，但我们都清楚，只需要我们大声地呼喊，就可以吓退那些施恶者。可是，我们什么也没做，懦弱地蜷缩在原地，心神慌乱地看着河面的浮标。不过，我们都没有心思钓鱼了。那天下午的后半段，我和江宁一条鱼也没有钓到。傍晚时分，我们听到了一个噩耗，小鱼儿在河边被人强奸了。

江宁继续说，我们完全可以避免这桩强奸案的发生，可为什么都眼睁睁地看着小鱼儿被人糟蹋了呢？他摔掉鱼竿咆哮道，我们都是懦弱的人，我们都有一颗冷漠的心。这么多年来，我一直在为曾经的过失感到悔恨，也始终在寻找心灵安稳的方式。但是，一切都无济于事。我陷入了巨大的痛苦之中，觉得自己会永远生活在梦魇里。说完，江宁哭了起来，声音惊动了纹丝不动的水面。

我说，你哭什么呀？别哭了。江宁不听，哭的声音越来越大。我的情绪坏透了，怒气在心底猛烈地蹿动。突然，我把鱼竿抛向鱼塘。两根鱼竿在鱼塘里死板地躺着。我对着江宁怒吼道，你他妈的哭什么？给老子闭嘴。说完，我离开了鱼塘，朝不远处的公路走去。

太阳悄然地隐进了云层，空气中穿梭着丝丝冷意。我瑟瑟地抖了几下，空虚的脚步踢飞了乡间小路边的石子。十分钟后，我来到了公路。公路上安静得没有一辆车。这时候，我的手机响了。电话是小鱼儿打来的，我没接。我不想再跟她吵了，也不会谈论离婚之事。我把电话放进裤兜，一个人独自走在回家的路上。

取　暖

你不要隐藏孤单的心

尽管世界比我们想象中残忍

——张国荣《取暖》

1

这是一个天空飘着细雨的午后，空气中弥漫着让人捉摸不定的雾霭。突如其来的电话声让夏雨立即紧迫起来。这部专为陌生人准备的电话，每次响起都能让夏雨的内心感到紧张与惶惑。夏雨拿起电话，小心翼翼地喂了一声。对方没有应答。夏雨接着又喂了一声。他听到的依然是急促的呼吸声。夏雨知道此刻该主动出击了，他试探着说，我是夏雨，请问怎么称呼你？夏雨本来还想说什么，但电话突然中断，将他的话卡在喉咙里了。短促的"嘀嘀"声如粗壮的鼓槌，狠狠地捅着他的耳膜。

夏雨查看来电显示后，按照上面的号码打过去，听到的是忙音。他知道对方故意将电话线拔了，以前常常遇到这种情况。夏雨放下电话，神情凝重地来到窗前，注视着褐色的天空，仿佛这个电话来自天的尽头。夏雨隐约感觉到对方还会打过来，所以他还在等待。可是，时间在慢慢流走，他却迟迟听不见电话响起。

雨越下越大，空气越来越浑浊。夏雨的思绪如一只陷入绝境的蜻蜓，孤独而慌乱地扇动着翅膀。

正在夏雨茫然无措时，电话又响了。声音低沉绵长，像个苟延残喘的病人在呻吟。夏雨第一感觉就是刚才那个人打来的，所以迫不及待地抓起电话，接连喂了三声。停顿了几秒钟后，对方怯懦地回应了一个"你好"。是个女孩，声音有点沙哑，像是从六月里龟裂的土地缝隙中冒出来的。女孩没有接着说下去，送给夏雨的是沉重的喘息。夏雨知道对方此时心里一定很矛盾和忐忑，他再一次尝试进攻。他说你好，我是夏雨，请问怎么称呼你？

这么多年来，夏雨积累了丰富的经验。他并没有愚蠢地提这部电话的性质，以及开通电话的目的。夏雨知道回避一些敏感的信息。女孩说我叫杨柳。夏雨顿时就像见到了老朋友似的，开始热情地与她交谈起来。但杨柳却有些冷淡，她总是机械地回答着夏雨的问话，感觉像是在接受审问。这并未影响到夏雨的情绪，这样的情况他遇到太多了。

这部热线电话开通以来，夏雨就从未接到过开心的电话。但是，无论接到什么样的电话，夏雨总是耐心地倾听，积极地疏导。他知道这是他的使命，自己赋予自己的使命。

经过简单交流，夏雨觉得气氛差不多了。他开始切入正题。夏雨用绵羊般温顺的声音对杨柳说，有什么需要帮忙吗？杨柳没说话，她的呼吸节奏在一瞬间变得凌乱起来。夏雨做了一个深呼吸，他似乎想用这种方法去感染电话另一端的杨柳。接着他说，有什么话你可以说给我听，我一定能够帮助你的。杨柳的呼吸越来越强烈，节奏越来越乱，像一只被狂风吹得摇摇欲坠的风筝，在空中做最后的挣扎。夏雨似乎明白了什么，但他还没来得及做出应对，就听见杨柳呜呜地哭了起来。哭声如这没完没了的细雨，让夏雨无法拒绝。

不知过了多久，杨柳的哭声越来越小，最后完全消失了。夏雨不失时机地与她交流起来。他换了一种口吻说，你是不是遇到什么困难了？杨柳吸了吸鼻子，慢声细调地说，我不想活了，我没有勇气继续留下来。这是夏雨预想之中的情况，凡是打进这部电话的人，都是受到了自杀问题的困扰。夏雨还想了解一些她的情况，这对最终解决问题很关键。于是他说，你是否能给我说说，是什么让你如此绝望？夏雨以为杨柳的情绪已经稳定了，她应该与自己做些深层次的交流。这是他想要的结果。但是，杨柳又做出了让夏雨感到疑惑的举动。电话又一次断了。夏雨立即打过去，听到的是忙音。重拨，情况依然这样。夏雨知道杨柳故伎重演，拔掉了电话线。

夏雨觉得有些蹊跷，这个叫杨柳的女孩为何两次打来电话，又两次擅自挂断呢？她内心到底有什么秘密？夏雨立即登录到自己的网站，想在网上寻找蛛丝马迹。这个名叫"取暖"的网站是夏雨在三年前办的，他为那些在自杀边缘徘徊的人建了一个温暖的家园。之所以叫取暖，就是让大家能够在这里相互安慰，共同取暖，重新找到生存的勇气和力量。为了更好地做好自杀干预工作，夏雨还专门开了一部自杀干预热线。这些年来，每当他把人从死亡边缘拉回来时，心里感到无比踏实和温暖。

查看了半天，没有找到与杨柳有关的信息。这使夏雨感到空虚，他开始为那个脆弱与绝望的女孩担心。他又不厌其烦地重拨了一次电话，依然不通。夏雨只得用空洞的眼神看着窗外。雨越来越大，雾越来越浓。

这个下午剩余的时间，夏雨是在焦炙、慌急与恼怒中度过的。他一会儿看看天，一会儿看看电话，间或在书房与客厅之间晃荡。这引起了丁香强烈的不满。

丁香是夏雨相恋了十年的女朋友，此刻她正在客厅里看一部言情剧。不知是夏雨打扰了她看电视，还是因为别的，总之丁香冒火了。丁香关掉电视，蓦地站了起来。她用木然的眼神看着夏雨，半晌，她才气咻咻地吼了一句，你这样晃去晃来，到底想干什么？夏雨斜着眼睛看了丁香一眼，他知道她发脾气了，立即躲开了。可是，丁香却没准备放过他。她跨过去，拉着他的衣领，用力地搡了搡。夏雨趔趄着退了几步，差点摔倒在地。丁香继续向夏雨靠近，她指着他的鼻子说，你就知道搞自杀干预，你把它当成你的命。你什么时候也在乎一下我啊？你告诉我，我们什么时候能结婚啊？我都跟你十年了，你什么时候能给我一个归宿呀？丁香咄咄逼人的气势让夏雨无路可退，他感觉被一万多只苍蝇包围了。夏雨逃命一样跑进了书房，并猛烈地关上门。

夏雨背靠着房门，丁香踢门时的愤怒通过木门传遍了他的全身。丁香一次次用脚无奈地发泄着她愤懑的情绪。这样的发泄持续了很长一段时间，后来她用一声惊天怒吼给它画上了一个哀伤的句号。丁香声嘶力竭地怒吼道，我也快要自杀了，你干吗不来拯救我？

一切都平静了，平静得让人全身起鸡皮疙瘩。

夏雨瘫坐在地上，惆怅与疼痛蔓延开来。丁香的话深深地刺激了他，夏雨感到前所未有地内疚与自责。他觉得丁香的十年美好岁月自己永远也无法弥补了，但她确实又让自己欲罢不能。

这些年来，夏雨的内心一直充斥着矛盾。他想给丁香一个美好的未来，但却抹不掉心灵的阴影。夏雨的心里隐藏着一个秘密，这个秘密在漫长的岁月里，已经演变成一个阻碍他奔向幸福的绊脚石。同时，这个秘密也是促使夏雨进行自杀干预的动力。他想用自己的力量，去拯救濒临死亡的灵魂。

又一次激烈地交锋后，夏雨与丁香进入了惯有的冰冷状态。这个夜晚，他们如沙漠里濒临死亡的两只蚯蚓，都想靠近对方，但最终却无能为力。后半夜，夏雨在噩梦中醒来。他警觉地摸了摸额头，冰凉的汗水散发出树叶腐烂的味道。

2

丁香上班去了。她在证券公司工作，成天忙得要命。屋子里很安静。夏雨拖着疲乏的身子，来到电脑前，到网站去查看信息。夏雨现在是个自由作家，每天起床后第一件事情，就是先看网站，看是否有自杀者寻求帮助，然后开始写作。夏雨之前在一家报社当编辑，为了把自杀干预工作做得更好，便辞职在家专业写作。夏雨只写与心理辅导有关的文章，他管这些文章叫心灵鸡汤。他想用这种汤去滋补那些需要营养的人。

在网上溜达了好几圈，没有新的求助。这是好局面。接着夏雨开始写作了。但今天似乎没有灵感，心不在焉的他很难进入状态。夏雨瞅着电脑屏幕，好半天都没有憋出一个字来。他沮丧地叹了口气，点了根烟漫不经心地抽了起来。这时，他又想起了昨天的电话。那个叫杨柳的女人还好吗？他的眼神又溜到那部电话上了。夏雨有了给杨柳打个电话的冲动，他害怕她已经不在这个世界了。以前曾经遇到过这种事情，头天晚上还通过电话，第二天早上对方就搬到另一个世界去了。但夏雨又不知道该怎样面对杨柳，他觉得这个女人有些神秘。

夏雨犹豫了很久，最终还是没有打这个电话。半个小时后，电话响了。夏雨又立即紧迫起来，飞一般窜过去，迅速地抓起电话。果然是杨柳。夏雨的心里产生了一种莫名的悸动与慌乱。

夏雨说，你好我是夏雨。

是我，杨柳。她说，你在干什么？

夏雨说，在等你的电话。

杨柳在电话里轻轻地"哦"了一声，她似乎没有感到丝毫惊奇。

夏雨想接着昨天的思路，与杨柳进行有效的交流。毕竟，这是她打来电话的真正目的。他顺势说，我想帮助你，但不知如何帮。我甚至不知该不该主动给你打电话，所以只有在家里等待。如果你主观上不愿意接受帮助，我永远也无能为力。杨柳说了句什么，声音很微弱，夏雨没有听见。他循循善诱地说，我开通这部电话，就是想做一个认真的倾听者，希望你能敞开心扉。杨柳突然又不说话了，听筒里传来沉重的呼吸声。这让夏雨感到紧张，他害怕她又挂断电话。夏雨此时突然失去了往日的应变能力，他只能被动地等待。好在杨柳没有让夏雨失望，半晌，她说我们约个地方吧，我想给你说说自己的故事。后来，夏雨和杨柳相约下午三点，在四川大学旁边的一个咖啡馆见面。

做自杀干预已经好几年了，可与当事人见面还是第一次。有那么几分钟，夏雨在屋子里发呆，他觉得自己该做点准备，但却又不知所措。后来他决定看点心理学方面的书。于是，在接下来的两个小时里，心理辅导方面的知识如丰富的矿物质一样塞满了他的脑袋，有种鼓胀的感觉。

下午两点，夏雨出门了。他计算好了，即便塞半个小时车，也能准时到达。昨天刚刚下过雨，空气干净了许多，加上有丝丝阳光散落在地上，人体感觉不错。今天的交通让夏雨感到意外，竟然一路顺畅，让他提前大半个小时就到了咖啡馆。夏雨选择了一个角落，安静地等待杨柳的到来。在等待的忐忑中，夏雨一直在想，杨柳到底遇到了什么困难，以至于她会选择死亡？

时间在一分一秒地过去，转眼三点就到了。可杨柳还未露面。夏雨只得继续看着外面行色匆匆的人流，他们就像蚂蚁一样，机械而惶恐。这使夏雨感到胸闷。三点半了，杨柳还没来。四点了，夏雨依然一个人孤独地坐在那里，咖啡早已冰冷。四点半了，五点了，夏雨似乎已经意识到杨柳不会来了。夏雨抬头看了看墙壁上的钟表，内心有一种淡淡的失落与忧愁。他有点责怪她，更有点担心她。

3

回家后夏雨给杨柳打了个电话，但是没打通，无休止的忙音让他感到窒息。吃完晚饭，夏雨和丁香像两只赌气的猫，谁也不理谁。丁香在客厅里看着一部冗长而无趣的连续剧，夏雨回到书房，孤独地抽着闷烟。夏雨莫名其妙地感到恐惧，他害怕与丁香永远这样冷战下去。

怅然的夏雨上了网，他看到邮箱里躺着一封邮件。打开以后，他感到惊喜，是杨柳发来的。夏雨迫不及待地读了起来。杨柳在邮件中说，她失约了，非常抱歉。她说她最终还是不想对一个陌生人坦露心中的秘密，她没有勇气，而且那样也无济于事。这封邮件让夏雨感到无比失落，他找不到拯救杨柳的更好方法了。此刻他觉得自己特别渺小，甚至有点怀疑当初信誓旦旦地做自杀干预这个奇特的事业的决心了。夏雨的心里升腾起了浓厚的挫败感。

钟表的指针在夜里跳动的声音格外响亮，现在已经是十二点了。抽了好几十根烟的夏雨还是决定再给杨柳打个电话，好在这次打通了。杨柳似乎知道是夏雨打来的，她一直保持沉默。夏雨说我收到你的邮件了，但我还是希望我们能够见面，好好聊聊。顿了顿，夏雨接着说，我想这样可以帮助你，你知道我不会轻易放弃，我会尽一切力量去拯救每一个人。在沉默了好一阵之后，杨柳答应第二天见面。依然是下午三点，依然是那家咖啡馆。

放下电话，夏雨的心里感到踏实了许多。他觉得杨柳既然答应了，事情就会有转机。这说明她的心态是积极的。但令夏雨意想不到的是，当他第二天在等待了几个小时后，还是没有见到杨柳。当天夜里，他又收到了一封杨柳的邮件，内容与昨天的没有任何变化。这让夏雨感到异常困惑。他再一次给她打了电话，将昨天晚上的话近乎一成不变地说给了她。她又一次答应了，承诺在第三天与夏雨见面。

第三天，夏雨还是失望了，杨柳依然没有出现在咖啡馆里。但夏雨却看见了另外一个人，当时丁香挽着一个男人款款地上了咖啡馆的二楼。夏雨的思路突然中断了，他呆在那里不知所措。这个突然事件让夏雨感到极其沮丧，他没想到丁香会背着自己干这样的事。良久，夏雨像只打了败仗的狗一样逃了出去。刚出门，他就接到了丁香的电话。她告诉夏雨，今天要加班。夏雨没说话，鲁莽地挂断了电话。

夜里十一点，丁香才回家。她似乎是在刻意躲避夏雨，一溜烟飘进了卧室。半晌，夏雨也进了卧室。丁香刚刚开了空调，正在换衣服。看样子，她是想洗澡睡觉了。看着她有条不紊地做着自己的事，夏雨非常冷静地问，那个男人是谁？这句话让丁香感到错愕，好半天才冒出一句，你跟踪我？夏雨依然很冷静，他说没有。丁香的声音更大了，她说你竟然跟踪我？夏雨保持着最后的冷静，他说真的没有跟踪你。丁香的声音提到了最高，她怒吼道，跟踪了就跟踪了，干吗还不承认？夏雨无言以对。两个人都僵住了，沉默。不知过了多久，丁香说话了。她像头狮子，愤怒地朝夏雨咆哮着。

这个夜晚，丁香彻底变了个人似的，歇斯底里的她让夏雨感到恐惧。她在并不宽敞的卧室里暴跳如雷。她说我跟哪个男人关你什么事？我是你什么人？你又是我什么人？你什么时候在意过我？我告诉你，只要哪个男人在意我，我就跟哪个男人。丁香哭了，泪水哗哗地流，肆无忌惮。她没有抹泪，那些石子般的语言在眼泪的勾引下飞奔而出。她说我跟你十年了，十年前我还散发着青春气息，十年后呢？你看看，头发枯了，脸也黄了，浑身都是赘肉。丁香显得异常激动与愤怒，她甚至撩开内衣，指着两只耷拉的乳房说，都老成这样了，将来生个孩子都不知道是否有乳汁喂养。最后，丁香顺着衣柜坐在地上，哇哇地哭了起来。她带着哭腔说，我都三十六了，我想结婚拥有幸福的生活。既然你给不了我，还管得着我跟哪个男人在一起吗？

夏雨哑口无言，他感到自己被强大的气流围住，心房快要承受不了了。他退了出来，默默地进了书房，轻轻地合上房门。丁香刚才的言行举止让夏雨的内心有种滴血之痛，他对自己感到无比失望。

这个夜晚的后半夜，夏雨一直躲在书房里抽烟，他想用尼古丁使自己变得麻木。凛冽的寒风无情地涌满了整个房间，他冷得瑟瑟发抖。后来夏雨上了网，又发现了杨柳的邮件。

杨柳说，对不起，我让你失望了三次。我想我们不会再见面了。但是，我愿意在这封邮件里诉说我的一切。杨柳在邮件里说，在我短暂的人生中，不幸和屈辱始终贯穿其中。童年和青春在继父的淫猥下变得支离破碎与伤痕累累。我从未见过亲生父亲，据说在我出生前两个月他死于一场疾病。在我两岁时，母亲与一个秃顶男人组建了新家庭。从此，我便陷入了漫长的噩梦。不知从哪一天开始，秃顶男人开始对我动手动脚。十四岁那年冬天，我被他糟蹋了。从那以后，我和母亲都成了秃顶男人的女人。我为秃顶男人堕过三次胎，冰冷的器械进入身体带来的恐惧已经深深地烙在脑海里了。每次堕胎后，母亲就跪地求饶，要她的丈夫放过我。可是，他在短暂的敷衍之后又凶相毕露。我曾试图将那个恶心男人的丑行暴露于众，但被母亲制止了。我完全理解母亲的良苦用心，在那个封闭的村庄，这是令世人唾骂的丑闻。在我第三次堕胎后，母亲选择死亡这种极端的方式来抗争。她祈望用死亡来唤醒一头野兽的人性。母亲去世以后，我逃到了这个城市。我想重新开始新的人生，但我摆脱不了阴影。每天晚上，秃顶男人蹂躏我的噩梦总是折磨着我。噩梦吞噬了我所有生存的勇气。我现在很绝望，不想再苟活于世。我觉得死亡是一种解脱。

杨柳这封邮件让夏雨感到极度悲伤，他从中看到了自己的影子。他想给她回复一封邮件，但却失去了语言表达能力。夏雨坐在电脑前一根接一根地抽烟，他希望这样能找到让杨柳继续生存下去的字句。但遗憾的是，他只能呆若木鸡地盯着电脑屏幕。黑暗如一张硕大的网，死死地罩住了夏雨。

4

在黑夜即将结束之时，夏雨向杨柳讲述了自己的故事。在经过深思熟虑之后，他把内心的秘密毫无保留地说给了杨柳。

夏雨用质朴的笔触对杨柳说，我们的人生有着惊人的相似，我们都是遭受迫害的人，我们都是某种阴影的奴隶。你知道我为什么要办"取暖"这个网站和开通自杀干预热线吗？因为我生命中最重要的人，就是自杀离开人世的。在我还只有几岁时，父亲就去世了。为了使我能拥有一个完整的家庭，母亲委曲求全与一个老鳏夫结了婚。结婚当天，老鳏夫老泪纵横，他跪地感谢母亲给了他幸福的生活。但是，三年后母亲就因为无法忍受继父的猜忌和暴力而自杀了。早上上学时，我还看见她笑着目送我离开，晚上放学回家时，她已经冰冷了，僵硬地躺在地上，两只眼睛顽强地睁着，似乎散发出绝望和冤屈。母亲死不瞑目。母亲的离开让我伤心欲绝，万念俱灰。更糟糕的是，母亲的死亡让我开始对爱感到怀疑，因为母亲倾注了所有的感情，换来的依然是继父非人般的折磨。在继父肮脏的嘴里，母亲与那个满脸长着胡须的村支部书记有染。尽管母亲用对天发誓来反抗，但是，那个丑陋不堪的男人还是用暴力将母亲逼上了绝路。我理解母亲，她只剩下最后这条路了，否则她无法证明自己的清白。

这是夏雨深埋于心的秘密，从未对任何人讲起。他之所以无法给丁香未来与幸福，是母亲的死给他留下了沉重的阴影。阴影使他渴望爱而又没有胸怀和力量去真正地爱一个女人。这些年来，夏雨一直在努力做自杀干预，他不想让更多的人重复自己的命运。夏雨之所以对杨柳讲这个秘密，是想借此编一个谎言，给她送去温暖和力量。这是最后的办法了。

在邮件的最后，夏雨这样写道：尽管母亲遭受的磨难以及最后的自杀抹杀了我对爱与幸福的向往，阴影也曾经如空气那样充盈在我的生命中，但所有命运的坚冰都是可以融解的。后来，我遇到了现在的妻子丁香，她用誓言与行动重新点燃了我对生活的热情。相爱一年后，我们走进了婚姻的殿堂。现在，我们的女儿都两岁了，一家三口过着幸福快乐的日子。我一直在告诫那些试图自杀的人，别只看到世界的阴暗面，还应看到光明与幸福。不幸只是幸福考验我们的小伎俩，你一定要相信，幸福一直在向你招手。

发完邮件后，夏雨如释重负。他似乎看到了杨柳微笑的脸，尽管他不知道她长什么样。他关掉电脑，在静谧的屋子里悠然地抽烟。但是，他的思维却始终纠缠着那个美丽的谎言。夏雨在心里默默地将邮件里最后对杨柳说的那句话重复了一遍又一遍，他觉得那是另外一个人在叮嘱自己，后来又变成了自己叮嘱自己。灵魂在刹那间开了窍，一股暖流在夏雨身上流淌起来，他想到了丁香，她似乎在向自己微笑和招手。这使得夏雨浑身充满了力量，他的脸上浮现出自信而坚定的笑容。片刻后，他乘着充满牛奶味的晨曦，朝卧室走去。

寻找张国荣

1

对于茉莉的决定，志杰后来觉得这是个不折不扣的阴谋。那个潮湿的早晨，茉莉对志杰说，我要去上海。当时他还赖在床上，被这句突如其来的话彻底弄晕了。为什么突然要去上海呢？志杰还未来得及问，茉莉便开始收拾起行李来。这更让志杰莫名其妙。他问，现在就走？茉莉说是的。志杰又问，机票订了么？茉莉说没有，这是淡季，临时订应该没问题。志杰就窝在被窝里，看茉莉有条不紊地收拾东西。透过昏黄的灯光，他看到了她脸上从未有过的坚定与决绝，便知道这事茉莉已经蓄谋已久了。这促使志杰一定要把心中的疑问抖出来。他问，怎么突然要去上海呢？

茉莉开始神情淡漠地给志杰解释她去上海的原因。她说，我想去上海感受一下张国荣，他曾在上海开了两场盛况空前的演唱会，他曾在上海拍摄了多部电影，他还在上海拍了写真集《庆》，总之，张国荣留在上海的气息最浓。茉莉眨了眨眼睛继续说，我觉得自己快要迷失了，我想追寻张国荣在上海的足迹，唤起内心深处的某些记忆。

志杰似乎并没有明白茉莉去上海的理由，他不解地看着茉莉，发觉她越来越陌生了，越来越遥远了。他开始怀疑，眼前的茉莉还是曾经的茉莉吗？接着，他又开始想，是否要陪她一起去上海呢？如果忠实于内心，他不想去，公司刚刚进入正轨，还有很多事情等着处理。另外，志杰感觉茉莉已经发现自己的秘密了。他想起了朋友老张的那句话，当女人感情出现危机时，她们最擅长的就是折腾生活。所以，志杰认为茉莉在故意折腾。既然如此，那就没有去的必要了。

但是，志杰最终还是决定陪茉莉一起去上海。因为他想起了茉莉的母亲，那个在破碎婚姻中挣扎了几十年的女人，总是不厌其烦地对志杰说，她女儿脆弱得像块玻璃，要时刻小心地呵护。接着志杰又想起了和茉莉的过去。每次一想起和茉莉的过去，那些美好的时刻就在眼前飘来飞去。这次也不例外。过去的十几年里，他们曾无数次去上海，但却没有一次是单独行动的。于是志杰叫秘书帮他订了下午的机票，并叫司机送他们去机场。

上了飞机后，志杰看到茉莉的脸上泛起了红晕，他不禁感到心潮澎湃。一瞬间，记忆如血液一样奔腾起来了。时光要追溯到1990年了，那一年志杰被茉莉脸上的红晕深深打动。当时他们都才20岁，在同一所大学读书。一个阳光明媚的星期天，他们在一个朋友的聚会上相识。而那个聚会的主要内容，就是看张国荣告别演唱会。他们都是张国荣的歌迷与影迷。在那个气氛热烈而伤感的聚会上，志杰的目光静悄悄地与茉莉的目光接触了。那一刻，志杰看到茉莉的脸上泛起了红晕。他被红晕打动了，而茉莉后来被志杰打动了。聚会后不久，他们就相爱了。

2

　　到达上海时，整个城市已被夜色笼罩了。志杰和茉莉选择了一家外观灯火辉煌的宾馆。这家宾馆他们很熟悉，每次到上海都住这里。茉莉曾对志杰说，这里最能代表上海，既有上海的繁华，又有上海的温情和小资。这次有点遗憾的是，他们常住的那间房已经有人了，只得选择了隔壁的一间。

　　吃了晚饭，志杰和茉莉做了此次上海之行的安排。按计划，今晚休息，哪里也不去。接着志杰就拿着浴巾洗澡去了。志杰确实有些累了。不仅仅是最近耗尽心血扭转了公司亏损的局面，更重要的是，他发现自己和茉莉的生活失去了色彩。十几年的生活，一下就变了。没有争吵，更没有打闹。但志杰从未对茉莉说起过，因为他也不知道这到底是为什么，以及如何改善。志杰能够让公司扭亏为盈，却不能为自己的生活增色。而更为致命的是，有人趁机闯进了志杰的情感世界。

　　从浴室出来，志杰坐在沙发上漫不经心地擦头发，而茉莉则望着窗外的上海出神。突然，茉莉对志杰说，我们去走走吧，去那家卖礼品的小店看看。茉莉的话让志杰有些厌恶，刚才都说好了，今晚早点休息，明天按计划行事，怎么说变就变了呢？但志杰还是语重心长地说，还是先休息吧，我想你也累了。可茉莉并没有听从志杰的意见，而是要志杰休息，她一个人出去。茉莉的决定让志杰不知所措，他觉得她现在有些孩子气了，或者说有些神经质。志杰按捺住心中的不快，想尽量说服茉莉。他说，早点睡吧，明天你想去哪儿我都陪你。茉莉却倔强地说，我一个人出去看看，我不想憋闷在屋子里。说着，她开始向外走。看着茉莉执意要出去，志杰的情绪一下就蹿了起来，他瞪着茉莉问，你要干吗？茉莉没理会，继续走。志杰又问，你到底想干吗？他刚说完时，茉莉就拉开了门，一闪就出去了。志杰急了，他没想到茉莉真的就出去了。而他这时还光着身子。志杰一边慌乱地穿衣服，一边怒吼道，你给我站住。

夜色早已漫无边际地包围了这个城市，辉煌的灯火只是无谓地增添了迷茫。当志杰匆匆地来到宾馆门口而没有看到茉莉时，他不知何去何从。在慌乱地张望了片刻后，他朝左边的一条小街跑去，因为茉莉所说的那间卖礼品的小店就在前面一百米左右。志杰曾经是学校里的短跑冠军，此刻他更是将这种能力发挥到了极致。他想在最短的时间里追到茉莉。可是，志杰没有发现那间礼品店。他环顾四周，确信自己的记忆没有错，小店应该就在这个位置。志杰立即掉头往回跑，他想茉莉故意朝相反的方向走了。

这是志杰有生以来跑得最快的一次，他觉得脚底真是抹油了，除了耳边呼呼的风声，他什么也感觉不到。又跑了几分钟，志杰依然没有发现茉莉。他停在那个瘦窄的十字路口，猛烈地喘着粗气，心都快蹦出来了。志杰迅速掏出手机，给茉莉打电话。通了，但茉莉没接。志杰又打，依然通了。茉莉还是没接。志杰就不停地打茉莉的手机，他想，按茉莉的脾气，最终会接的。但是，在这个弥漫着意外的夜晚，茉莉竟然将电话挂掉并关了机。这是茉莉第一次挂断志杰的电话并关掉手机。志杰彻底向茉莉缴械投降了，他只得在心里无可奈何地喊了一声，茉莉，你去哪儿了？你到底想干什么？

志杰一边喘气一边往回走，失落的他寄希望于茉莉出现在宾馆门口。茉莉以前做过这种事情，有一次，父亲从家乡打来电话再次催志杰结婚。于是，志杰便与茉莉商量。可她再一次拒绝了志杰。结果他们俩吵架了，茉莉摔门就跑了。没带钱包，也没带手机。志杰在附近的几条街上找了几个小时也没找到，回家时，却发现她蹲在家门口嘤嘤地哭泣。可是，奇迹没有在这个夜晚出现，在宾馆门口穿梭的身影中，志杰没有发现茉莉。志杰坐在宾馆门口的台阶上，他只得把头深深地垂了下去。

　　接下来的几个小时，志杰像只彷徨的蟑螂，在宾馆的附近走来走去。他是多么希望茉莉能从一个漆黑的角落里窜出来，哪怕是把自己吓个半死。但是，这种带有恐惧的希望并没有实现。最终，志杰近乎绝望地回到了宾馆。他度过了一个梦魇般的夜晚，在没有任何办法的情况下，只有每隔几分钟就打一次电话。他明知茉莉的手机已经关了，但还是不厌其烦地打。到天亮时，他的手机已经没电了。

3

　　窗外刚刚有点晨光，志杰换了一块手机电池，提起笔记本电脑就出去了。但是，出来之后，他却不知该干什么，似乎只是为了逃离宾馆。打茉莉的手机，依然提示关机。如何寻找茉莉？志杰找不到半点头绪。站在偌大的城市中央，志杰只感到高楼大厦在不断地旋转，整个城市仿佛即将坍塌。这使志杰的心里堵得慌。

　　街上的行人渐渐多了。世界逐渐喧闹起来。志杰来到宾馆前面那个空阔的广场上，为如何寻找茉莉而焦头烂额，他想，无论如何，今天必须得找到她。志杰开始挖空心思地设计各种寻找方案，他想，茉莉到上海是追寻张国荣的足迹，那么，寻找的范围就应该锁定张国荣曾经去过的地方。经过长达半个小时的思考与分析后，他做了一个周详的计划：首先，到网站"荣光无限"上去写个启事，把情况说明，并描绘一下茉莉的外貌特征，或者在网上放一张她的照片，让发现茉莉的人及时告知。其次，立即起身去茉莉可能出现的地方寻找。这完全靠运气了。按计划，志杰要去圆明讲堂、八万人体育场、兴圆苑、汉源书店和瑞金宾馆。这些地方总是与张国荣紧密地联系在一起。

当然，志杰也给自己留了一道难题。在茉莉失踪二十四小时后还未见到她时，要不要报警呢？志杰还没考虑清楚，他不想把茉莉与一个案子联系在一起。

计划形成后，行动立即就开始了。志杰把电脑放在那条长长的椅子上，利用无线上网登录了"荣光无限"。这是一个属于张国荣的网站，这里是他的歌迷和影迷聚会的地方。志杰还曾经是这个网站的管理员，但后来忙于公司的事，几乎很少登录了。茉莉接替了志杰，成了新的管理员。很快，第一项工作就完成了。志杰在网站上留下了一张与茉莉的合影照和自己的电话号码，并让大家有消息了第一时间给他打电话。接着，志杰立即收拾好电脑，打了一辆出租车，急匆匆地奔向他实地寻找茉莉的第一个目的地圆明讲堂，张国荣在上海的牌位就供奉在这里。张国荣的歌迷和影迷到上海，都会去圆明讲堂拜祭他。志杰相信，茉莉应该会去圆明讲堂。

志杰所住的宾馆离圆明讲堂比较远，汽车在飞驰了接近一个小时后才到。当志杰踏进圆明讲堂时，这里已经有很多人了。他轻易就找到了张国荣的牌位，牌位前早已围满了百合花，以及从全国各地赶来的歌迷和影迷。虽然人很多，但一切都井然有序。除了简单的问候，大家很少说话，都神情肃穆地站在张国荣的照片前，拜祭记忆中永远无法抹去的故人。志杰发现，很多人的泪水在眼睛里直打转，好几年过去了，大家还是无法忘记张国荣离去给他们带来的伤感。这也使志杰想起了几年前那个悲伤的夜晚，当张国荣去世的消息传来时，茉莉的表情在一瞬间凝固了，她死死地盯着雪白的墙壁，呆得像尊雕像。几分钟后，她哭了。志杰从未发现茉莉哭得如此伤心欲绝与惊心动魄。

　　拜祭的人来了又走，走了又来。志杰默默地站在角落里，眼睛却在机警地搜寻着，他希望能够看见茉莉的身影。每当发现门口有人进来，心中就燃起了希望，但随着来人的走近，希望又再一次破灭。在希望的诞生与破灭中，志杰一直挨到下午两点，但是他依然没有发现茉莉。时间在一秒秒流逝，志杰有点心慌了。他开始怀疑这种守株待兔的方式，并盘算是否还要继续等下去。但思来想去，志杰也没有拿定主意。于是，他也只有继续像个猎人一样埋伏在这里。后来，随着时间越来越晚，走的人多了，来的人却少了。气氛显得有些清冷，只有百合花的香味在张国荣俊美的脸上缭绕。看着张国荣的照片，美好的回忆如花香一样冉冉飘升。可是，志杰的眼睛却潮湿了，因为回忆中的女主角茉莉不见了。

　　就在志杰准备离去时，进来了一个女孩。女孩的背影很熟悉，但志杰却一时想不起她像谁。女孩在送上一束百合花之后，在张国荣的牌位前静默了几分钟，然后她走向旁边，在一堆鲜花背后翻开了一个本子。志杰此刻才发现，在那个不起眼的地方还有一个小小的留言本。之前涌动的人潮和慌乱的眼神，使他忽略了这个重要的东西。这个发现让志杰有点兴奋，就好像发现了茉莉似的。

等女孩刚写完，志杰就一个劲儿冲了过去。女孩对志杰的行为很吃惊，并以一种严厉的眼神表示抗议。志杰立即意识到自己的冒失，他尴尬地微笑着向女孩解释，对不起，我不是偷看你的留言，我是想看一看，有没有一个叫茉莉的人在这里留言。女孩将信将疑地问，茉莉？茉莉是谁？志杰说，是我爱人。女孩脸上的疑问更是铺天盖地了。于是，志杰给女孩讲了他和茉莉这次来上海的目的，以及茉莉莫名其妙地消失了。

志杰翻完了本子上的留言，并没有发现茉莉的字迹。兴奋如潮水一样退去，志杰摇了摇头，放下了留言本。他失望地看着女孩，两人都沉默着。半晌，女孩才问，接下来你怎么办？志杰说，我准备去八万人体育场，那是另一个重要的地方。志杰接着说，我制订了一个周详的计划，我相信会找到她的。女孩便以微笑来安慰和祝福志杰。说着话，两人便走了出去。

在两人的交流中，志杰知道这个女孩叫吉米。她喜欢唱歌，希望做个像张国荣那样出色的歌手，可父亲却反对。父母希望她做个会计，或者文秘什么的，成天待在办公室里。所以，她常常到圆明讲堂去拜祭张国荣，向他诉说内心的苦闷。吉米感到十分委屈，她红着眼睛告诉志杰，他们只知道打牌、吵架，一点也不考虑我的感受，从来没有真正地关心过我。我是个有理想的人，我希望自己安排人生，而不是按照他们的计划成长，那样的话，我就是木偶了。吉米突然眼神犀利地看着志杰，狠狠地说，我早就厌倦了这个家庭，如果能找到一个属于自己的天地，我早就逃了。

志杰的心里泛起了酸楚，他对眼前这个不算太熟悉的女孩产生了怜爱，因为她的话使他想起了茉莉。茉莉也曾经给志杰描述过她那晦涩和忧伤的往事。在茉莉杂乱无章的描述中，志杰脑海里出现的是一个混乱、冰冷、剑拔弩张的家庭，每一个人的神经都紧绷着。茉莉曾说，她的母亲说自己从来没有爱过父亲。而让茉莉百思不得其解并最终厌倦婚姻的，是父母在如此糟糕的婚姻里，竟然耗了几十年，他们似乎在打一场上辈子注定了的持久战。茉莉说，这是人生最大的悲哀。

吉米让志杰陷入了与茉莉有关的记忆里难以自拔。后来，吉米对志杰说，我陪你一起去找茉莉吧，我突然想见见茉莉。志杰想了想，点头同意了。

时间已经不多了，志杰和吉米商量后，改变了先前守株待兔的战术，而是改打游击战。他们不能在一个地方待得太久，必须去每一个地方寻找。因为这种寻找方式本来就是大海捞针，全凭运气。接下来，志杰和吉米去了八万人体育场、兴圆苑、汉源书店和瑞金宾馆。从瑞金宾馆出来时，偶尔可以看见高楼上闪烁的霓虹灯了。这个下午，他们就像慌慌了的兔子，打着出租车四处乱窜。但是遗憾的是，他们最终没有发现茉莉的身影。

现在该是解决那道难题的时候了，志杰看着灰蒙蒙的天空不知所措。他征求了吉米的意见，她赞成报警。吉米说，现在找人要紧啊，去派出所登记一下，也算多了一条路呀。志杰还在犹豫，他不想让茉莉成为一件案子的主角。吉米在一旁质问道，现在咱们不是无路可走了吗？难道你不想寻找茉莉了吗？面对吉米咄咄逼人的质问，志杰痛苦地做出了决定，只要能找到茉莉，其他的也顾及不了了。

在去派出所的路上，吉米发现志杰一直眉头紧锁，神色严冷。

4

从派出所出来时，夜幕已经拉了下来。糟糕的一天快要结束了。从认识茉莉以来，他们还从未像今天这样，即便是在他们各怀心思时。这种神秘莫测的距离，使志杰感到如此失落。吉米说她要回去了，让志杰有事给她打电话。可志杰却硬是留她吃饭。于是，他们朝一家川菜馆走去。

志杰不是个喜欢喝酒的人，可是，今天却对酒产生了强烈的兴趣。菜没吃几口，却握着酒杯不撒手。慢慢地，话就多了起来。志杰像个啰唆的老头，迷迷瞪瞪诉说着心里的秘密。他拍着吉米的肩膀说，你知道吗，我和茉莉认识的时候，也许你还没来到这个世界呢。但是，她就是不愿意嫁给我。当然，这并不是她不爱我。她说她害怕婚姻。一直以来，我都没有停止过向她求婚，可她就是不答应。我问她是不是不相信我，她说是不相信婚姻。志杰端起酒杯，一饮而尽，接着又胡乱地唠叨起来。他说，在寂寞、空虚与矛盾时，我企图寻找一个新的情感寄托，可我现在才发现，没有茉莉，我的情感世界一片荒芜。吉米没有说话。志杰又一饮而尽。

志杰的眼睛开始蒙眬了，他的思维也混沌了，大脑似乎被一张黏糊糊的网罩住。他只听见吉米在一旁喃喃地说道，你喝多了，我扶你回去吧，我们会找到茉莉的。接下来，志杰的脑子里就成了漆黑的一片。

醒来时，已经是夜里十一点了。志杰躺在床上，酒劲还未完全退去。他努力站了起来，在桌子上发现了一张纸条，那是吉米的留言。吉米回家了。志杰看着纸条，眼神有些飘忽，仿佛那些字在不停地跳跃。他试图做点什么，但觉得全身软得没有一丝力气。于是，志杰又躺在床上，进入了迷迷糊糊的状态。就在这时，手机响了。这个电话让志杰再也没有一丝睡意。

手机铃声只持续了几秒钟，那首忧伤的情歌还只传来了缓慢的前奏，志杰就抓起了手机，按了接听键。对方半天不说话，沉重的呼吸声格外刺耳。志杰警惕地问，你是谁？对方吞吞吐吐地说，你就叫我"风继续吹"吧，这是我的网名。我在网上看到你的帖子了，想告诉你，我知道茉莉在哪里，她现在很好，你不必担心。

对方是个女孩，声音很朦胧。一听对方知道茉莉，志杰就精神了，渗透到血液里的酒精似乎也在一瞬间消失了。他的手紧紧地握住手机，急切地问，茉莉在哪里？你快告诉我，她在哪里？"风继续吹"慢条斯理地说，她不让我告诉你，她只说让你放心，她很好。志杰更加急了，他大声喊道，你让她听电话，我要跟她说话。"风继续吹"叹了一口气，她说，茉莉说她不想与你说话。稍微停顿了一下，"风继续吹"接着说，你就放心吧，她的确很好，我可以向你保证。志杰的情绪一下就高涨了，他愤怒地吼道，你算什么东西？你拿什么向我保证？快把电话给茉莉，叫她跟我说话。对方沉默了，电话里又只有沉重的呼吸声了。志杰还在吼，我要跟茉莉说话，我要跟茉莉说话。

依然是沉默。

志杰已经愤怒到极点了，他声嘶力竭地咆哮，我要跟茉莉说话，快快快……

　　在志杰的咆哮中，电话断了。他愣在温暖的空调房里，情绪突然从高峰跌进了万丈深渊，而且还在继续下坠。志杰感觉自己跌落在一个冰冷、杂乱的沼泽地里，四周散发出尸体腐烂的味道。"砰"的一声，他的手机掉在光洁的地板上了。志杰感觉自己的脊梁被针刺了一下，他捡起手机，慌乱地查找刚才的来电号码。然后，他急不可耐地拨了过去。

　　响了足足一分钟，对方才接听。志杰的语气里明显带着商量的味道，他说，能不能让茉莉跟我说句话？"风继续吹"说，她不愿意。志杰问，你怎么知道她不愿意呢？你告诉她，我是志杰，是她爱人，她一定愿意的。"风继续吹"说，我知道你是志杰，知道你是她爱人。但是，她之所以让我给你报个平安，就是因为她不愿意与你说话。她说，她想安静地在上海寻找一些东西。志杰想插话继续求情，可对方匆忙说了句话就挂了。对方说，你放心吧，她找到自己想要的东西后就回宾馆。

　　随后，志杰与那个陌生而神秘的"风继续吹"进行了一场马拉松式的电话游戏。志杰不停地打，对方不停地挂。打了就挂，挂了又打。不停地打电话，似乎快要耗尽志杰的精力了。最终，对方把手机关了。志杰也如泄了气的气球，身体被完全掏空了。

　　志杰斜躺在地上，耷拉的脑袋像个木瓜。在不知所措时，志杰想起了警察。一个问题突然摆在他面前，是否要把情况跟警察汇报一下？这个看似简单的问题，却让志杰忐忑不安。甚至，他开始憎恨自己了。志杰开始后悔，不该听吉米的鬼主意去派出所报案，觉得实在不应该让茉莉与警察联系在一起。

后悔刺激了志杰脆弱的神经，并让他想起了那个秋风萧瑟的下午。那天，他看着母亲被警察架走，而且永远没有再回来。在相当长的日子里，志杰的母亲成了人们的谈资，似乎离了这个话题，人们都会成为哑巴。在人们越来越失真的流传中，志杰的母亲成了一个没有妇道的淫妇，她无故失踪一年多，后来才知道她勾引了别人的男人，一起私奔了。然后她为了与那个男人厮守，竟然杀了他的妻子。事情最终暴露了，志杰的母亲成了千夫所指的对象。后来母亲被警察架走了，再后来，志杰就没有见过母亲了。有人说，他们在县城那个干涸的河坝里看见她了，在一声清脆的枪声中，母亲倒在了凌乱的鹅卵石上。在没有母亲的日子里，志杰看到的，是一个形容枯槁的父亲。这个终身没有再婚的男人，守着那个破碎的家庭，孤独地走完了一生。而留给志杰的，只有排山倒海、连绵不绝的自卑，因为他母亲是个淫妇，因为他母亲是个杀人犯。

志杰好不容易才从悲伤的记忆中挣脱出来，他觉得沉闷的屋子像个囚笼。几分钟后，他像逃命一样跑出去了。外面有点冷，他情不自禁地颤抖起来。志杰能够看见自己的影子在路面上不断地跳动。他不知道去哪里，哪里有路就往哪里走。志杰像条孤魂，在夜色中游弋。不知不觉中，他想起了萍水相逢的吉米。想起了吉米，便想起了刚才那个电话。志杰突然想给吉米打个电话，他觉得刚才那个电话与吉米有某种联系。于是，他便掏出了吉米留下的纸条，那上面有她留的电话号码。但是，志杰并没有找到吉米。她的手机关机了。于是，志杰只好带着更失落的心情在漆黑的夜里游荡。这时他又想起了好多年前的那个夜晚，他希望茉莉能够突然从黑夜里窜到自己面前，哪怕是把自己吓死。

不多久，志杰感到一股寒气充斥全身，他突然觉得刚才完全消失的酒精又冒了出来。头有点热，有点晕，眼神越来越模糊，身体也越来越酸软。渐渐地，志杰有点支持不住了。于是，他顺势坐在了地上。"咚"的一声，灰尘和寒气包围了志杰。路边正好有一个台阶，志杰倚在台阶上，感觉身体就像夏天里的冰激凌，正在慢慢融化。

　　这时，手机又响了。

　　在掏手机的时候，志杰在猜是谁打来的。可能是"风继续吹"打来的，可能是吉米打来的，可能是派出所打来的，当然也有可能是茉莉打来的。令志杰意想不到的是，电话是孙婷婷打来的。一听到孙婷婷的嗲声，志杰就气不打一处来。他以前是那样喜欢她发嗲，可是，现在他极度厌恶她。孙婷婷只说了一句我想你了，志杰就厉声喝道，孙婷婷你听好了，你最好把心思放在工作上而不是我身上，从今以后，你只是我的秘书而已。你可得记住了，我们之间是雇佣关系，而不是其他关系。说完，他"啪"的一声就把电话挂了。

　　挂断电话，志杰怔了怔，就在漆黑的夜里哭了起来。幽幽的哭泣随着夜色在空中随处飘荡。志杰自己都没有想到，这样一个身处异乡的夜晚，他是如此思念茉莉。现在他终于明白了，茉莉已经进入到自己的生命里，谁也取代不了她。在志杰的哭泣中，那些过往的感动与幸福，就在血管里疯狂地奔流。

　　不知过了多久，志杰的哭声慢慢停止了，他木然地坐在地上，呆滞的眼神淹没在漆黑而冰冷的夜里。

5

这个夜晚的后半夜，志杰就那样孤独地坐在街上，就如他父亲常常孤独地坐在那道老迈的门槛上一样。志杰的意识渐渐模糊起来，他已经不知道自己现在身在何处。晨雾飘飞时，志杰的身上披上了一层露珠。渐渐地，街上开始有人了，辛苦的环卫工人开始为这个城市的垃圾而繁忙起来。

在志杰为环卫工人让道时，他的手机再一次响起。那首情歌在这个清冷的凌晨格外忧伤。志杰一看号码，便知道是茉莉的母亲打来的。茉莉的母亲在凌晨时分打来电话，这让志杰很吃惊。而让他更惊讶的是，她宣布了一个不可思议的决定。茉莉的母亲对志杰说，我想好了，我要结束这段婚姻，天一亮就去民政局。这个五十多岁的女人，在这个特殊的时刻，让志杰哑口无言。

茉莉的母亲开始在电话里对志杰拉拉杂杂地倾诉自己的心事。她告诉志杰，我也没想到，自己竟然能够在这场糟糕的婚姻中坚持这么多年，当人生中最美好的时光全部流逝时，我才发现自己已经疲惫到无法再坚持一秒钟了。茉莉的母亲停了停，好像在喝水。然后她接着说，我觉得自己不配做一个母亲，我让自己的女儿对婚姻产生了恐惧。我太对不起她了，但我找不到任何方式补偿她。茉莉的母亲的口气突然变得沉重起来，她说，我知道，茉莉的内心是想结婚的，即便是在对婚姻的恐惧面前，她依然对婚姻保持着渴望。

在这样的一个凌晨，志杰不想插话，他想就这样挂断电话算了。可是，茉莉的母亲却告诉了他一个秘密。茉莉的母亲说，茉莉已经知道你和秘书孙婷婷的关系了。我知道我这个女儿敏感、脆弱，她怎么会察觉不到你的变化呢？她告诉我，她不想失去你，但又不能彻底地拥有你。茉莉的母亲思考了一下，大概是在做最后的总结。然后她说，无论怎样，我相信你们是相爱的。在快要结束通话时，茉莉的母亲问了一句，茉莉呢？她现在好吗？志杰顿了顿，说她睡得很熟，大概在做一个美梦吧！志杰不敢对茉莉的母亲说出真相。

电话最终挂断了。志杰的心里空空的。茉莉呢？茉莉母亲的话不断地在脑海里盘旋，志杰的情绪又一次跌落到深渊。

天色慢慢亮了，志杰开始向宾馆走去，他要去宾馆合计一下，今天该怎么寻找茉莉。志杰脑子里空空的，昨天马不停蹄地找了一天，现在已经黔驴技穷了。可当他来到宾馆门前时，却远远地看了一个朦胧的、熟悉的身影。他立刻大喊了一声，茉莉！情感的闸门一下就打开了，志杰像风一样冲上前去，把茉莉深深地搂在怀里。依偎在志杰温暖的怀抱里，茉莉禁不住泪流满面。她的手是冰的，脸是冰的，眼泪也是冰的。茉莉的泪水让志杰无所适从，他只得轻轻地捧着她的脸。这时，他才真实地感受到茉莉真的回来了。

志杰问，你到底去哪里了？茉莉说，前天晚上，我迫不及待地去了圆明讲堂，去拜祭了张国荣。昨天我去了汉源书店、瑞金宾馆和兴圆苑，这些地方，张国荣都曾去过。志杰又问，昨天晚上在哪里呢？茉莉停止了哭泣，她说，昨天夜里我在八万人体育场待了一个晚上。整个夜晚，我心静如水。我在苦苦地思索自己的过去和将来。后半夜，我的耳边回荡起了《共同度过》。在那一刻，我蓦然发现自己找到了心中想要的东西。说着，茉莉便轻声唱了起来：

　　垂下眼睛熄了灯/回望这一段人生/望见当天今天/即使多转变/你都也一意跟我共行/曾在我的失意天/疑问究竟为何生/但你驱使我担起灰暗/勇敢去面迎人生/若我可再活多一次/都盼再可以在路途重逢着你/共去写一生的句子/若我可再活多一次千次/我都盼面前仍然是你/我要他生都有今生的暖意/……

　　茉莉的歌声让志杰的耳朵温暖起来，他什么也没说了，只是紧紧地抱住茉莉。茉莉身上散发出的青草味道让他又一次迷醉。随后，志杰的意识进入了一个静谧的世界。在这个世界里，一切都是透明的。后来，他隐约听见茉莉说，志杰，我们回家吧，我想做你的新娘。

蔷 薇

1

一年之前，我陷入了莫名的恐慌之中，整个春天没有写出一个字。这对于一个作家来说非常可怕。在那个阳光好得迷人的季节，我的身影总是在我家附近的几条巷子里晃悠。人们常常可以看到一名面色阴沉、目光呆滞、头发蓬乱的小伙子，穿一身皱皱巴巴的衣服，拖着沉重的步伐，机械、警惕地走来走去。我之所以像只焦灼的螳螂一样出现在人们的视野里，是因为我在这个美妙的春季里迷失了。我仿佛跌落到了一个可怕的荒原，觉得自己正被一种无形的病菌侵蚀。我开始失眠，常常整夜鼓着眼睛与天花板怒目相对。在那些漫长的夜里，漆黑所滋生出的孤独与恐惧像一把巨大的钳子，狠狠地钳住我的喉咙。渐渐地，我闻到了强烈的死亡的气息。气息越来越浓，它漫无边际地包围了我。尽管我在顽强挣扎，但我知道自己快支撑不住了。

后来，老六知道了我的状况，狠狠地臭骂了我一顿。老六也是个作家，我们认识快两年了，却从未见过面。我甚至不知道老六是男是女，因为我们的交流仅限于网络。但我们很投缘，投缘到都懒得问对方的性别。老六在网上对我破口大骂道，你这个傻蛋，你再这样早晚会出大问题。然后，老六开始了艰难的游说。

老六说，你到我这里来吧，我认识一家杂志社的老总，你可以在这里一边工作一边写作。我告诉老六，自己不想去一个陌生的地方，那样可能会加剧我的恐慌。随后，我们展开了持久的论战。老六始终坚持我已经到了不得不改变生活状态的地步了。最终，我输了。在春天的味道快要消失的时候，我选择了离开。在那个陈旧但很安静的城市，我不仅亲眼看见了老六，也认识了蔷薇。

老六居然是个女孩。

尽管老六是男是女都很正常，但我还是稍微有点吃惊。老六把我从火车站直接带到了她家里，一个套二居室。老六说，那间卧室一直没人住，你就享用吧，免得浪费了房租。原来，这套看起来还算温馨的房子，是老六花400块钱一个月租来的。老六告诉我，她也不是本地人，两年前路过这个城市时，觉得这里很宁静，便留了下来。这两年，老六就蹲在屋子里，安静地用文字记录她的生活和思想。用老六的话说，她在这里很有状态。于是，我对这个小城的生活充满了期待。但是好景不长，没多久老六就走了。

那个细雨连绵的周末，老六告诉我，她要出去一趟。我问要走多长时间，她说没个准儿，也许两三个月，也许是半年，说不定几天就回来了。她的话总是这么让人捉摸不定。我看着她干练地收拾着自己简单的行囊，更加对这个神秘的女孩感到好奇。老六走时对我说，她觉得在世界的某个地方，有自己需要的东西，她要去寻找。她看着我飘忽的眼神，坚定地补充说，这能让我感觉到生命的律动。

2

老六走后一个月，我就认识了蔷薇。

那天回家刚走进院子里，哀乐就充斥着我的耳朵。我知道又死人了。这个院子里住着很多老人，一到春天就陆续死人，我来这里后就死了三个。现在是第四个了。院子里那条窄道两旁摆满了花圈，空气中弥漫着黑色的烟雾和燃烧的纸屑。在殡葬公司所搭建的那个巨大的蓝色帐篷前，我看见了一个穿着灰色衣服，头缠白布的女人，她正声泪俱下地哭泣。听旁人说，这个女人很厉害，专门替人哭丧，而且可以连续哭好几天呢。她的哭泣感染了我，使我伫立在那里，默默地听一个与我无关的总结。在充满悲伤的气氛里，她为死者做了一个完美的定论。我的脑子里出现了一个坚强、勇敢的形象。在经历漫长的岁月后，死者尽管倒在了死亡的威胁之下，但却没有输给任何艰难与坎坷。总之，死者的一生闪烁着光芒。

我看着这个认真、投入地哭丧的女人，蓦地对她产生了好奇。她并非是死者的亲人，但为什么她能哭得如此让人动容呢？她在替人哭丧时，内心到底是什么感受？作为一个搞创作的人，我有种想深入挖掘的冲动。

就在那天夜里，我在楼道里遇见了她。让我惊喜的是，她就住在这里，而且与我同一个单元。我住二楼，她住一楼。我说你刚才哭得很投入，充满了感情。她笑了，有点腼腆，薄薄的脸皮就像绽放的花朵。她说，只是为了挣点钱。为了消除彼此之间的陌生，我告诉她，我在一家杂志社工作，刚刚搬到这里来。她问，你女朋友也在杂志社工作吗？我知道她说的是老六。我说，她是我朋友，但不是女朋友。接着又补充说，她到外地去了。她没说什么了，又腼腆地笑了笑。后来我知道了她的名字。在得知她的名字与任性的蔷薇花同名后，我对她就更加好奇了。

我对充满神秘感的蔷薇产生了极大的兴趣。在接下来的几天里，我一直想主动去找她。我想去听听一个专门哭丧的女人的故事，感受一下她的内心世界。我隐约感觉到，蔷薇是座丰富的矿场，能为我提供源源不断的写作灵感。我甚至有了写作的冲动，那感觉就如我十六岁那个夏季对心仪的女孩的爱慕，蠢蠢欲动。于是，在那个天气明朗的星期六的上午，我带着这样一个自私的念头，勇敢地敲响了蔷薇家的门。

蔷薇看着我，和善地笑了笑。我迈过那道锈迹斑斑的防盗门，小心翼翼地进入了蔷薇的生活。灰色的水泥地面，泛黄的墙壁。墙面大面积脱落，千疮百孔。一张粗糙的沙发横在逼仄的客厅里，在另一个角落里放着一台沉默的电视机。我只能用这些简单而干瘪的词语来形容蔷薇的家。正在我的眼神不知落在哪里的时候，蔷薇拿着杯子准备给我倒水。她问要茶叶么？我说要点吧。

当我说明自己的来意后，蔷薇的情绪不太好。从她闪烁不定的眼神里，我感觉到了她内心的慌乱。但她没有拒绝。蔷薇说，以前也有记者总缠着要采访，要听我的故事，但我没告诉任何人。他们总觉得替人哭丧是件稀奇事。蔷薇的话使我陷入了尴尬，我觉得自己的行为伤害了她。于是我立即解释道，我不是那个意思。接着又结结巴巴地说，如果不愿意，那就算了。说完，我们都沉默了。半晌，蔷薇简单地用手撩了撩散乱的头发，搬了个塑料凳子，安静地坐着。然后，她开始安静地诉说。

3

　　蔷薇告诉我，名字是她父亲起的。蔷薇的父亲是位乡村教师，在那个破败的小镇上待了三十四年。英年早逝的他让年幼的蔷薇失去了快乐的源泉。父亲很爱女儿，之所以给她起名蔷薇，是希望她的生命能像蔷薇那般顽强。但这冥冥中已注定蔷薇很小就要经历坎坷和磨难。十四岁那年，深爱自己的父亲撒手人寰。

　　那天下着滂沱大雨，蔷薇的父亲在去学校上课的路上摔进了河里，被洪水冲走了。当时没有任何人看见。到了晚上，父亲还没有回家，蔷薇才把母亲从麻将桌上拉下来。蔷薇和母亲找了一个通宵，但却不见人影。学校领导说，蔷薇的父亲根本就没有去上课。一股不祥的预兆笼罩着这个家庭。那天夜里，十四岁的蔷薇一宿没合眼，她在漆黑的夜里瑟瑟发抖。这十四年里，蔷薇的记忆深深地烙上了父亲的印记。从她记事起，只感受到了父亲的爱，而对那个成天沉溺于麻将桌的母亲，蔷薇有着本能的拒绝。没有父亲的夜晚，她感到恐惧。蔷薇的恐惧在第二天升级成莫大的悲伤，人们在河下游的沙滩上发现了她父亲。父亲双眼紧闭，全身胀得像个气垫。任凭蔷薇如何呼唤，父亲都没有再睁开眼睛。

　　蔷薇的生活立即被一层阴影笼罩了。

　　失去了父亲的蔷薇染上了一种挥之不去的孤寂，忧伤始终缠绕着她。她的伙伴正在慢慢减少，她的快乐正在渐渐消失。在那些辗转难以入眠的夜晚，父亲的音容笑貌就在蔷薇的眼前如红色的蔷薇花一样绽放。后来蔷薇对那条夺去父亲生命的河产生了依赖，她渐渐开始向河倾诉。蔷薇想，父亲一定会在生命的终点守护着他的女儿。每当听着缓缓的流水声，她就知道那是父亲在与自己交流。通过水声，蔷薇感受到了父亲的爱。

父亲死后，蔷薇的母亲似乎变得更加冷若冰霜了。这时，流言蜚语也开始在这个封闭的小镇沸腾起来。最开始，蔷薇从同学们的异样表情中，发现了围绕在自己身上的某些不可言表的变化。从那些模糊的关键词里，敏感的蔷薇逐渐明白了其中的意思。可她还不太敢相信。尽管蔷薇与母亲感情淡漠，但流传的那些令人羞耻的事，她却没有发现过。蔷薇开始认真观察母亲，想知道她是否就是传言中的那种令人唾弃的女人。

在揣测与矛盾中，蔷薇过起了机警的生活。年仅十五岁的蔷薇，看起来就像一个老到的侦探。可是，很长一段时间后，蔷薇并未发现任何问题。但事情往往就是这样莫名其妙，当蔷薇快要放下心里这块石头时，隐藏在背后的玄机却暴露了。这是很残忍的，它撕裂了蔷薇的心。

在那个秋风萧瑟的午后，蔷薇看见了一个丑陋的母亲。当天蔷薇生病了，无法继续坚持上课，于是她请假回家了。就在她推开家门时，听见了让她感到羞耻的声音。声音是母亲发出来的。她从未听见母亲发出过这种声音。蔷薇硬着头皮进了屋，不经意地朝母亲的房间看了看。门没关，十五岁的她看见了一个全身赤裸的男人，死死地压在母亲身上。怒火一下蹿了起来，蔷薇的身体快要燃烧了。他们似乎发现了异样，男人扭头看了一眼，立即如惊弓之鸟一样滑落到旁边，慌张地用被单遮住自己的身体。这时，蔷薇就清晰地看到了母亲的丑陋。蔷薇的母亲并未惊慌，而是用冷漠的眼神看了看蔷薇，慢条斯理地收拾着自己的身体。蔷薇已经被怒火完全燃烧了，她转身出了门，疯狂地向河边跑去。那天下午，人们可以发现一个女孩跪在河边号啕大哭的场景。

蔷薇离开了校园。当她证实了人们的传言之后，根本无法面对别人的眼神。她觉得那些眼神里暗藏毒针，刺得自己遍体鳞伤。蔷薇感觉人们看着自己，就如同看见了她那赤裸的母亲一样。蔷薇无法忍受所有人都知道她母亲与人偷情的事实。

辍学以后的蔷薇，开始了精神上的自我放逐。她有点厌倦这个世界了。消极的情绪使蔷薇的心灵找不到支点，她开始追问生命的意义。可是，她却陷入了更加巨大的茫然里，不知道何去何从。后来，蔷薇开始抽烟喝酒，开始与镇上那些无所事事的年轻人一起瞎混。直到有一天，她进了医院。她做了人流手术，孤独地躺在病床上。更让蔷薇感到难堪与悲凉的是，她也不知道肚子里的孩子是谁的。在那个醉意蒙眬的夜晚，她只知道自己被侵犯了。

这天，蔷薇在病床上做了一个梦，梦里她看见了父亲。父亲站在一个四周盛开着蔷薇的院子里，笑吟吟地看着她。父亲提着一个破旧的水壶，专心致志地为每一朵蔷薇浇水，害怕它们因为缺少一滴水而枯萎。怒放的红色蔷薇散发出一种令人精神振奋的芳香。整个梦境里，父亲没有说一句话，他只是默默地维护着院子里的红色蔷薇。蔷薇发现，父亲虽然老了，颧骨高凸，眼眶深陷，但眼睛里却闪烁着矍铄的光芒。蔷薇从父亲的眼神里感染了一种无法言说的力量。这种力量从梦中来到了现实。

当蔷薇从梦中醒来发现自己孤独地躺在病床上时，她的心里泛起了一股说不出的酸楚，但是她没有流泪。蔷薇拖着虚弱的身子走出了冰凉的医院，带着一张茫然与倔强交错的脸。她迈开了回家的步伐，但同时也迈开了逃离家的步伐。

十六岁的蔷薇悄然地离开了家，她去了遥远的广东，在一家电子厂打工。关于家乡那个小镇，以及在小镇上的一切，蔷薇的记忆已经十分模糊了。而小镇也似乎将蔷薇遗忘了，就连那些谈论她母亲偷情的话题也慢慢消失。人们再一次谈论起蔷薇已经是四年后的事了，那一年，二十岁的蔷薇因为一段莫名其妙的婚姻而闹得沸沸扬扬。在人们的奔走相告中，大家把蔷薇与她母亲紧密地联系在一起。这时，蔷薇以一个不知羞耻、没有人格的形象出现在人们的视野里。大家都说她不要脸，说这是有其母必有其女。

事情的起因是这样的：蔷薇在广东的电子厂里与邻村一个小伙子恋爱了，而且在广东举行了一个简单的婚礼，就算结婚了。但是，他们并没有回家办理结婚证。甚至，除了几个工友，几乎没人知道他们已经是夫妻了。按他们的意思，以后回家时再办理结婚证也不迟。可是，命运总是以一种奇怪的方式来捉弄世人。蔷薇的婚姻走到第三年时，劫难再一次袭击了她。这一年，蔷薇的丈夫提出了离婚，原因是她不能生育，不能替他传宗接代。蔷薇断然地拒绝了。可是，她随后得到的已经不再是离婚了，是分手。蔷薇耳朵里听到的话说，我们还没办理结婚证呢，我们顶多是同居而已，所以现在是分手。蔷薇彻底傻眼了，此刻她明白了事情的严重性。万般无奈之下，蔷薇开始求情，她希望维持这段婚姻。对于生活，蔷薇始终充满了期待。但一切都无济于事，残酷的事实是她必须结束这段奇特的感情生活。后来，小伙子撒手回家去了，而蔷薇也跟着回到了家乡。这是她四年来第一次回家。随后，小镇因为蔷薇而引起了震荡。

事情的结局是这样的：没有办理结婚证，也没有一个人证明他们的事实婚姻，所以蔷薇的婚姻根本不受法律保护。既然只是恋爱，分手就是他们两人自己的事情。在当事人的直接对话中，蔷薇输得体无完肤，她没有任何一丝让生活不受创伤的力量。后来，蔷薇垂头丧气地回到了家里，躺在床上伤心欲绝。这时候，她的母亲却像一个旁观者那样置若罔闻。

蔷薇又一次感到无地自容，她又想到了逃避。她想做一次彻底的逃避，做一次为了获得重生的逃避。带着一段失败的感情，蔷薇经人介绍，认识了后来的合法丈夫王辉。结婚前蔷薇知道王辉的情况，但她却甘愿嫁给他。蔷薇认为，这个不健全的王辉也许最适合同样不健全的自己了。

蔷薇带着满身疲惫和对未来生活的热烈期望嫁给了王辉。虽然王辉的脑子有问题，但是，蔷薇却获得了稳妥的生活，有了一个属于自己的家。蔷薇开始感觉到幸福的滋味了，而更让人惊喜的是，她在那段奇特的婚姻生活里，三年都没能怀孕，但与王辉结婚以后，不到半年就怀上了女儿。这真是件令人幸福和不可思议的事。

后来，蔷薇在一家超市做了一名清洁工。尽管王辉的父母有退休工资，但是，随着女儿渐渐长大，蔷薇的收入渐渐地无法满足全家的开支了。在蔷薇寻思着如何提高收入时，她遇见了罗纹。罗纹之前在一个市场上做蔬菜生意，后来发现哭丧的商机，于是转了行。在他四处寻找嗓子嘹亮的女人时，蔷薇出现了。从此，蔷薇就与哭丧紧密地联系在一起了。

这天的聊天非常顺利，这让我感到意外和丝丝惊喜。只是在谈到她与王辉结婚之后的日子时，蔷薇说得太过简单，恨不得用一句话全部代过去。

在聊天快结束时，蔷薇说这些年日子过得有些艰难，但依然坚持过来了。她告诉我，有一股神奇的力量，一直在默默地支持着她。蔷薇笑了笑，接着说，我在后面的小院子里种了不少蔷薇，我喜欢看那些怒放的花朵。顺着蔷薇的指引，我走了过去，果然看见了。院子虽然不大，但却被蔷薇倔强与任性地包围了，给人一种生机勃勃的景象。尽管现在不是开花的时节，但我能感受到蔷薇盛开时的场景。而这个名叫蔷薇的女人，用柔软的语气对我说，我一看见红色的蔷薇花朵，血液就会快速地奔腾起来。

夏季即将到来，蔷薇花又将再次怒放了。

4

夏季不声不响地来了。而令蔷薇想不到的是，灾难也悄然无声地降临到她面前，再次向她发起了袭击。为了给杂志组稿，我出去了一个星期。回来那天我有些困，一到家就沉沉地睡去了。突然，我被一阵鞭炮声惊醒。当时没多想，转身又睡了。再次醒来后，天已经完全黑了。就在我下楼吃晚饭时，我看见了蔷薇。她头缠白布，苦着一张脸，眼睛红红的，眼珠子似乎快要掉下来了。我感觉她不像是在为别人哭丧，于是便急着问她怎么啦？她说王辉的父母去世了。我问怎么会这样，蔷薇长长地哀叹了一声，她说，他们出了车祸。

王辉的父母是外出游玩时出的车祸，两位老人一起奔赴黄泉。那天他们与几位老年朋友去一个农家乐玩，王辉的父母在一条狭窄的公路上被一辆横冲直撞的汽车撞飞了。据说，因为刹车失灵，为了躲避对面飞奔而来的轿车，司机只得向路边猛打方向盘，直接向两位老人冲了过去。

突如其来的车祸使蔷薇陷入了巨大的悲痛之中。当消息传来时，蔷薇的腿都软了。这些年来，蔷薇一直把王辉的父母当亲生父母看待。而王辉的母亲，也总是像对待自己的亲生女儿那样对蔷薇。

因为是夏天，王辉的父母第二天就必须火化。这天晚上，蔷薇用她最擅长的方式，送别了王辉的父母。她请来了老板罗纹，以及所有与她一道替人哭丧的人。一开始，蔷薇就唱起了《哭娘》。《哭娘》是蔷薇最拿手的节目，没有人能不为之动容。但是，随后大家就明白了，蔷薇今天唱的《哭娘》，与她在其他地方唱的《哭娘》不同。在其他地方唱的《哭娘》，虽然也根据具体对象而进行改变，但是，始终受一定框架的限制，某些话几乎是固定不变的。可是，蔷薇今天唱的《哭娘》，是陌生的《哭娘》，是属于蔷薇自己的《哭娘》。

蔷薇的头上戴着特制的白色孝布，神情凝重地跪在地上。旁边跪着的是丈夫王辉，以及女儿王芳。蔷薇没有酝酿一下情绪，就放开了嗓子。情感如溃堤的洪水，势不可挡地奔流出来。在这个有些燥热的夜晚，蔷薇的哭声令在场所有人感到震撼，包括罗纹。可是没过多久，蔷薇的声音就沙哑了。蔷薇的嗓子在行业里是出了名的，最厉害的一次连续哭了五天。但是，今天她的嗓子却不争气，没多久就出了问题，而且很严重。如果继续哭下去，蔷薇的嗓子有可能就坏了。可是她没有听罗纹等人的劝告，她没有停下来。那些感人肺腑的话，从蔷薇沙哑的嗓子里，不断地冒出来：

"娘啊，您就是我的亲娘啊！自从我嫁到您家，我就成了您的亲生女儿。我感谢您把我当亲生女儿看，给了我迟到了几十年的母爱。娘啊，我当您的儿媳妇很幸福，我下辈子还愿意给您做儿媳妇。娘啊，您省吃俭用，把所有的退休工资都给了我们，自己却好几年没买件新衣服，出门打个出租车都舍不得。娘啊，您为什么走得这么早啊？还没享受过好日子就走了。娘啊，您就这么走了，再不管我们了，我们可怎么办呀？我们以后的日子怎么过呀？"

蔷薇一边哭一边磕头，额头在地上碰撞出的"嘣嘣"声让人们心惊肉跳。借着昏黄的灯光，蔷薇额头上红色的血迹清晰可见。大家立即上前制止她，害怕蔷薇太投入而节外生枝。但是，蔷薇一把推开他们，继续跪着，继续磕头，继续哭着。哭到最后，蔷薇的嗓子里似乎已经很难再发出声音了。人们只能看见她的嘴巴在不断地翕动，就像一只在岸边垂死挣扎的鱼，而那悲怆的哭声，都被卡在喉咙里了。

第二天，王辉的父母火化了。

5

两位老人就这样蓦然走了，家里突然空洞起来。空洞总是容易让人发慌。这几天蔷薇没有跟着罗纹去哭丧，因为她嗓子在哭王辉的父母时哭出问题了。罗纹说她嗓子有些疲倦，让她休息几天。尽管蔷薇对罗纹没有丝毫好感，甚至在内心里憎恨他，但就这件事情而言，她必须得感激他。无所事事的蔷薇，与同样无所事事的王辉显得有些慌乱，在那套狭小的房子里走来窜去。结果，那天他们俩都没来得及躲闪，就在转角处撞在一起了。蔷薇有点不耐烦，她气呼呼地说，你没事站在这里干吗？话音一落，蔷薇就后悔了，她自觉不该这样对王辉，他刚刚失去了父母，心情一定很悲痛。接着她又想，何况他还是智商有问题的人呢。但是，脑子时好时坏的王辉这天表现得很正常，他没有像以往那样毫无道理地表现出不可理喻的毛病。他看着憔悴不堪的蔷薇说，坐下来休息吧，你自己瞧瞧，眼神都是呆的。蔷薇看了看丈夫王辉，也就坐下了。

蔷薇坐在那张布满窟窿的沙发上，不断地叹气。这些年来，蔷薇还从未如此哀叹过。王辉父母突然去世，给蔷薇留下了一道天大的难题，没有了两位老人的退休工资，生活就陷入了困境。尽管蔷薇在这个城市是一个小有名气的职业哭丧者，但收入却不高，要维持这个家庭的生活，并让女儿王芳生活好一些，确实不容易。蔷薇总想让女儿生活在一个幸福的环境里。在她的生命中，女儿无比重要，她有时连续几天几夜不断地工作，几乎全是为了女儿。如今，王辉父母去世了，退休工资没了，而且肇事司机也是个穷光蛋，拿不出一分钱。蔷薇开始为未来的生活谋划了。她首先想到的，就是让丈夫王辉出去工作。

蔷薇不认为这是一个疯狂的想法。王辉的脑子虽然有问题，但却不严重。比如自己第一次见到王辉时，尽管介绍人早就把王辉的情况说得一清二楚，但蔷薇却觉得他没什么毛病，言谈举止一切都与常人无异。只是后来在细水长流的生活中才知道，王辉的智商确实糟糕，生存能力很弱。王辉曾经去上过班，但都因为常常在工作中犯些致命的错误而中途失业。父母总希望儿子能够自食其力，便鼓励他继续找工作。但是，随着失败的次数越来越多，也难免就灰心丧气了。后来他们彻底放弃了，因为王辉在工作中差点闹出了人命。可是此一时彼一时，如今条件已与之前有着天壤之别。蔷薇想让王辉出去工作，她认为至少应该努力一下。

王辉高兴地接受了蔷薇的意见，似乎有种憋了好多年的快感。但是，他的脑子这时又坏了，他不愿意采纳蔷薇的意见去蹬三轮车。蔷薇问他为什么，他也不说，死活就是不去。接下来的几天里，蔷薇扮演了一个喋喋不休的说客，锲而不舍地开导王辉。好在他接受了，他这样对蔷薇说，我答应你，只是给你个面子而已。这真让蔷薇哭笑不得。

6

我似乎更适合在夏天生活，感觉整个身心状态越来越好。这个月初，我开始阅读一套法国短篇小说集。在金灿灿的夕阳下，或者微亮的晨曦中，都能看到我沉醉地阅读。这是一次无法用语言来表述的精神之旅，我沉浸在作者所构建的艺术氛围里无法自拔。我为自己现在的精神状态而感到无比高兴。

除此以外，还有一个好消息，我看到老六了。确切地说，是看到老六的作品了。那天我看到邮箱里躺着老六的邮件，心都快跳出来了。老六离开已经快两个月了，我还是第一次看到她的消息。老六给我发来了一篇小说，她说这是她刚刚创作的。我知道是这次寻找带给了她灵感，所以我迫不及待地读了起来。小说写了一个迷失的女孩，为了寻找生命中最感动的东西，她毅然踏上了孤独的旅途。从这篇小说里，我读到了老六自己的影子。不过，令我担心的是，尽管老六自圆其说地给小说中的女孩带来了感动，但从她力不从心的笔触里，我感觉老六还会在孤寂的旅途中走下去。但是，不论怎样，能有老六的消息就好。后来，我把这篇小说发在我编辑的杂志上了。我问老六高兴吗？她说高兴。我问稿费寄到哪里？她说留着交房租。我心里美滋滋的，这意味着老六还会回来。

7

一个周末的深夜，我正在读一篇诡异的小说时，门铃响了。因为当时正下着暴雨，天空时不时划出令人恐惧的闪电。所以，突如其来的门铃声让我感到毛骨悚然。我蹑手蹑脚地来到门前，俯着身子，把眼睛贴在猫眼上，观察着外面的情况。于是，蔷薇的脸便以一种奇怪的形象出现在我的眼前。看着她那焦急的表情，我断定她有重要事情，便立即打开了门。

在一声惊雷的配合下，蔷薇闪身来到屋子里。还未等我说话，蔷薇便语无伦次地对我嚷道，王辉今天这么晚了都还没回来，他是不是出什么事了啊？你看外面又是雷又是雨的，他到底到哪里去了呢？接着又自言自语地说道，千万别出什么事呀。我问，他有手机吗？她说没有。我问，他之前给你说过要去哪里吗？她说也没有。说话间又一道闪电刺穿了夜色，接着就是足以震裂苍穹的雷声。

我和蔷薇似乎都被震住了，站在凌乱的客厅里不知所措。这时候，雨也仿佛乘人之危，越发下得大了。雨点疯狂地打在雨棚上，扰乱了我和蔷薇的心绪。我想蔷薇认为我可以想出办法，不然她也不会来找我。但是，我此刻确实没有一点头绪。我说，坐下来等吧，说不定他已经到门口了，马上就回来。蔷薇没答话。我又说，你别担心，他那么大个男人，不会有什么事的。蔷薇依然没答话，她像只充满焦虑的蚂蚱，在屋子里上蹿下跳。

雨似乎不会在短时间停下来。蔷薇等不下去了，她说，我要出去看看。我还没反应过来，她就跑了出去。瓢泼大雨，电闪雷鸣，她到哪里去找王辉？我想如果不阻拦她，说不定这个紧张与慌乱的夜晚早晚会发生什么不可挽回的事情。于是，我风一般跟了出去，沉重的脚步让楼道里的声控灯全亮了，昏沉沉的一片。我在蔷薇快要冲进大雨中时，将她拉住了。我说，你这是干什么？这么大的雨，你不能出去。因为雨声较大，我说话就像在怒吼。蔷薇一边挣扎一边说，我要去找王辉，我害怕他出事。我问，你如何找呀？到哪里去找呀？蔷薇答非所问，她说，就王辉那个脑子，哪里经得起这样折腾。假如他有个三长两短，这日子还怎么过呀？然后，她一头扎进了铺天盖地的大雨中。这时，我的心里越来越乱了。我似乎意识到这真是一个不寻常的夜晚。于是，我也跟着扎进了雨里。但没走多远，我就看到了蔷薇，她木然地站在漆黑的夜里，旁边是她的丈夫王辉。

蔷薇拉着王辉急匆匆地回到了家，此刻的王辉看上去更像一只刚刚洗了澡的卷毛狗。蔷薇看着他，心里感到既气愤又无奈，一股说不出的辛酸把她的内心填得满满的。王辉像个犯了错的小孩，呆呆地站在一边，偶尔用警惕的眼神看一眼蔷薇。大概过了五六分钟，蔷薇才没好气地问，你到底去哪里了？王辉说拉了两个客人去火车站。王辉的话让蔷薇目瞪口呆，从这里去火车站，得穿过整个城市，就算坐出租车也要用半个小时。但是，蔷薇相信王辉说的是真的。

事实上，王辉也没有欺骗蔷薇，他确实是在傍晚时分拉了两个客人去火车站，回来时刚走到一半就下起了暴雨。这天傍晚，无所事事的王辉坐在三轮车上打瞌睡，就在他快要进入梦乡时，生意来了。王辉认识这两个要坐车的小伙子，他们与自己同住一个院子，常常可以看到他们叼着香烟，搂着女人在院子里晃来晃去。

对于这趟生意，蔷薇的丈夫王辉原本不打算做，因为他觉得自己有点困了，特别是刚刚打了阵瞌睡之后，更是觉得有点头昏眼花。可这两个小伙子说，给你30块钱，你哪天挣过这么多钱？另外，你把我们拉到火车站，说不定还有人坐车回来呢，你又可以再挣30块钱了，往返一趟，你就轻松挣了60块钱。王辉的脑子总是在关键时刻出故障，他受到了60块钱的诱惑，傻乎乎地拉着这两个居心叵测的小伙子去了火车站。

一路上，蔷薇的丈夫王辉的脑子里就想着60块钱的事。他想，看来今天有财运，一天就能挣几天的钱。这样想着，王辉的全身就充满了使不完的劲，他飞快地蹬着车子。王辉感觉自己就快要飞起来了。到火车站时，王辉已经大汗淋漓，全身都湿透了。还没等车上的两人下来，他就伸出蜡黄的手说，钱，60块。两人的脸色一下就沉了，他们异口同声地说，多少？怎么变成60块了呢？王辉有些急了，他问，那是多少？他们又异口同声地说，30。王辉似乎如梦初醒，他说，好像是30，那就30吧。说着，他又把蜡黄的手伸了过去。这时，其中一个染着红头发的人说，等一下，我去买包烟，顺便换点零钱。另一个没有把头发染成红色的人说，那我就在这里等你，快点啊。夜幕早已拉下来了，王辉看着那个染着红头发的人渐渐消失在夜色里。这时，他听见有人喊警察来了。王辉慌乱地跳上三轮车，飞快地蹬了起来，就像刚才来时那样快。王辉一口气跑了老远，后来他没有看到警察，当然他也没有看到那两个坐三轮车还没给钱的人。

回去的路上，王辉身上的劲儿仿佛挥发了一样，腿软得像根布条。他有气无力地蹬着三轮车，如蜗牛在沙漠里爬行。王辉开始在心里咒骂那两个可恶的家伙，骂他们不得好死，骂他们全家死光光。这样骂着，王辉差不多就忘掉了30块钱的事。突然，一声惊雷让王辉停止了咒骂。他看着深不可测的天空，心里感到莫名的恐慌。于是，他加快了步伐，想快点回家。但王辉的步伐到底没有暴雨的步伐快，他立即被刀子般的雨点包围了。王辉在大雨中举步维艰，三个小时后，他才筋疲力尽地出现在蔷薇面前。

这场大雨不仅使蔷薇的丈夫王辉生了一场大病，还浇灭了他继续蹬三轮车的想法。当天晚上王辉就发了高烧，40度的体温持续到第二天。蔷薇就像照顾小孩子一样陪在王辉身边，反正她最近也没出去工作。蔷薇的嗓子还没有完全恢复，整天干涩疼痛，不断地咳嗽。她的老板罗纹也开始着急了，几次打电话催她。但蔷薇也没办法，毕竟自己是个靠嗓子吃饭的人。王辉在床上躺了一个星期后，总算看起来有点人的样子了。但是，他却对蔷薇说，我不蹬三轮车了，我得想个挣大钱的路子。这让蔷薇焦头烂额，她知道王辉的脑子又短路了，就他那点智商能做什么生意呀？蔷薇以乞求的方式说，还是继续蹬三轮车吧。王辉拒绝说，要去你去，反正我是不去了。

蔷薇无可奈何，她知道王辉的脑子，无法与他有更流畅的交流。而且，蔷薇让王辉出去蹬三轮车，完全是想让他在自己无法挣钱时，给家里弄点补贴，而并没有将整个家庭寄托给他，所以，她现在最大的希望，就是自己的嗓子快点好起来。蔷薇开始吃各种保护嗓子的药物。为了让嗓子更好地休息，她甚至在家里尽量少说话。这样，蔷薇过了一段近乎沉默的生活。

8

时间一晃又过了十多天，蔷薇的嗓子也恢复得差不多了。于是，她又开始跟随罗纹四处奔走。随着蔷薇重新开始替人哭丧，家里的经济危机也逐渐缓和。可是，因为她在外面四处闯荡，很少回家，所以对家里格外担心。蔷薇总觉得那些莫名其妙的麻烦就像一颗炸弹，说不定什么时候就爆炸了。事实上，蔷薇的担忧犹如谶语。这个命运坎坷的女人，似乎注定要在今年遭受所有的打击。

那天下午，蔷薇接到了一个电话，电话里传来的话让蔷薇感到不可思议和无比震惊。尽管蔷薇不想再到罗纹那里去借钱了，可是，当她接到电话后，还是不得不硬着头皮、厚着脸皮去找了罗纹，因为她必须第一时间把王辉领回来。从罗纹那里出来，蔷薇直接去了派出所。一路上，蔷薇都在想，王辉怎么会去搞传销？

那天蔷薇真的生气了，这些年来，她还从未对王辉发这么大的脾气。她不明白，自己离开家也没多久，怎么就闹出这么大的事了呢？回家的路上，蔷薇气冲冲的，像头怒气冲天的犀牛。王辉却如沉默的羔羊跟在后面，一言不发。

刚进家门，蔷薇就开始了拷问。她黑着一张脸，手不停地挥舞着。蔷薇吼着说，你说说，这是怎么回事，到底是怎么回事。王辉不敢正眼看蔷薇，他只得把呆滞的目光投在地板上。蔷薇加重了说话的语气，她几乎就是在咆哮。她问，你为什么不说话？接着她上前推了王辉一把说，你今天得把这事跟我说清楚。王辉趔趄了一下，用老鼠一样的眼神看了看蔷薇，半天才嗫嚅道，这有什么好说的？我也不知道自己犯了什么事，就这么被逮住了。蔷薇猛然地站了起来，气得直跺脚。她几乎就要哭出了，但喉咙却被哽住了。蔷薇仿佛快断气了一样，她说，你呀，你呀。然后是一声长长的叹息。

其实，事情非常简单，王辉被骗了。不愿意再去蹬三轮车的王辉，重新回到了父母去世之前的生活状态，在家里闲着。就在他无所事事时，一个人给他带来了一个看似很好，实际上却是将他引入骗局的消息。

将蔷薇的丈夫王辉引入骗局的是他的一个远房表哥，他们之间感情还不错，只是父母去世后，很少见面了。这次见面让王辉兴奋不已，因为不仅与表哥见了面，而且他还给自己带来了发财的机会。当天，王辉听到最多的词语就是钱。整个下午，表哥都在给王辉算账。听表哥说，只要发展得好，将来会有无数个下手替自己挣钱，这让王辉有点激动。这天，王辉第一次听说自己也可能发大财，甚至变身百万富翁。在表哥天花乱坠的诉说里，王辉知道自己将要做一种老年保健产品的推销。表哥说，现在的人口结构决定了老年用品的市场，这简直就是个聚宝盆。就在夜幕即将来临时，王辉下定决心，跟表哥一起做生意。

第二天，王辉并未征求蔷薇的意见，就拿出了家里仅有的一点积蓄，在表哥的带领下，从一家公司里买了几盒据说能包治百病的甘油。蔷薇不在的那些日子，蔷薇的丈夫王辉就在他们院子里推销甘油。虽然大多数人知道王辉的脑子有问题而没有搭理他，但却不保证所有人都如此清醒。在健康问题面前，部分人忽略了王辉的脑子，而选择了上当。后来媒体报道此事后，大家才知道这种甘油不但没有保健作用，而且还含有致癌物质。幸好，王辉与他表哥在一个窝点从事交易时被工商部门和派出所抓获。否则，不知还有多少人会跟着王辉一起上当。

尽管院子里的邻居都说怪自己当时糊涂，但蔷薇还是觉得心有愧疚，她带着王辉，挨着给大家道了歉。回家后，蔷薇感到万分沮丧，她没想到王辉竟然是这样一个麻烦的人。王辉父母还在世时，她从没觉得王辉的情况有这么糟糕。当然，这不是说她后悔当初嫁给了王辉，而是生活确实让她无所适从。现在，蔷薇根本不能像以前那样放心地奔波了，她还得考虑王辉，说不定他就会给自己惹点什么事出来。在郁闷还未完全消除时，蔷薇黑着脸对王辉说，以后你哪儿也别去，就在家给我待着，好好照顾女儿就是了。王辉斜着眼睛，胆怯地看着蔷薇，没有说话。也不知道他是无话可说呢，还是有话不敢说。

9

没有蔷薇的允许，王辉真的就不再有任何想法了，他竟然真的把那颗充满了奇怪想法的脑子管住了。但人们看到的王辉，成天在院子里走来走去，嘴里还不断地自言自语。有些嘴快的人对蔷薇说，你们家王辉怎么啦？感觉病情比以前严重了。但蔷薇并未把这话放在心上，她知道王辉，虽然不是个正常人，但也坏不到哪里去。而真正让蔷薇担心的，却是女儿王芳。蔷薇已经很长时间没有关心过女儿了，今年发生了很多事情，她忙得几乎没有精力考虑这些。但命运仿佛在今年特别爱跟蔷薇作对，困难总是一个接着一个，似乎不想让蔷薇喘口气。就在蔷薇把王辉从派出所领回来半个月后，女儿王芳就出事了。

这事深深刺痛了蔷薇的心。

蔷薇在一个周末的早晨知道了女儿的事，当时她脑子一下就懵了。那天，蔷薇早就醒了，但她感觉到身子很沉，根本不想起床。她赖在床上，脑子里胡思乱想。蔷薇在为未来的生活考虑，她想改变一下现状。蔷薇觉得，只要努力，一切都将更美好。与此同时，蔷薇也很担心，说不定又会有什么麻烦突如其来。现在，蔷薇最害怕生活中那些突如其来的事情，这种没有任何心理准备的突然袭击，让她感到不知所措，心力交瘁。这时，卫生间里的声响分散了蔷薇的注意力。这声响让她想起了前几天的声响，同样是在早晨，同样是在卫生间。更关键的是，声响的制造者，同样是女儿王芳。想起这些，蔷薇感觉到了事态的严重。

蔷薇立即起身来到了卫生间，她看见了伏在水池边红着脸呕吐的女儿。凭着女人的直觉，她似乎明白了事情的真相。但是，蔷薇此刻宁愿不相信直觉，她依然想亲口从女儿的口中得到答案。蔷薇小心翼翼地问，你是不是感冒了？王芳结巴着说可能是吧。蔷薇接着又小心翼翼地问，你是不是没有生病，而是有了其他事情？王芳又结巴着说可能是吧。蔷薇依然小心翼翼地问，你是不是怀孕了？王芳结巴得更厉害了，她说可能是吧。最后这句话彻底伤了蔷薇的心，尽管她有了足够的心理准备。蔷薇立即关上了卫生间的门，压着嗓子问，你说，这到底是怎么回事？王芳这时把青春期的叛逆推向了极致，面对母亲的责问，她一概以沉默应对。蔷薇多么希望女儿能把事情的原委说清楚，哪怕她是吞吞吐吐，结结巴巴。但是，王芳始终死死地闭着嘴巴。蔷薇看着镜子里女儿那颗倔强地垂着的脑袋，怒火从她的心底蹿了出来，手不自觉地就挥舞起来了。刹那间，王芳的脸上被贴上了一个巴掌印。

王芳一把推开蔷薇，捂着脸回到了她的卧室，把门紧紧地锁上了。她倒在床上，觉得委屈极了。其实，王芳自己也不清楚肚子里的孩子是谁的。她只知道在喝了一杯饮料之后就晕了过去，醒来时感觉到下体已经遭到袭击了。

事情的起因是这样的：蔷薇的女儿王芳本就是个自卑、脆弱的孩子，她从小就在讥讽和嘲笑中长大。她的伙伴们都笑她有一个傻子父亲，一旦她偶尔做出什么不同寻常的举动，大家都说她有可能遗传了父亲的病。渐渐地，王芳开始主动与人疏远。后来，因为蔷薇开始替人哭丧，这又给别人讥讽和嘲笑王芳提供了素材。王芳总是感觉有无数双眼睛在盯着自己，她时刻想着的是逃亡，逃离人们的视线。从此，王芳彻底变成了一个性格孤僻、少言寡语的问题少女。然而，她却从不把这些感受说给父母听。因为父亲是个傻子，说了也白说；因为母亲是个替人哭丧的，成天四处奔波，也无暇顾及她的感受。在今年家庭遭受一连串变故之后，王芳把自己的感受说给了在网上认识的一个网友。而这位网友的善解人意也成功地俘获了王芳，她主动约见了这位从未谋面的男人。在那个沉闷的夜晚，王芳按时去了对方约定的酒店。

事情的结局是这样的：蔷薇的女儿王芳见到了两个年龄比自己大很多的男人，她开始很吃惊，以为认错人了。但经过简短的交流之后，她知道其中那个比较胖的男人就是那位网友。胖男人说，为了不使气氛尴尬，他特地带了一位朋友。这时候王芳已经有些胆怯了，但她也不好立即转身就走。她的想法是，坐下来聊几句就借口离开。胖男人对王芳很好，见面就问她心中的那些烦恼还在吗。王芳说不在了，谢谢你。然后，胖男人就直截了当地说，喝杯水吧。王芳随意地抓起了桌子上的水杯，轻轻地喝了一点。后来的事，王芳已经不记得了，她只知道醒来后一个人一丝不挂地躺在陌生的床上，下身湿漉漉的。王芳后悔极了，泪水肆无忌惮地奔流出来。但是，一切都木已成舟，她想把这件事当成深刻的教训。可令王芳没有想到的是，她竟然怀孕了。怀孕让王芳惴惴不安，她不知道该如何处理这事。就在这时，蔷薇知道了。王芳自己都有些怀疑，她可能是主动让妈妈知道的，因为她自己确实走投无路了。

如果说其他事情蔷薇还能应付的话，女儿的事让她真的彻底地迷失了方向。但是，残局总得收拾，所以蔷薇只得忍着泪水，把女儿带到了医院。为了顾及女儿的名声，害怕在医院里碰见熟人，蔷薇把女儿带到了附近一个郊县去做人流手术。在去医院的路上，蔷薇总是长吁短叹，她想起了几十年前的自己，她隐约感觉女儿在重复着自己的命运。这真是一件可悲的事情。蔷薇这些年坚强地活着，就是不希望女儿重复自己的命运。可面对残酷和无奈的现实，她感到心正在滴血。后来在医院手术室时，蔷薇没有留下陪女儿。她不希望在自己脑海里留下这段记忆，也希望女儿的脑子在这一段处于空白。

现在已是盛夏时节，院子里的蔷薇花骄傲地盛开着，使这个狭小的空间充满了生命的气息和张力。蔷薇为王芳请了病假，而她自己也放弃了工作，在家精心照料这个让她心疼的女儿。蔷薇想起当年自己一个人孤独地躺在病床上的滋味，她不希望女儿也有这种感受。蔷薇希望女儿能像院子里怒放的蔷薇花一样，绚丽与坚强。

10

在酷暑难当的盛夏，我又开始烦躁起来，因为我知道了老六的消息。这可不是一个好消息。甚至，我觉得这真是一场灾难。我的手机在那个沉闷的午后响起，后来我听到了老六的声音。老六用最快的语速说，你还好吗？我说还好。然后她就哽咽了，几乎说不出一句话来。老六急促的呼吸声敲打着我的耳膜，耳膜仿佛都快要破裂了。我隐约感觉事情有点不妙，于是就试探地问道，你怎么啦？老六还是不说话。我的心一下就悬了起来。我佯装愤怒，大声地问，老六你怎么啦？怎么不说话？我猜想老六的话是从喉咙里挤出来的，不然听起来怎么那样干瘪。老六在电话里告诉我，她出事了。在一次旅行中，老六出了车祸。老六说，整个车子都翻了过来，没有一个人是完好的。我急切地问，老六那你到底怎样？半晌老六才说，还好，就是一条腿没了。

我已经记不清那天的电话是怎么结束的，我想自己应该说了不少安慰的话。放下手机后，我的心以一种无法测量的速度下坠。这是一种令人恐惧的心理感受，以至于我都暂时忘记到底发生什么事情了。等我逐渐清醒之后，我的心才真正感觉到撕心裂肺的疼痛。我真的无法接受，一个喜欢寻找与追逐的人突然之间就没有了腿。

老六的事情让我烦躁不安，然后陷入忧伤的情绪里无法自拔。我似乎又回到了春天时的状态，这真是令人沮丧。本来杂志社的老总让我去外地组稿，但我推辞了。我给老总说，我病了。接下来，在这个不太熟悉的城市里的那条巷子里，我又开始了漫无目的地游荡。与春天时不同的是，这里几乎没有人认得我。就在这个时候，我知道了蔷薇的丈夫的消息。

11

那天，我在看报纸时知道王辉出了事。这居然又是与腿有关的事故。知道消息后，我立即去了蔷薇家。尽管我与蔷薇一个住楼上一个住楼下，但平时却往来不多，因为她总是在四处奔走。开门后，蔷薇有气无力地朝我笑了笑。我看见了躺在客厅里的王辉，他垂头丧气地看着天花板，并没有与我打招呼。我兀自说，我看报纸了，一切都知道了。蔷薇一言不发，脸上全是无奈与失望。这让我有些手足无措。

我觉得有时候命运捉弄人真是太过分了，蔷薇只不过是让王辉去建筑工地挣一点钱补贴家用，为什么会让她遭受这样的打击呢？而王辉自己也想不到，他只是去表演一下，怎么就把一条腿弄丢了呢？

自从女儿出事以后，蔷薇就没有出去挣过钱。一是因为她情绪不好，二是因为这段时间生意冷淡。罗纹在电话里说，你难道不知道吗？夏天死亡率很低，这是淡季。这就意味着蔷薇的生活陷入了前所未有的窘迫。万般无奈之下，她又想到了王辉。在一个熟人的介绍下，王辉在一个建筑工地干起了零工。

蔷薇的丈夫王辉的主要工作就是扛水泥，搬砖块，这样的事很适合他。基本不用脑子，有一身力气就够了。王辉在工地上很少说话，只是木讷地做着他该做的事。休息时，他也只是像个木桩一样呆在一边。这次，王辉始终把蔷薇的话记在心上。临走时，蔷薇再三叮嘱王辉，到工地上老实干活就是了，千万别再摊上什么事情。二十天很快就过去了，工程进展非常顺利，眼看着就要竣工了，大家伙的心里都在盘算着工资的事。

那天中午，包工头气咻咻跑过来，把那张猪腰子脸沉了半天才说，大家要有个心理准备，我们的工资可能不太顺利。这话立即引起了骚动，大家像看马戏一样围着他。可是，谁也没有办法，投资人不拿钱来，包工头也无可奈何。

尽管他们都相信包工头，但工作上怎么也提不起劲来。原本还有一个星期就可全部完工，可他们硬是拖了十来天。完工后，大家都没有轻松的感觉，相反却是更加提心吊胆。因为，从包工头的口里，他们没有得到具体领工资的时间。最开始，大家还有耐心，窝在工地上打扑克、看电视，他们都以为就等三五天而已。可是，一个星期过去了，工资的事还是没有影子，就连之前还与他们并肩作战的包工头也不见了。这时候，他们全都坐不住了，少言寡语的王辉也开始骂起娘来。但是，除了牢骚，没有一个人能想出拿到工资的办法。时间一晃又过了三天。一群男人如热锅上的蚂蚁在工地上徘徊，他们渴望的眼神开始变得充满了焦虑与慌张。这种变化正在酝酿一出新的闹剧，而王辉却成了闹剧的主角。

也不知是谁先提议，总之，这群在工地上迷茫不堪的男人想到了跳楼。当然，这只是一场表演，目的是引起媒体的关注，希望在舆论的监督下顺利地拿到他们的血汗钱。大家在几番推却之后，王辉成了他们心目中的主角。于是，在那个炽热的中午，王辉战战兢兢地爬到了他们刚刚建好的楼顶上。

蔷薇的丈夫王辉像个孩子一样坐在楼顶上，两只脚左右摇晃着，仿佛在河边戏水一般轻松愉悦。没过多久，警车呼啸而来。110来了，119也来了。又过了一会儿，王辉看见了电视台和那家发行量最大的报社的记者。王辉看着他们在下面像蠕动的虫子一样忙碌着，有人拿着喇叭大声劝他，有人忙着在地上铺垫子。他坐在楼顶上偷偷地笑。王辉心里想，你们用得着这么认真吗？我不过是在演戏，就跟你们看到的电视剧一样，假的。但是，他又立即神情严肃起来，既然是演戏，就得认真点，一定要达到目的，把工资拿到。于是，王辉故意做了一个要跳下去的动作，引得下面的人心都提到嗓子眼上了。

随着一阵惊呼过后，王辉按照工友们事先的约定，开始与楼下的警察谈条件。他坚决地说，我要见老板，我只想拿回工资，如果拿不到钱，我也就不想活了。我就……王辉把剩下的话咽在喉咙里了，同时又做了一个要跳下去的姿势。下面又是一阵惊呼。那位拿着喇叭的警察说，你千万别冲动，我们正在联系老板，我们保证你能拿到工资。王辉又乖乖地坐在那里，看着人们的一举一动。

时间在一分一秒地过去，气温也越来越高。王辉开始有点头晕了，他想自己快撑不住了。就在这时，他看到那个长着猪腰子脸的包工头了。猪腰子脸接过了警察手里的喇叭，仰着头对王辉吼道，王辉，你是不是犯神经病了，你爬到楼顶干什么，快给老子滚下来。王辉扯着嗓子喊道，我没犯神经病，我只想要工钱。猪腰子脸又吼道，你没犯神经病你跳什么楼呀？要工钱就好好说嘛，谁说不给你工钱了？王辉没说话，他在看工友们的手势。他们早就约好了，工友们在底下用手势配合王辉。猪腰子脸着急了，他继续吼道，快给老子滚下来。王辉得到了工友们的指示，他对猪腰子脸说，你要保证我们能拿到钱，我才下来。猪腰子脸说，我保证你们的工钱一分都不会少。那你现在可以滚下来了吧？接着，他又愤怒地补充了一句，快滚下来！然后他把喇叭塞到了警察的手里，盯着地面狠狠地说道，狗日的。

猪腰子脸刚刚骂完，他就听见人群中炸开了锅，一阵尖锐刺耳的声音震得阳光都颤抖起来。猪腰子脸立即抬头向王辉的方向看去，他看见王辉像个稻草人一样飘了起来，然后撞在还没有撤完的钢架上，腿夹在架子的拐角处，但由于重力的因素，他依然在空中翻了一个漂亮的跟斗，急速朝地面坠落。在人们的尖叫中，王辉重重地砸在早已铺好的垫子上。当大家惊慌失措地围过去时，王辉早已不省人事。

蔷薇的丈夫王辉醒来时，他躺在医院里，一条腿已经不见了。因为他的腿早已成了肉末，医生给他截了肢。而在一旁神情漠然的蔷薇，面对这飞来横祸，失去了语言表达能力。她伫立在病床前，感觉身体已经被抽空，只剩下薄薄的皮粘贴在骨架上。

如果说之前的遭遇，只是给蔷薇的人生之路撒满了石头，使其变得不够平坦的话，那么，现在蔷薇面临的可是一块巨大的陨石。先不说以后的日子如何过，就是眼前王辉的治疗费用也难凑齐。蔷薇本来不想再找罗纹借钱了，可是，她现在除了到他那里去借钱，又能到哪里去借呢？这让蔷薇的内心十分矛盾和痛苦。没办法，在现实面前，蔷薇又一次不情愿地屈服了。她再一次找到了罗纹，借了3000块钱，为王辉这次表演结了账。

在遭受了这次重大打击后，蔷薇感觉天气热得受不了了。她在听电视里的天气预报时，耳朵都竖起来了，总想听到"降温"二字。可是，气温却来了劲，由着性子猛蹿。气象专家说，这是本市40年来出现的最高温度，而且短时间没有降温的可能。这话听着让人心慌。而蔷薇站在她那个狭窄的客厅里，看着半死不活地躺在沙发上的王辉，她觉得整个地球就快要燃烧起来了。而与之相对应的是，蔷薇的内心却是冰凉的。她为自己的现状和将来感到无奈和寒心。在这个最艰难的时刻，她难以看见明天的光明。而她能够做的，只有在闷热的屋子里唉声叹气。

这个夏季的后半段，蔷薇就像只漫不经心的麻雀，在院子里走来走去，动作慌乱而拘束。也许是气温太高，院子里的蔷薇花也有些无精打采，甚至某些花瓣还有了枯萎的迹象。蔷薇想起了父亲，想起了多年前在医院病床上做的那个梦，于是，她开始像梦中的父亲那样，拿着个破水壶给蔷薇花浇水。可是，看上去似乎没有任何效果。这使蔷薇的情绪低落到了极点。

在迷惘与彷徨的日子，蔷薇多次给罗纹打电话，让他给自己找点挣钱的门道，罗纹在电话里也有些耐不住性子了，他说，没有人死，我也找不到挣钱的路子，谁叫咱们吃的就是这碗饭呢？这看起来真是个可笑的逻辑，但蔷薇的脸却是冷若冰霜。她甚至差点哭出来了。后来，蔷薇就常常在客厅里发呆，一会看看王辉，一会看看遥远的天边。

12

秋天说来就来了，一不小心眼前就有一片落叶飘飞过去。在那个有着羞涩夕阳的傍晚，我给老六打了个电话。从老六的口气中，我感受到她的情绪比上一次好多了。我说你好吗？她说好。我没想到她回答得如此干脆与简短。我说那就放心了。然后老六在电话里支吾不语。半晌，她才说，我无法回来看你了，我回老家了，因为我需要父母照顾。我的鼻子一下就酸了，我特别想问她，行动不方便了，她如何去寻找与追逐啊。虽然话就在喉咙里直往外冒，但我最终没有这样问。我说没关系，我争取有时间来看你。她就呵呵地笑了起来，在电话里再三让我保证，说如果不去算什么。我说算小狗，小猪，或者蟑螂什么的。她说还是猴子比较好。接着，老六又说，我常常觉得你像一只忧伤的猴子。我说是吗？她没有回答，而是说，蒋林，希望你能做一只快乐的猴子。

那天的电话是这样结束的：老六说，虽然我的腿不方便了，但我不会因此而一蹶不振。我要快乐地写一部让人快乐的作品，这是我四处寻找而得到的结果。我说，我希望在下次来看望你时，看到一个快乐的你和一部让人快乐的作品。

结束与老六的通话后，我的心境豁然开朗，似乎进入了一片辽阔的草原。这种心境使时间的脚步跑得特别快，很快深秋就来临了，巷子里总是铺着一层厚厚的落叶。而这时，我已经向杂志社老总递交了辞呈。甚至，我的行李都收拾好了，仿佛随时准备进行一次胜利大逃亡。

就在我快要离开时，蔷薇又进入了我的视野。这次，她居然与一桩丑闻扯上了关系。这让我惊诧不已。在听说她与罗纹的事情之后，我曾几次主动想找她聊聊。一是准备与她告别，二是想了解一下事情的真相，因为我始终无法相信人们的传言。但最终是她主动敲响了我的门。

那天晚上蔷薇找我之前，我听见了楼下她家的响动。除了王辉声嘶力竭的辱骂以外，似乎还有杯子等玻璃碎片撞击地板的声音。然后是脚步的移动声，很明显他们撕打在一起了。接着，我听见了沉重的摔门声；接着，我又听见了急促的脚步声；最后，我的门铃响了。

我看到的是一个头发蓬乱的蔷薇，但乱发依然没有遮住她脸上那几道血痕。我问出什么事了？她摇头不语。我看见了她惊慌失措的眼神，于是把她拉了进来。进屋以后，蔷薇一直低垂着脑袋，气氛显得紧张而尴尬。她拘谨地坐在沙发上，我给她倒的水，一口也没喝。我实在无法忍受这种沉默了，于是我问，难道他们说的都是真的？在我屏住呼吸等待了片刻后，蔷薇的头慢慢抬了起来，这时她的脸比一朵被风霜蹂躏之后的残花还难看。尽管她后来点了点头，但我早就从她的表情里知道了一切。我不觉得这事有什么过错，但发生在蔷薇身上，终究还是让我感到意外。

气氛又陷入了可怕的沉默，在无可奈何之下，我想就这样沉默过去吧。此刻，也许没有什么比沉默更好了。可是，蔷薇却说话了。她残酷地打破了这种可怕的沉默。

从蔷薇的口气中，我能感觉到她的心里经过了一番强烈而痛苦的斗争，不然她不会说得那样淡然。蔷薇说，你是不是觉得我是个不知廉耻的女人？她没有等我回答，又自言自语起来。她说我确实不知廉耻，可是有谁能明白我的处境呢？说着，蔷薇又把头垂下去了，声音仿佛是从某个黑暗的洞里挤出来的。

我的客厅仿佛成了一个收集委屈的场所，蔷薇毫无保留地向我诉说着她的遭遇。罗纹给自己带来的挣钱机会一度让蔷薇笑逐颜开，但不久她就看清了罗纹的嘴脸。罗纹不仅看上了蔷薇的嗓子，而且还看上了她的身子。蔷薇虽然三十好几了，但天生就是美人坯子的她，却显得格外丰韵。同样还不到四十的罗纹，常年在外奔波，老婆不在身边，于是就盯上了蔷薇。

罗纹认识蔷薇两个月后，他就开始对蔷薇动手动脚。但由于蔷薇每次都严厉地制止了他的进一步行动，所以，罗纹始终没有得手。可罗纹却没有放下自己的心思，他总是在寻觅各种机会。后来，蔷薇的女儿生病了，急着需要钱的她让罗纹逮住了。罗纹让蔷薇晚上去他那里拿钱，她就抱着忐忑不安的心情去了。到了以后，罗纹一只手捏着钱，另一只手却伸向了蔷薇的胸部。蔷薇立即往后退，可在退了几步之后，就顶住了早被罗纹关上的门。无路可退的蔷薇脸上全是惊恐的神色，但这却阻止不了罗纹的进攻。蔷薇最终被罗纹的魔爪控制了，在他近乎野蛮的动作下，她只得躺在他的身下了。

蔷薇绝望地躺在床上，她看到的是一头面目狰狞的野兽。这头野兽根本没顾及蔷薇的感受，只是机械地做着那个蹂躏她的动作。而蔷薇的脑子里，却想着她的母亲，那个背着父亲与别的男人偷情的女人。她知道自己此刻就像她母亲那样丑陋，可是又有什么办法呢？尽管蔷薇感到无地自容，但她想到罗纹手中的钱可以为女儿治病，还是将羞愤咽下去了。

有了第一次之后，蔷薇与罗纹就纠缠不清了。罗纹似乎把蔷薇当成自己的女人了，而每当蔷薇的生活陷入困境时，她也只有向罗纹求助。蔷薇不知道这算不算肮脏的交易，只是，每次她从罗纹手中接过钱时，心就会不由自主地绞痛。尽管蔷薇承受着这样的屈辱，可她却没有丝毫怨言，她想只要王辉和女儿都过得好，她的付出也就值得了。但蔷薇没想到的是，在人们的风言风语中，王辉愤怒了。他以一种令人意想不到的残暴，对待这个与他生命紧密相连的女人。而更令蔷薇痛不欲生的是，她最隐秘的一面，最终暴露在女儿面前了。

　　不知是蔷薇没有给我机会，还是我的确无话可说，总之，整个过程中，我没有插一句话。后来，蔷薇抬起了头，用迷离和不安的眼神看着我。我的思维似乎被一张网罩住了，不知道该以怎样一种方式与她交流。于是，我只好继续保持沉默。不知过了多久，蔷薇缓缓起身，她说我要回去了。我想了想问，怎么处理这件事？蔷薇做了一个深呼吸，她说总会过去的，一切都会过去的。然后她踉跄着向外走去。我没有跟过去送她，没有告诉她我即将离开这里。我始终出神地看着她倔强、充满力量的背影。

　　我突然想去蔷薇家，到她家的院子里闻一闻蔷薇花香。

马不停蹄的忧伤

1

在决定回到阔别已经十年的老家之前，周成陷入了一个荒唐且难以启齿的陷阱。那桩怪诞的事情让他感到无比羞愤。这事得从他与妻子的感情裂变说起。进入春季后，周成和妻子古红的感情进入了低潮。不知道为什么，他们似乎都是在一夜之间变了个人似的，以前那种相敬如宾的感觉被冷漠与猜忌无情地淹没了。处于感情低潮的周成在一个深夜遭到了一个女孩的引诱，从在网上说第一句话开始，他就开始了无法自拔的沉沦。

那个自称微微的女人看上去不会超过三十岁，但她的城府和算计让周成的自尊和人格受到了强烈的打击与侮辱。在以后的很长一段时间里，周成都悔恨被她那丰满的身材和深深的乳沟所俘虏。周成和微微认识不到一个星期就见面了，他们选择了市中心一家档次还算不错的酒吧。见面的那一瞬间，周成的眼睛就死死地被她的胸部勾住了。而微微似乎也有投怀送抱的意思，暧昧的表情和带着某种暗示的举动让周成心猿意马。接下来的几天，他们常常在这家酒吧里做着隐秘的交流。大概十天后，周成和微微在一张宽大的、铺着白色床单的床上度过了他们都觊觎已久的美好时光。但是，这种让周成感到眩晕的幸福没有持续多久，两个月后，微微就从周成的视野里消失了。

从微微的热情奔放中回到妻子的冰冷状态后，周成感到无比空虚与失落。于是，他开始疯狂地寻找微微。从他们认识的网络，到灯光朦胧的酒吧，以及为他们销魂提供大床的别墅。最终，周成只得偃旗息鼓，一无所获地回到死气沉沉的家里。在失去微微的日子里，周成一度认为这是他人生中最难熬的时光，比当初他与古红天各一方的相思更痛苦。而后来得到的消息，更让周成陷入了漫无边际的痛苦与懊悔中。

那天周成在网上遇见了微微，他的心差点都飞了出来。他急切地问，你去哪里了？微微半天才回了一句，我怀孕了，在家里静养。这句话让周成思绪复杂，他没想到微微会怀孕。他问，你怎么不早告诉我？接着又补充了一句，你怎么有点躲着我的意思？半晌，微微说我是故意躲避你。周成吃惊地问，为什么？微微说因为你是孩子的父亲。周成的脑袋一下就懵了，他感到有一群马蜂在耳边嗡嗡地飞舞。周成的思维停顿了片刻，后来他用扭曲的声调问，什么？你怀的是我的孩子？不是采取避孕措施了吗？微微说我提供给你的安全套被我刺破了，因为我想要个孩子。周成已经被微微折腾得晕头转向了，他完全丧失了正常的思维能力和语言表达能力，只得在电脑前奋拉着双眼，无精打采地盯着屏幕。而微微似乎猜到了周成的心思，她利用他哑口无言的时间，把事情的前因后果毫无保留地说了出来。

周成在微微凌乱而简短的讲述中知道她是个被富翁包养的女人，为了获得富翁更多的金钱，她一直想要个孩子。但富翁与她共度春宵的时间很少，大半年时间都没怀上孕。无奈，她选择了欺骗的手段。于是，她在网上引诱了周成，并故意怀了他的孩子。她想瞒天过海，争取获得富翁高额的抚养费。

微微说完这些后，又一次消失得无影无踪。周成孤独而无助地坐在电脑前，仿佛吞了千万只苍蝇。他没想到微微是那种人，更没想到她会采取如此卑鄙、无耻的手段来骗取钱财。周成觉得这太恐怖了，他必须阻止这不可思议的计划。但是，他再也没有找到微微，无论是网络还是现实中，她都似乎从地球上消失了一样。这让周成感到万分沮丧。

沮丧和羞耻让周成一蹶不振。这个在乡村生活了二十年的质朴男人，开始感觉到了城市的污浊与肮脏。周成产生了重返家乡的冲动。他想到宁静的乡村呼吸新鲜空气。冲动在后来越来越浓烈，以至于他时时刻刻都感到窒息。于是，在某个沉闷的午后，他对古红冷冰冰地说，我想回老家。古红黑着脸问，什么？迟疑片刻后，她又接着问，回哪里去？周成已经五年没有回老家了，父母都已去世，那套老房子也在风雨之中腐朽了，所以古红没有想到周成要回老家。周成斩钉截铁地说，回老家。古红斜睨着周成半天没说话，她无法相信他的决定。她以为他是吃错了药胡言乱语，所以瞪了他几眼后就离开了，去卧室里捣弄刚刚买的那套瘦身内衣。周成垂头丧气地坐在那里，默默地在心里做着回家的计划。

周成和古红已经冷战好几个月了，他们一直过着近乎没有语言的生活。这天，周成起身踏上回家之路时，古红已经进入了梦乡。在乏味的日子里，古红总是习惯午睡。三番五次地捣弄那套粉红色的内衣后，古红就鼾声大作，即便是周成在衣柜里翻找衣服，她也没有察觉。周成还故意在床前停了片刻，他想知道她是否是佯装睡觉。但他没有发现任何可疑之处，于是心里重重一沉之后，背着行囊出了门。

2

周成坐上了返回老家的汽车，马不停蹄地回到了心中挂念的地方。

3

走进村口时，天色已晚了。黑夜悄悄地笼罩了给周成留下无限美好记忆的村庄。父母留下的老屋已经发霉了，所以周成只有暂住在堂兄家里。这个名叫黑子的堂兄对周成突然返家感到惊讶，他说你怎么电话都不打一个就回来了？我连屋子都没给你收拾好。说着，黑子立即吩咐妻子给周成准备晚餐，收拾床铺。周成有点尴尬和局促，多年没见堂兄了，他忽然感到他们之间生疏了，不像小时候那样总黏在一起。周成给堂兄递了根烟说，不要太麻烦了，我只住一晚，明天我就把老房子收拾一下。堂兄差点被烟呛住了，他咳了几声嗽后说，就在这里住，那房子好几年没住人了，潮湿得很。周成语气坚定地说，没事，收拾一下就可以了。其实，周成还想说，我回来就是想住一下老房子。但他只是在心里默默地想着，并没有说出口。

在黑子家暂住了一个夜晚，天一放亮周成就迫不及待地收拾父母留下的老屋。收拾的过程也就是回忆的过程，那些埋藏在心底的记忆随着陈旧而散发着霉味的物件一起涌了出来。最让周成感动的是那些泛黄的旧照片，它们都规矩地躺在布满灰尘的相框里。周成最喜欢其中两张，一张是全家福，父母、他和妹妹。那些一家人其乐融融的生活场景如一幅幅精美的油画，在脑子里一张张翻过。而今父母双亡，妹妹远嫁外地，留给周成的只有淡淡的忧伤与惆怅。另一张是周成和李娟的合影，当时他们站在学校背后的小河边，脸上洋溢着稚气和羞涩。那是他们毕业那年照的。周成和李娟悄悄地谈了两年恋爱，却没有任何人知道，所以他才敢把他们的照片放在家中的相框里。这段感情让周成终生难忘，但后来他们还是分开了。周成上了大学，李娟留在乡村。这些年来，他一直没有忘记那段纯洁的感情。

除了吃饭，周成几乎所有时间都泡在曾经生活了二十年的老房子里。周成其实很想自己做饭，他想完全回到以前的生活，但实在不方便，只好在堂兄家吃。

这天夜里，吃过晚饭后，走过一段弯弯曲曲的小路，便回到了周成现在觉得最温暖的地方。周成和衣躺在床上，夜晚的静谧和安详让他心里感到无限空旷。浓浓的、甜丝丝的夜色，让周成觉得无比轻松与惬意。在他思绪如风一样飘荡的同时，那些自由快活的虫子似乎约好了的一样，一起欢快地演奏着美妙动人的曲子。记得小时候，周成最喜欢听虫鸣与鸟叫。脆生生的声音如涓涓细流，缓缓淌过心间，让人心旷神怡。在不知不觉中，周成就进入了梦乡。而等到他清醒之时，已是第二天清晨了。

太阳悄悄地升上了天空，温暖铺满了大地。这种感觉让周成感到无比舒适与闲逸。在城市中生活的这些年里，周成每个夜晚都会被无休止的喧闹与梦魇纠缠，而温暖的太阳却总是被灰蒙蒙的天空遮挡，成了他的奢求。

回老家这些天，周成很喜欢听人们讲述这个曾经生机勃勃的村庄。但从大家的只言片语中，周成听到的是一个日渐萧索与颓败的村庄，大量人口的外出让这片原本热闹欢腾的家园显得凋敝。而那些令人感叹和唏嘘的事情，让周成原本感到清凉与宁静的内心滋生了惆怅与惘然。特别是关于初恋情人李娟的消息，令周成的心里仿佛横着一堵墙，憋得让人难受。

那天黄昏时分，周成坐在堂兄的院子里，听黑子把李娟的生活进行了彻底与全面的讲述。黑子一边说一边摇头，口气中充满了叹息与无奈。

李娟毕业后去沿海城市打了几年工，期间认识了一个河南小伙子，两人感情很好，听说都准备要结婚了。但是，李娟的父母不同意。李娟的父母要把她嫁给邻村的一个傻子，目的是要为她哥哥换回一个老婆。李娟的哥哥腿有残疾，几乎丧失了劳动能力。李娟的父母一直在为儿子的婚姻焦头烂额，后来终于在邻村里找到了一个情况类似的家庭，对方的儿子是个傻子，也愿意用女儿换取一个儿媳妇。于是，两家人一拍即合。李娟没有任何挣扎与反抗，她想这一切都是命，自己改变不了。一桩愚昧的交易在这个封闭的村庄上演了。李娟嫁给了傻子，而她哥哥则娶了傻子的妹妹。

黑子喝了一口茶说，李娟现在的日子很困难。周成带着茫然问，怎么啦？黑子说，生活举步维艰。结婚第二年，李娟生了一个女儿；第三年，第二个女儿又降生了。傻子的父母重男轻女，叫李娟再生一个。好在这次生的是个男孩子。可是，嗷嗷待哺的三个孩子让李娟心力交瘁。傻子不但挣不到钱，连拉扯一下孩子都不会。两年前，李娟的生活发生了天崩地裂的变化。先是傻子的父亲死了，他在一次醉酒后走夜路时掉进路边的粪坑里淹死了。继而是傻子的母亲病了，用光了家里所有的钱，现在还瘫痪在床呢。李娟彻底失去了支持，只得一个人承担全家人生活的重担。她就像一头不知疲倦的母牛，夜以继日地劳作。

周成给黑子递了根烟，似乎是奖励他投入的叙述。黑子狠狠地抽了一口继续说，更糟糕的是李娟家又添了一个病号。黑子说的是李娟的大女儿，这个七个月就出生的女孩似乎是个玻璃人，身体弱不禁风。据说，李娟为了大女儿的病，已经欠了一大笔债。黑子降低了声调用扭捏的口气说，现在都没人愿意借钱给她了。

沉沉的夜幕包围了整个世界，周成带着无限的忧伤坐在死寂的屋子里抽烟。愁绪如烟雾一样缠绕着他，周成的头有种隐隐的痛。突然，周成隐约觉得院坝里有人的脚步声。正在他侧着耳朵想听清楚时，敲门的声音响起了。周成问了声，谁？同时他快步跑出去开门。结果，他被眼前的人惊呆了。李娟来了。她在黑暗里艰难地朝周成笑了笑，接着说，没有影响到你休息吧？周成没想到她会来，她家离这里还有很长一段路程。迟疑了片刻，他才从错愕中清醒过来。他说，快进来吧。

李娟老了，夜色使她的沧桑更加明显和揪心。她没有与周成谈起他们曾经的美好，简短的寒暄之后就直奔主题。她蜷缩在那张陈旧的椅子上，声音在空气中不断地颤抖。在接下来的时间里，李娟用慌张的语调把她所处的困境全部说给了周成。然后她说，你是城里人，有知识，人缘广，我想请你帮我找个工作。顿了顿，她又补充说，也许这会给你添麻烦，但我也是没有办法了。李娟的到来和请求让周成陷入了沉思，他不知道该如何回答她。周成不相信能在这样的一个夜晚与曾经深爱的女人重逢，而更让他失落与伤感的是现在的李娟让自己感到心疼。李娟见周成没说话，以为是他要拒绝她，泪水一下就奔了出来，顺着脸颊流个不停。周成没想到李娟会哭，在他们相爱的那么多时间里，他从未见她哭过。所以，他有点慌乱，忙不迭地说，那好吧，那好吧。说着他站了起来，想过去为她擦掉眼泪。但是，周成在快要接近李娟时又退了回来。他觉得她的脸很遥远。

这个夜晚，周成通宵未眠。

4

周成坐上了返回城里的汽车，马不停蹄地回到了他已经无比厌倦的地方。

5

城市里浑浊的空气让周成感到前所未有的压抑，而他随后与古红的纠缠，使他想要逃亡，彻底地逃离城市。周成与古红的感情危机没有因为短暂的分别而有所改善，相反有愈演愈烈之势。

古红在一家大型商场当值班经理，周成想让她给李娟找份工作，比如营业员，或者保洁工。这种简单的工作比较适合一直在乡村生活而又没有多少文化的李娟。但是，古红却一直追问着李娟的身份。古红表情木然地问，她是谁？跟你是什么关系？周成没想到古红会问这些，他一时语塞，半天说不上一句话来。周成稳了稳情绪，他说一个远房亲戚。古红立即轻佻地笑了笑，似乎周成已经中了她的圈套。她说远房亲戚？有多远？周成的表情顿时凝固了，他知道古红把自己引入了死胡同。情急之下，周成竟然答非所问。他说她是我们一个村的，跟我是同学。这无疑是不打自招。古红冷笑了一声，蓦地站了起来。她指着周成的鼻子说，什么远房亲戚，你直接说是老情人吧，何必遮遮掩掩呢？古红的话如一股强大的冲击波，使周成不断地往后退，直到他死死地贴在墙壁上。周成急了，这种被人看穿内心的感受让他的情绪如波涛一样翻滚。他愤怒地说，是老情人又怎么啦？

周成的话让古红受到了强烈的刺激。短暂地酝酿后，她用讨伐的口气把周成奚落成一个不知廉耻的恶棍，然后又气急败坏、丧失理智地用她出轨的事来刺激和羞辱他。而整个过程中，周成没有丝毫争辩与反抗，他柔弱得像个犯了错的小孩，神情木然与胆怯。

古红手舞足蹈地说，你有本事啊，这么多年了还没忘记老情人，居然还不顾一切地回去看望她。这些天在乡下生活得还好吧？天天与老情人一起干那见不得人的勾当爽吗？你们这对狗男女。古红简短地停顿了一下，接着她又说，要我帮她找个工作？难道你想把她弄到我的家里来？见周成没有出声，古红的情绪更加高涨，她狠狠地在丈夫的脸上扇了一巴掌，嘴里骂了一句你真下流。周成依然保持着沉默，他似乎习惯了与古红过没有语言的生活，即便是她气焰嚣张、盛气凌人。

周成的沉默彻底引爆了古红的愤怒，也使她完全失去了理智。她说情人是吧？有情人就了不起，告诉你，我也有情人。周成只是斜着眼睛看了她一下，并没有做出实质性举动。古红没有察觉周成的变化，她独自在一旁滔滔不绝，让周成的耳朵受到刺激的话伴随着唾沫星子从她的嘴里哗啦啦地倾泻而出。古红说，你不要以为你有个情人就了不起，我跟情人的关系比跟你的关系都好，我爱他超过爱你十倍。她故意停了一下，眼神快速地在周成的脸上扫了一圈。接着她说，记得老杜吗？现在在北京开公司的老杜，我跟他好了很多年了，你还不知道吧？你有本事回老家去看老情人，我也会去北京看老杜。古红似乎觉得刺激还不够，她口气中的火药味越来越浓。她提高嗓门大声地说，我真是瞎了眼，怎么就看上你了，要是跟老杜在一起，日子幸福多了。

空气在这天变得格外肮脏，周成觉得垃圾通过鼻孔塞满了整个胸腔。古红的话让他感到无地自容。周成不知道老杜是否真是古红的情人，但他们的关系曾经很暧昧。这让他心里很不是滋味。后来古红偃旗息鼓了，周成带着一幅病恹恹的表情独自回到书房。他摸出一包烟，一根接一根地抽，似乎想借助尼古丁来忘记一切烦恼与忧愁。但是，周成的脑子却乱成一团，好像再过一秒就要爆炸一样。

思绪纷乱的周成上了网，他像只没有方向的苍蝇一样在网络里乱撞。没过多久，他竟然看见微微了。周成所有的委屈与愤怒仿佛都找到了发泄的场所和对象，他用咄咄逼人的口气责问微微，他说你这个无耻的女人，干吗要戏耍我？微微的情绪没有受到影响，她的语气很从容。从她的词句中可以看出，她现在已经胜券在握了。她说你这人真是好笑，你借用我的身体满足欲望，我借你用的身体实现愿望，这原本是一个愿打一个愿挨的事情，你现在怎么能有怨气呢？周成气得浑身颤抖，他说你真是个不要脸的婊子。微微的回答如一粒火星，点燃了周成满腔的愤怒，他差点将电脑砸得稀烂。微微说，如果你叫我婊子，那你的孩子就是婊子生的，那你自己又有多高尚呢？周成最后只得说出一句最狠毒的话，但这句话同样被微微以轻松的回答给挡了回来。周成说老子要杀了你。微微说我早就搬家了，你无论如何也找不到我。

周成垂头丧气地在电脑前呆了半个小时，在如此荒唐、怪诞的事实面前，他觉得自己是一个不折不扣的窝囊废。当他缓过神来时，微微早已不见了。

这天夜里，周成睡在书房。前半夜他一直鼓着眼睛，梳理着自己凌乱如麻的生活。直到凌晨时分，他才恍恍惚惚地睡去。当周成第二天早上九点钟醒来时，他发现古红在收拾东西。看样子，她是要外出。周成有些莫名其妙，他问干什么？古红说去北京。周成很吃惊，他问干吗要去北京？古红说去看老情人。她把老情人这三个字说得特别重。周成知道这是古红在跟自己赌气，冷笑一声后便洗脸去了。在卫生间里，刚把毛巾捂在脸上时，周成就听见防盗门关闭的声响。他知道古红出去了。周成在心里默默地想，这人真是神经病。

从卫生间出来，周成给古红打了个电话。她接了，而且直接说要去找情人叙旧情，说完就干脆地挂了。周成没有再打过去，他想她自己会回来的。周成想利用这个时间出去给李娟打探一下工作的事，他诚心想帮助李娟。但遗憾的是，周成这天没有收获。

后来，周成陷入了寻找的状态。他一边找古红，一边为李娟找工作。结果古红没找到，工作也没有着落。最开始古红还要接电话，但口气一直很生硬，她始终用与情人叙旧情来搪塞和回绝周成。后来，古红关掉了手机，彻底地断绝了与周成的联系。尽管之前与古红一直处于冷战状态，但当她真的从生活中完全消失后，周成还是感到无比孤独。他常常叼着一根烟，像只饥饿的老鼠一样在几间屋子里乱窜。他想找个地方停下来，却始终没有找到合适的位置。

像游魂一样游荡了数日之后，周成又选择了返回老家。在那个寂寥的黄昏，他再一次做出了决定。这一次很坚决，他对自己说，永远不再回到这令人作呕的城市了。

6

周成再一次坐上了返回老家的汽车，马不停蹄地回到了他认为最温暖的地方。

7

重新返回老家的周成把自己死死地关闭在老房子里，他觉得这套父母留下的房子是最干净、安全的地方。他怀疑没有人看见他又回来了，包括堂兄黑子。周成想就这样一辈子待在这里，可是在第三个晚上时，有人来打扰了他。李娟又来了。

再次见到周成时，李娟差点惊叫起来。她没想到周成会变得如此憔悴与狼狈。周成努力地挤了点笑容出来，他不想让曾经深爱的女人看见自己内心的痛苦。他说你来了。李娟点了点头。进屋后她下意识地用手捂住嘴巴，但还是咳嗽起来。周成抽了太多烟，烟雾已经塞满了整个空间。周成坐在椅子上，他问你怎么知道我又回来了？李娟说我看见你了，我一直在山坡上望着你回家的路口。三天前，我看见你那瘦弱的背影了。周成不解地问，三天前？李娟说是的。周成一言不发了，眼神慌乱的他只得狠狠地抽闷烟。他以为烟雾可以掩饰一切。而这时候，李娟仿佛成了一名怨妇，喋喋不休地述说着她的苦闷和想法。神经麻木的周成并没有听得太清楚，但她后来的那个举动把周成惊得跳了起来，同时也把他推到了一个难以承受的痛苦的境地。

李娟拘谨地坐在椅子上说，我猜到了，工作的事情没有结果，要不然你不会回来三天了都不来找我。她有些哽咽，停了停继续说，但你也知道我的难处，你就看在我们曾经那么相爱，帮帮我吧。周成没有想到李娟会谈起当年的往事，之前他们似乎都在刻意回避那段令人感到无限美好的感情。李娟的眼泪快要溢出眼眶了。她说我从未忘记那些纯洁的岁月，以及你给我的爱。如果不是天意弄人，我们应该在一起。李娟把头埋得很低，声音仿佛是从地底下发出来的。这时候，她的眼泪肆无忌惮地流了出来，滴在地上的泪水使空气更加潮湿了。

半晌，李娟缓缓抬起头，神情凝重地看着周成。突然，她站了起来，慢慢向周成靠近。周成惊诧地看着她，心里在揣测她到底要干什么。李娟胆怯地说，你家还需要保姆吗？就让我给你当保姆吧。接着她嗫嚅道，只要能进城挣到钱，我什么都愿意做。周成有些吃惊，他没想到她会提出这个要求。而接下来发生的不可思议的一幕更让周成瞠目结舌，李娟双手颤抖地解开了纽扣，衣服一件一件地掉了下来。

这个沉闷夏季的午夜，李娟一丝不挂地站在周成面前，她想用已经失去光泽的身体换取走出困境的机会。周成一动不动，他无法相信曾经纯洁的李娟会做出这样的举动。周成难过极了，他不知道自己该怎么做。渐渐地，周成感到头痛欲裂，他只得双手紧紧地抱住脑袋，蹲在赤裸裸的李娟面前。

不知过了多久，周成站了起来。他捡起地上的衣服，一件一件地为李娟穿上。然后，他独自出了门，来到被夜幕包围的院子里。他躺在杂草丛生的院子里仰望着天空，抽着烟长吁短叹。从城市回到乡下老家，这是他寻求内心宁静的方式。可是，李娟的处境以及她为了金钱而不顾一切的行为令周成陷入了前所未有的迷茫与痛苦。

多年以前的那个夜晚，一个沉闷的夏日午夜。当年那个意气风发的少年，在夜幕下缜密地思考着自己的将来。周成知道外面的世界很美好，所以他想一定要走出这穷乡僻壤。那时他还不会抽烟，嘴巴里咬着一根狗尾草，左手放在胸膛，右手指着夜空中闪烁着光芒的星星，信誓旦旦地说，在遥远的繁华都市里，有一片美丽的天空是属于我的。经过寒窗苦读，周成考上了大学，告别了贫瘠的乡村，实现了心中美丽的梦想。

多年以后的这个夜晚，依然是沉闷的夏日午夜。意气风发的少年变成了狼狈不堪的中年，他又在夜幕下思考着自己的将来。城市的肮脏把周成逼回到乡村，他以为这里是最安全的港湾。可是，李娟的困境和刚才的举动深深地伤害了周成，汹涌的忧伤袭击了他。周成不相信这里能再让他心灵安稳，那么，自己又该去哪里呢？

在忧伤的刺激下，周成的泪水填满了眼眶。他眨了眨眼睛，繁星点点的夜空朦胧一片。

一条名叫儿子的狗

1

对于这次行动，确实蓄谋已久，但结果却有点出乎我的意料。主要是秦姐在最后时刻突然昏厥了，从征兆上看应该是生气所致。我没想到会节外生枝，不过，好在目的总算达到，所以，我在感到愧疚的同时，也还心怀喜悦。

事实上，春节前的两个星期，我一直在思考着是否要这样做。毕竟，这不是一件小事。但是，当看着家庭氛围越来越尴尬、冰冷时，我知道如果不做点什么，将迎来一个非常糟糕的春节。我不想让大家失望，因为三百六十五天才过一次年，应该好好珍惜。于是，深思熟虑之后，我做出了这个生平最出格的事。

时间一天比一天紧，转瞬就到了大年三十。这天早上，秦姐还未起床时，睡眼惺忪的我就悄悄跳上阳台钻进防护栏里，蜷缩在最里端。这里很隐蔽，如果不把房子弄个底朝天，不会有人发现我的。当时，我心跳得厉害，从未如此忐忑不安而又充满期待过。提前几天，我就偷偷摸摸地把食物储存在这里，初步估计可以吃一整天了。我想，天黑之前事情就该结束了，否则就失去了意义。一切安妥之后，我就屏住呼吸，安心等待秦姐来找我。我知道，她起床后一旦没有看见我，就会心急如焚。

看到这里，我相信朋友们大概猜到我的身份了。没错，我是一条小狗，名叫小黑。之所以叫这个名字，是我的第一个主人见我拥有一身黝黑而柔顺的皮毛，就这样给我起了名。我五岁了，按照狗龄计算，已经到了更年期。不知道为什么，最近一年里，我没有缘由地感到焦虑、烦躁以及忧心忡忡。

这大半辈子里，我更换了三个主人。但是，我却没有颠沛流离的感觉。因为，三个主人对我都非常好，给了我强烈的归宿感。同时，我也是一条随遇而安的狗。秦姐是我的第三个主人，已经五十多岁了。自从我进她家门之后，她就叫我儿子。不过，我却不希望称她为妈妈。在我的心里，心中的那个妈妈是永恒的，谁也不能替代她。院子里的人都叫她秦姐，于是，我在心里也这样称呼她。

半个小时后，秦姐起床了。紧接着，她的声音就传进了我的耳朵。尽管声音很小，但我有两只敏锐的耳朵，还是能够清晰地听到。她说，儿子呢？怎么没看见它？她是在问丈夫老张。老张没好气地说，我怎么知道？起床后就为一条狗神经兮兮的，真是无聊。说完，他拿着报纸去蹲厕所了。老张不喜欢我，从来都是这样。

秦姐的嗓子一下就变得尖细了，她惊叫起来，儿子——儿子——我的儿子呢？随后，她又改变了称呼，直接喊起我的名字来。她说小黑小黑，你藏在哪里呀？接着，我听见屋子里有物体翻滚的声音。秦姐以为我藏在某个角落里，为了找到我，她开始在屋子的各个角落寻找。我隐约觉得秦姐之前发现了我储藏食物的行为，仿佛知道我要逃跑或失踪一样，不然，她的反应为何如此快速与激烈？

大概在二十分钟时间里，我听见秦姐把家里翻了个遍。当时，我有点小小的幸灾乐祸，认为自己的藏身本领还不错。但是，几分钟后我就迎来了紧张的时刻，秦姐跑到阳台上来了。她一边走一边嘀咕，这孩子到底跑到哪里去了呢？我的心都提到喉咙上了，生怕她发现我。事情才刚刚开始，我不想前功尽弃。好在只是虚惊一场，秦姐在阳台上翻弄几下就离开了。她怎么也想不到，我就躲在一堆杂物里面。

这时候，厕所里连续传来两遍水响的声音，然后老张出来了。秦姐及时抓住机会，她说，快帮忙找儿子，这孩子，一大早就不见了。老张气冲冲地说，我没那闲心，你自己找吧。说完，他把报纸扔在茶几上，看起电视来。秦姐也生气了，她诘问丈夫，你宁愿看电视也不帮我找儿子？老张不耐烦了。我猜他的眉头早已皱成一团，因为他一生气就那样。他说，别儿子儿子地叫，听起来恶心死了，那狗崽子是你身上掉下来的肉吗？停了停，老张接着说，还是把你的亲生儿子找回来吧。秦姐说，小张他不回来有什么办法呢？我又不是没有给他打电话。老张听妻子这么一说，也针锋相对，他说，狗日的小黑还不是自己不回来，否则听你这么一嚷嚷，它早就摇着尾巴回来了。秦姐说，这不是一回事嘛。老张说，我看就是一回事。

秦姐和老张的声音都越来越小，然后对话停止了。屋子里陷入了空寂。我的脑子里不断闪烁着秦姐着急和委屈的样子，心里泛起一股酸楚。

2

已是大年三十了。虽然如今年味越来越淡，但是谁也赖不掉。院子里很冷清，人们敷衍了事地购置年货，打扫卫生。不过，秦姐却没有精力做这些，她在努力寻找一条失踪的狗。在家找了大半个小时后，秦姐开门下楼去了。她一路走下去，楼道里灌满了她真切的呼唤：小黑，我的儿子，你到底在哪里？快出来呀，别跟妈妈捉迷藏了。秦姐出门之后，我听见老张在空空的屋子里骂了一句，神经病，不就是一条狗吗，丢就丢了呗。

老张这句话让我很是不爽。我知道他不喜欢我，但也用不着这样无情无义。毕竟，我们同在一个屋檐下。两年前，我闯入了这对老人的生活。当时，我的第二个主人，也就是秦姐的儿子小张，亲手把我送到他妈妈的手里。其实，小张挺喜欢我的，因为我们共同度过了一段患难时光。但是，由于他的第二任女朋友不喜欢狗，无奈之下，他只得将我依依不舍地交给秦姐了。我不计较这些，也没有失落感，尽管小张待我不错。我不想再次因为自己弄得一对恋人分道扬镳，这样的错误只能犯一次。只要小张能跟他喜欢的女人在一起，我到哪里都无所谓。好在小张后来结婚了，而且，到目前为止，两个人看上去还是非常甜蜜和幸福。

退休后无所事事的秦姐对我的到来非常欢迎，她似乎一下就接纳了我，而且在心里替代了她的亲生儿子。我想，这与小张常年不在她身边有关。据我所知，小张已经有整整四年时间没与父母生活在一起了。秦姐总是把我抱在怀里，亲昵地抚摩着我光滑、黝黑的皮毛。这引起了老张的嫉妒。最开始，他借口说动物身上细菌多，要秦姐离我远点。秦姐白了他一眼，她说我每天给小黑洗澡，一天要换两次衣服，我看它比你身上干净。秦姐说的没错，她对我的照顾确实算得上无微不至。当然，我也明白，老张身上也不脏。老张是个干净体面的人，没事的时候，就读报看电视，从来不像其他人那样沉溺于麻将。后来，老张又说，你成天抱着一只狗在大街上走来走去，难道不累吗？你放下来让它自己跑呀，狗嘛，本来就该到处乱跑。秦姐笑呵呵地说，不累，不累。老张立即黑着脸说，你那么有力气，怎么不把我抱在怀里？

　　其实，老张既不是嫌我脏，也不是因为秦姐抱着我累，他看我不顺眼，是他认为我抢占了他的老婆。在我的记忆中，自从有了我之后，秦姐很少和老张说话。只要有空，她就对我诉说着各种各样的心事。当然，说得最多的就是小张。在秦姐的眼里，小张不是个孝顺的孩子，结婚之后，一年半载都不回来看一眼父母，甚至连电话都懒得打。她苦笑着对我说，估计是他老婆管得严，不让他回来。我暗自想到，秦姐说得似乎有道理。我跟小张的老婆共同生活了一段时间，觉得那是个心机颇重的女人。

　　随着秦姐与我越来越亲昵，老张就越发孤独了。大多数时间，老张吃了饭就抽烟，一边抽烟一边读报或看电视。他的生活就是这样简单、枯燥乏味。但秦姐就不一样，她买菜做饭，给我洗澡换衣，然后带着我出去散步，感觉她成天没有半点空闲时间。秦姐的充实与老张的空虚形成了对比，在这个空巢家庭中淋漓尽致地上演着。

　　不过，我倒觉得是老张自作自受。老张是个呆板的人，不懂得寻找属于老年人的生活。他完全可以跟妻子一道，多在我身上费些心思，这样既可以跟老婆搞好关系，又可以增添生活的乐趣。但是，他却错误地理解了生活。年过半百的夫妻，还能像年轻人那样天天黏在一起吗？你们现在需要的，是心灵的相守。我如果懂得人类的语言，一定会扯着老张的耳朵，把这些生活经验毫无保留地告诉他。可惜，我只能着急地对他一阵狂吠。

随着时间的推移，老张对我越来越难以容忍了，他时刻都在寻找处置我的办法。有那么几次，家里来了客人，老张非常认真地对客人说，你们谁家需要狗，把这个黑黑的狗东西带走吧，我看着它就心烦。客人们纷纷表示，宠物好啊，跟人亲近着呢。老张立即皱起眉头，挥舞着手臂说，好什么呀，你没看见那个秦老婆子，把它当亲儿子看。为了这个杂种狗，她连我都不要了。我当时很惊讶，老张那么斯文，怎么说话如此难听？好在秦姐万般阻拦，没有让客人将我带走。不过，家庭氛围从未再融洽过，吵吵闹闹成了主旋律。

下楼后的秦姐在院子里四处找我，她的声音悠长地飘扬在空中。我窝在三楼阳台的防护栏里，能够清晰地看见秦姐羸弱的背影。坦率地说，我有些于心不忍。但是，不这样做又不能解决问题。当时，我的心里很矛盾。

又过了两个小时，秦姐几乎走遍了小区的每一寸土地，她的声音因为长时间地呼喊而沙哑了。然后，她垂头丧气地坐在草地旁边，半天都没有站起来。我想，她一定是累了，而且心中知道再也找不到她心爱的小黑了。

这时候，另一幢楼里的刘老头走了出来，他身后是一条雪白的哈巴狗。那是一条母狗，名叫小白，我非常喜欢它。以往的日子里，我常常与小白一起在小区里欢快地奔跑，但是，秦姐和刘老头却很少来往。我记得他们唯一一次对话，竟然是为了我和小白进行了激烈地争吵。当时，刘老头认为我对小白进行了性骚扰，他气势汹汹地来找秦姐讨个说法。哪知秦姐却将老头子骂了个狗血淋头，她跳起来吼道，是你家小白不守妇道，成天扭着屁股来勾引我儿子，还好意思说是小黑性骚扰，还是管好你那条水性杨花的骚母狗吧。刘老头顿时哑口无言，只得灰溜溜地走了。从此以后，他们成了仇人。

今天，秦姐却主动与刘老头说起话来。我看见了，她的脸红一阵白一阵，像个病人。秦姐走上前去，点头哈腰地说，刘大爷，你看见我家小黑了吗？刘老头没吱声，眼睛斜盯着楼上某家人的窗户。秦姐看着旁边的小白说，我儿子最喜欢和你家姑娘一起玩了，今天早上它来过你家吗？刘老头瞪了秦姐一眼，对小白说，走，甭理她。小白跟着刘老头，慢腾腾地走了。秦姐追了两步，带着哭腔说，我儿子不见啦，你看见它没有啊？

3

半个小时后，秦姐回来了。当她发现老张还死死地瞅着电视时，不免怒气冲天。眼看明天就是春节了，不但小张不回来，这个节骨眼上我又突然失踪，这让她心里堵得慌。于是，她对着丈夫咆哮起来。秦姐愤怒地说道，你这死老头子怎么啦？看我着急地寻找儿子也不来帮忙，就守着一个破电视。你还不明白都什么时候了吗？大年三十啦，快过年啦！老张见妻子这么一吼，积压在心底的怒气也即刻翻了上来。他跳起来指着妻子说，就为了找一条狗？我告诉你，我现在最想做的事就是把小张叫回来。你说说看，住在同一个城市，过年也不回家，这成何体统？说话的同时，愤怒的老张不知道将什么摔在地上了，我听见"砰"的一声巨响。接着他又说，如果今天晚上他不回来，这个儿子就算白养了。从此以后，我没他这个儿子，他也没有我这个爹。

屋子里出奇的安静，我把耳朵贴在墙壁上，依然没听见秦姐和老张是否在说话。老张如此愤怒，完全是因为小张。这个倔强的老头子非得要儿子回家过年，可小张也执拗得很，非要跟老婆过二人世界。我对小张很熟悉，但却对他这样的行为也大为不解。生活在同一个城市，而且又是万家团圆的时刻，应该与父母在一起。后来，秦姐的一句话给了我启示。她在我的耳朵边低语道，估计是他老婆的主意，不然的话，他不会这样做。小张这孩子到底是我亲生的，他的心思我很清楚。

小张必须回家过年，这是老张的意思。作为一名父亲，他的态度很强硬。秦姐作为母亲，虽然不想给儿子增添麻烦，表面上没有支持老张，但她的内心我也明白，希望儿子儿媳妇都能回家团年。但是，小张却坚决地拒绝了父母的要求。最近十来天里，全家人都为这事闹心呢。我看局势已经僵持了，如果不亲自出面，估计不会有好的收场。于是，我选择玩失踪。

我之所以这么做，是因为自己跟小张有一份特殊的感情。事实上，小张也是爱我的，如果不是囿于现在的妻子，他也不愿意将我送给他妈妈。关于我和小张的经历，说起来有些年头了。而且，还不得不提到我的第一个主人，小张的初恋情人。她叫若菲，一个长发飘逸的女孩。

五年前，若菲把我从一个菜市场抱回了家。我还记得当时的场景，天下着冰冷的雨，当她把我藏在羽绒服里时，我感到温暖极了。若菲是个充满爱心的女孩，就像母亲对待孩子一样照顾着我。当然，她叫我儿子，我也叫她妈妈。在若菲的照料之下，我茁壮成长，很快就成了一条健壮、可爱的小狗了。当时，我在心里默默立誓，要永远陪伴在若菲身边，带给她无穷的快乐。但是，后来形势却发生了改变。

所有改变都来源于若菲的一场恋爱，她的男朋友就是小张。按道理，小张和若菲应该终成眷属，因为他们志趣相投，至少都是爱狗之人。但是，我却成了他们之间的一道障碍。多年以后的今天，我依然在为他们的分手而感到遗憾。与此同时，自责也一直伴随着我。如果不是因为我，若菲和小张又将拥有怎样的幸福生活？回首往事，真是惆怅不已。

若菲与小张生活在一起后，常常为了我而争吵。他们都有自己的主张，若菲觉得这样喂养好，而小张却认为他那一套是正确的。从小喂到大，若菲对我有着特殊的感情。而小张又是个性执拗之人，始终坚持自己的原则不改。两人都不让步，生活势必乱成一团。其实，我对生活的要求不高，他们怎么喂养都无所谓，吃饱穿暖就可以了。但是，作为一只狗，我不懂得怎样向他们表达。在他们争吵不休的时候，我只得木然地呆在一旁，不知如何是好。

最终，若菲和小张分手了。可让我想不到的是，若菲将我丢给了小张。走的时候，她愤然地说，把它交给你一个人喂，随便你怎么弄都没人跟你争，这样满意了吧？小张看着若菲的背影，满脸都是错愕与不解。不过，女人还真是难懂。就说若菲吧，她那么喜欢我，可为何却独自抛弃我呢？

失恋后的小张陷入了无尽的痛苦之中。看得出来，他对初恋情人爱得真切。在相当长的时间里，他都意志消沉、郁郁寡欢，拒绝交往新的女朋友。这期间，小张把我当成了知心朋友，对我诉说着对若菲的思念。那些情话，我就不方便对你们讲了。我想说的是，通过那些绵绵的语言，我明白若菲在小张心里是无可替代的，哪怕是他的第二个女朋友，也就是他现在的妻子。

小张的第二个女朋友不喜欢狗，但小张却希望跟这个女人结婚。经历一次感情创伤之后，小张变得脆弱了。于是，小张把我送给了秦姐。但是，他割舍不掉对我的情感，时刻都在牵挂着我。这么说吧，只要秦姐对小张说我有点感冒，无论他有多忙，也会风风火火地赶回来。正因为这样，我才玩起了失踪这套把戏。只要秦姐给小张打个电话说我不见了，我敢保证，用不了一个小时，他一定会出现在家里。这样，举家团圆的梦想就顺理成章地实现了。这一点，老张肯定不相信，他认为一只无足轻重的狗不可能会有如此大的魅力。

4

现在已是中午了，屋子里还是没有一点声响。秦姐和老张到底在干什么？我抖动了几下耳朵，试图获得一些信息，但却无济于事。转而我又想，秦姐怎么还不给小张打电话呢？以往，我稍微有点事，她都会急着告诉小张。如果她不给小张打电话，那么，我的计划不就是竹篮打水一场空了吗？秦姐啊，你怎么就不明白我的良苦用心呢？不过，无论是人与人之间还是人与狗之间，心思都不是轻易能够猜透的。这样想着，忧伤塞满了内心。

肚子里"咕隆咕隆"地响了几声，有点饿了。我小心翼翼地拿出糕点吃了几口，生怕弄出响声而露出破绽。吃完之后，我就默默地等待局势的发展。除此之外，我别无他法。从一开始，我就处于被动之中。对于这次行动，我唯一能做的就是失踪和等待。究竟有怎样的结果，这不是我能决定的。此刻，无所事事的我又想起了很多往事。

从若菲到小张，从小张再到秦姐，我始终生活在一个家庭之中，存在于一种相对固定的情感世界里。这使我看到了人与人之间奇怪而难以捉摸的关系。比如若菲与小张，两人的感情一度热火朝天，但分手时却是干脆而决绝；比如秦姐和老张，走过风雨几十年，晚年时却过着沉默的日子，仿佛两个刚认识不久的人；又比如小张与他的父母，明明血脉相连，但却有着深不可测的距离。作为一条狗，我认为人与人之间真是太复杂了。

就在我浮想联翩时，老张冒火了。他把茶几拍得"砰砰"响，然后放出了火药味浓厚的话。他对秦姐说，再给那个狗崽子打个电话，如果不回来，就叫他永远别回来了。沉默了很长时间的秦姐用沙哑的声音回答道，你自己怎么不打呀？老张说，让你给自己的儿子打个电话，又不是叫你去犯罪。秦姐顶嘴道，既然如此，你还是自己打吧。老张的火更大了，他猛烈地掀翻茶几，茶杯瞬间就支离破碎了。接着，他气势汹汹地说，你就为了一条狗，连儿子都不要了。难道儿子还不如一条狗吗？秦姐又沉默了，她不知该说些什么。或许，因为我还没有找到，让她的内心又感到忧愁。但是，老张接下来这句话却把局势推向了悬崖。他说，是不是天天抱着一条狗，时间长了就变成畜生了，连自己的亲生儿子都不要了？

秦姐急了，她声嘶力竭地说，谁是畜生？你再说一遍，到底谁是畜生？我就只听到她说了这两句，接下来就是他们汹涌的口角相争。他们的声音都很大，大到完全淹没了对方。我听不见他们到底表达了什么，脑子里浮现出的是他们好像都要吃掉对方的样子。那种样子很恐怖，也很搞笑。

我本以为，秦姐找不到我，就会打电话告诉小张，然后小张和老婆就在年三十这天回来了。但是，现在秦姐却只顾着和老张争执不休，根本没有给小张打电话的意思。这再一次证明，我把人类想得太简单了。到底该怎么办呢？常言说解铃还须系铃人，我该跳出来平息他们之间的战争吗？我陷入了尴尬与矛盾之中。

就在这时，我听见了物体轰然倒地的声音。紧接着，老张就惊慌地叫起来。老秦，老秦，你怎么啦？你别吓我啊。老秦，你快把眼睛睁开呀。我明白秦姐出事了，因为她心脏不好。顿时，我全身冷汗淋漓。我什么也没考虑，双腿一伸，身子向前一跃，"嗖"的一声就跳了下来。当时的场景吓得我浑身颤抖。秦姐倒在地上，脸色铁青，不省人事。我大喊了两声，秦姐！秦姐！但是，她没有理我。要在平时，只要我轻微地叫一声，她就会把我搂在怀里。

老张气急败坏地看着突然现身的我，他的眼珠子就快要掉出来了。几乎是在眨眼之间，他抬起脚就朝我踢来。别说我能否闪开，当时，我根本就没打算躲闪。我的注意力全部集中在秦姐身上。我在为她担心，在为她祈祷。老张的皮鞋狠狠地砸在我的肚子上，差点让我没喘过气来。我倒退了几步，一屁股坐在冰冷的地板上。可是，我很快又重新站了起来。老张用仇恨的眼神看着我，然后愤愤地骂了一句，都是你狗日的惹的祸。

尽管疼痛还在继续，但急切的心情让我忽略了身体的创伤。老张真是个傻鸟，都这个时候了，还跟一条狗计较。快打电话呀。如此危急的时刻，既要给小张打电话，还要打电话叫救护车呀，人命关天呢。我不停地狂叫，以此来提醒他。让我惊喜的是，我刚叫几声，老张就拿起了电话。一切正如我想的那样，他先后给小张和医院打了电话。不知道是他脑子开了窍，恍然中才记得自己此时该做什么，还是他真的听懂了我的话。不过，这都不重要。让我欣慰的是，事情在朝好的方向发展。

在小张和医生到来之前的这段时间，气氛非常紧张。老张并未继续对我实施报复，他焦躁地在客厅里走来窜去。面对狼藉的局面，我也无能为力。我默默地看着秦姐，心里生出了丝丝悔恨。我知道秦姐、老张以及小张夫妇都会原谅我，因为我也是一番好意，只是没想到弄巧成拙。但是，眼前的事实却让我感到失落与伤感，毕竟秦姐现在生命堪忧。

就在我思绪翻飞时，我看见秦姐的眼皮微微动了两下。我兴奋极了，又大声地喊了两声，秦姐！秦姐！秦姐苏醒了，她的眼睛由一条缝慢慢变大，然后惊奇地看着我。她哭了，泪水夺眶而出。秦姐上下左右地打量着我，半晌，她一把将我拖过去，把我紧紧地搂在怀里。我又感受到了秦姐的心跳和温暖。但是，没有人察觉到，此刻的我早已泪流满面。

夕阳无限好

1

手机铃声响起时，杜永宽正在剁海椒，嘟嘟嘟的声音把晨曦敲成一丝丝细碎的阳光，穿过露台木棚上的瓜藤照射进厨房里。从南县到月城已经四十二年，他还是忘不了故乡小米辣的味道。每天早上吃米粉时，总会剁一小撮又红又尖细的小米辣，合着细嫩的粉丝吃得满头大汗。

不用想，杜永宽就知道电话是老杨打来的。昨天傍晚，他们在院子外的小巷子里商量了大半个小时，落实第二天相亲的每一个细节。当时，余晖洒在杜永宽花白的头上，脸上的皱纹和老年斑清晰可见。他频频点头，承诺一定按照她的交代做好。老杨转身朝巷子尽头走去，几步之后又急慌慌地跑回来对杜永宽说："早点起床，别睡懒觉。"

听到电话声后，杜永宽把菜刀摔在一边，抓起案板旁的手机急切地说，这么早啊？老杨说，我专门提醒你，让小龙穿好看点，别像前几次那样灰头土脸的。杜永宽笑着说，我上周末陪他到商场里买了一身漂亮的衣服，你就放心吧。他没听清楚老杨在电话那端还说了句什么，但是那声叹息让他久久陷入沉思。杜永宽在想，老杨对小龙的婚事应该已经不抱希望，她之所以还一次次为这个三十八岁了还单身的男孩介绍对象，多半是看与自己共事半生的面子。

"杜龙，收拾好了就来吃饭。"杜永宽对儿子大声喊道。

"马上就好了。"杜龙的声音无精打采。

杜永宽把两碗米粉端在餐桌上，转身来到儿子的卧室。他靠在门上，看着杜龙呆呆站在镜子前，一脸苦相。半响，他摇摇头来到杜龙面前，帮这个让他操心半辈子的儿子整理衣服、领带，然后又到鞋柜里拿出刷子，把儿子脚上那双已经很干净的皮鞋刷了刷。然后，他后退几步，嘴角浮出浅浅的笑容。他挥了挥手说："快点吃饭，杨阿姨让我们早点去。"

杜龙对今天的米粉不感兴趣，一会儿说太辣，一会儿又说没胃口。杜永宽呼呼啦啦几口吃完，端着空碗正往厨房里走，却听见杜龙说："爸，我不想相亲了。"

杜永宽双脚停住，死死地钉在有些褪色的地砖上。他最担心杜龙说这句话，没想到这个阳光明媚的早上还是听到了。杜永宽的心莫名地一阵悸动，深深地吸了一口气说："我和你杨阿姨每天都在为你想办法，你可不能说不去就不去。"

"我没有信心。"杜龙索性放下筷子，把半碗米粉推到桌子中间。

"小龙，我和杨阿姨都相信你。"杜永宽看着那半碗米粉，接着又说，"你要相信自己。其实，你很帅。"

"爸，这不是帅不帅的问题。这几年，我相亲应该有几十次了吧。每一次，当对方听说我有病之后，就不了了之。"杜龙端着剩下一半米粉的碗朝厨房走去，在过道上与杜永宽擦肩而过，刚走几步，他又回头对父亲说，"爸，我的症结在于身体有病，这个世界除了你还有谁愿意照顾一个病人一辈子？"

"这是一辈子，不是一两天一两月。"杜龙径直朝厨房走去，在门口又说了这么一句，把杜永宽震慑在原地一动不动。

片刻后，杜永宽皱皱眉头，摇晃着脑袋走进厨房。他没有时间收拾锅碗瓢盆，接下来的重要任务是说服儿子参加这次相亲。杜龙的确有先天缺陷，母亲遗传给他的癫痫病即便华佗再世也无法根除，但只要按时吃药，工作与生活完全没问题。不过，在一次次失败的相亲中，杜龙完全丧失了信心。上个星期六下午，他追着父亲一直絮絮叨叨，对相亲表现出极度厌恶的情绪。但是，杜永宽费尽心思安慰儿子，把六十六年来所有经历糅合起来，试图从中总结出带有哲理的话语。遗憾的是，那些话说来说去不但没有把儿子说服，反而把自己绕得晕乎乎的。但是，杜永宽在心里默默做了决定，一定不能让儿子放弃。

"我们下楼等杨阿姨吧。"杜永宽对儿子说，然后在鞋柜里掏那双穿了八年的皮鞋。虽然皮鞋陈旧，但是擦得透亮。他始终牢记老杨的话，不论家庭条件多艰苦，总得把自己打扮得干干净净，毕竟没有人愿意与邋遢的人在一起生活。

"爸，能不能不去？我觉得每次都是高高兴兴地去夹着尾巴回来，很丢人。"

"这哪里是丢人？天下男女，有几个没有几段失败的感情？"

"我不是几段，是几十段啦。"

"几十段又怎样？只要有一次成功就好。"

"爸，我每次灰溜溜地回来，感觉活得特别没尊严。"

"我们先把平凡普通的生活过好了再谈尊严，不然什么狗屁意义都没有。"

"但是，人总得要点面子吧？"

"找个女人生个娃，日子过好了就是最大的面子。"

杜龙不说话，看着父亲；杜永宽也不说话，看着儿子。

老杨又来电话了。杜永宽捏着手机说，杨阿姨在催了，赶紧下楼。

"爸，我真的不想去。"

"我告诉你，逃避不能解决任何问题。爸爸还能照顾你多久？我都六十六岁的人啦，说不定哪天就离开咯。如果你不赶快成个家，爸爸怎么走得安心？"杜永宽看着儿子，慢声细语，面带微笑，接着，他又说，"再给自己一次机会吧。"

"爸，这是最后一次。如果这次还不成功，我以后再也不相亲了。"

"好吧。"杜永宽笑眯眯地说，"这次如果不能成功，咱就听天由命。"

在杜永宽的软磨硬泡中，杜龙答应父亲再去相一次亲。这个敦厚、朴实的老人把儿子推出去，然后对着妻子说，我陪小龙看对象去啦，你自己在家好好待着吧。妻子没有回话，独自一人朝阳台走去。生下两个孩子后，这个从小就有癫痫病的女人彻底疯了，从此成为家里的闲人。

杜永宽带着杜龙，与老杨带来的女孩在茶馆里见了面。他们先喝了一个小时茶，然后到附近的饭馆吃饭。女孩姓张，个头不高，但长相还不错。她在超市当收银员，每天工作八小时，月薪两千元。杜永宽一直微笑着听女孩说话，时不时赞扬几句，然后又热情地向对方介绍自己这个大龄儿子。整个过程，杜龙表现得极为冷淡，很少说话。老杨笑嘻嘻地对女孩说，杜龙这孩子生性老实，将来肯定是个好老公。听老杨这么说，女孩有点矜持，偷偷瞄了一眼杜龙。

相亲在下午四点左右结束，分别时杜永宽对女孩说："小龙什么都好，就是身体有点不好，她妈妈把病遗传给他了。不过，只要按时吃药，跟没病一样。"

女孩又瞟了一眼杜龙，然后说："我知道了，让我考虑几天吧。过几天，我给你打电话。"

杜龙点了点头说："好的。"

每次带儿子相亲，杜永宽都会把儿子的病情如实相告。他希望找个能够照顾儿子一生的人，就像他照顾妻子一辈子那样。

吃晚饭时，杜龙对父亲说："爸，你觉得有希望吗？"

"等她的电话吧。"

"前几个也说等几天给我打电话，可最终都没有消息。"

"这一个不是前几个。"他扒拉完最后一口米饭，看着儿子补充说，"人生应该往前走，不要老是回头看自己的脚印。"

半个小时后，杜永宽下楼直奔小区院子而去。

院子里的音乐早已响起，那群跳舞的老人快要中场休息了。他要去找老李，打听养老院的事。六十六岁的杜永宽寻思着为妻子找个合适的养老院，当自己老去后她也有个安身之处。一日夫妻百日恩，不能丢下她不管。

2

杜永宽与妻子都是南县人，但是到月城之前，他们并不认识。

南县是出了名的贫困县，杜永宽所在的白鹤乡在整个南县又最穷。为了走出白鹤乡，十八岁那年，身材瘦弱个头不高的杜永宽抱着试一试的心态报名参军，结果却幸运地走进部队。在部队的几年时间里，杜永宽虽然没长高，身体却壮了许多。后来，他转业到月城一家大型厂矿工作，顺利实现走出穷山沟的梦想。

杜永宽踏实、勤奋，在单位里深得领导老何喜欢。老何不是月城人，老家离南县不远。所以，平常杜永宽与老何总以老乡称呼。在偏远的月城，有个老乡陪自己抽烟喝酒话家常，两人都感到十分温暖。一年以后，老何见杜永宽下班之后总是一个人，便问他是否有对象。杜永宽说，母亲在老家找了一个，不过还没见过面呢。老何又问，看过照片吗？杜永宽摇摇头说，还没有。老何抽完一根烟后说，我给你介绍一个吧。

老何给杜永宽介绍的女孩不是别人，正是自己的亲妹妹。杜永宽没有推托，便答应见面。

女孩名叫翠娥，杜永宽觉得这名字真好听。翠娥小学没读完就回家跟父母种庄稼了，那时候家里穷，只能供哥哥一个人读书。后来，哥哥到月城工作，便想着拉妹妹一把，将她带到城里做小生意。翠娥租了一间铺子卖衣服，凭着起早摸黑辛苦付出，生意倒是不错。因为人地生疏，加上忙于生意，二十二岁的她还没有成家。老何见杜永宽不错，于是便想着撮合一段姻缘。

杜永宽与翠娥见面后，对她非常满意。虽然她读书少，但在月城历练几年后，倒也机灵活泼，说起话来眉飞色舞。第一次见面，她就开始畅想未来的生活，搞得大小伙子杜永宽在一旁不知如何接话，只有乐呵呵地听她噼里啪啦地说个不停。老何看着杜永宽的表情，断定这段姻缘有戏。

如果不是母亲的来信和后来的阻断，杜永宽与翠娥应该顺理成章结为夫妻，组建一个幸福的家庭。但是，那封信在杜永宽与翠娥渐入佳境时突如其来。以前，杜永宽只是听说母亲在老家为自己找了个对象，但后续如何发展并未明说。

当杜永宽打开信封时，映入眼帘的是一张照片，他顿感事情不妙。照片中的女孩偏瘦，瓜子脸长头发，微笑着的她露出两颗虎牙，看上去甚是可爱。杜永宽明白，这就是母亲为自己找的对象。可是，自己已经在月城认识了翠娥。

母亲不识字，每次写信都是找村里的民办教师王老师帮忙。王老师写得一手隽秀的钢笔字，每次阅读母亲的来信，杜永宽都觉得仿佛是在听母亲唠家常，就像小时候在月明星稀的夜晚对自己讲遥远的故事。母亲在信中介绍了照片中的女孩，她叫张丽娟，家住西坝乡，与白鹤乡不过二十里路程。张丽娟小学毕业，会缝纫手艺，目前在西坝帮人缝制衣服。母亲与亲戚已经多次与张丽娟会面，都觉得这个女孩适合杜永宽。信的最后，母亲希望杜永宽立即回家与张丽娟完婚。

几百公里之外的月城，杜永宽蹲在尘土飞扬的马路边，默默地重复着母亲的叮嘱。

杜永宽对张丽娟第一印象不错，但他更喜欢翠娥。他把实情告诉母亲后，遭到她强烈的反对。接下来的半年时间里，杜永宽和母亲通了十来封信，大部分内容都在讨论他的婚姻。杜永宽有他的道理，母亲有她的想法，母子俩在那一张张泛黄的信纸上互不相让。最后，母亲终于撂下最狠的话。她对儿子说："如果你不与张丽娟结婚，从此就不要回白鹤乡了，我就当从未生你这个儿子。"

多年以后，杜永宽在夕阳西下时独自站在阳台上，怎么都想不通母亲当年为何那样固执。但是，四十多年前的他还是做了妥协，回家与张丽娟举办了简单的婚礼。

杜永宽的决定遭到老何的反对，翠娥听到后也大哭一场。

那天晚上，老何指着杜永宽的鼻子说："你真是个糊涂蛋啊。"

杜永宽支支吾吾，不知如何是好。半晌，他给老何倒了一杯酒说："你别生气嘛，我有我的难处。"

老何被气得吹胡子瞪眼，他问杜永宽："你觉得那个西坝乡的裁缝比月城的翠娥好？"

"我觉得翠娥好。"杜永宽的声音很小，但老何还是听见了。

"既然翠娥好，那你还要回家与那个张什么的女人结婚？"

"她叫张丽娟。"

"我不关心她叫什么，我想不通你为什么要放弃好的选择差的。"

"这是我老妈的命令。"

"你是成年人，自己的婚姻还不能做主？"

"母亲辛苦把我拉扯大，她老人家的话必须听。"

"你妈觉得张丽娟哪里好？"

"我怎么知道。"

"那你把翠娥带回去让你妈看看，或许她又让你与翠娥结婚呢。"

"我给老妈说过翠娥了，但是她只要求我与张丽娟结婚，她说她只看得上张丽娟。"

杜永宽一席话，让老何哑口无言。他怔怔地看着杜永宽，端起酒杯一饮而尽。抹了抹嘴巴后，老何转身而去。看着他远去的背影，杜永宽大声问："你去哪里？"

老何停下脚步，回头对杜永宽说："既然你的选择无法改变，我现在的任务就是安慰翠娥。"

杜永宽说："我陪你去吧。"

老何没说话，但他用手势拒绝了杜永宽。

从此以后，杜永宽再也没有见过翠娥。偶尔，他从以前某个熟识的人那里，知道她现在生意做得不错，在月城买了房子和车子，只是婚姻不太顺利。结婚两次，养育三个孩子，后来独自一人生活。

杜永宽在那年冬天回到南县白鹤乡，在母亲的期待和祝福中与张丽娟结婚。结婚第三天，杜永宽便把新婚妻子带到月城。到月城后，张丽娟租了间铺面，开个裁缝铺做衣服。杜永宽依然在厂矿里上班，不过，老何调到另外一个单位后，他似乎不太受重用，每天只是按部就班地做一颗螺丝钉。下班后，他便帮着妻子打理裁缝铺子，日子过得倒是有盐有味。

第二年，大儿子杜龙出生。

第三年，小儿子杜虎出生。

寂静的家庭，因为两个孩子的到来充满欢声笑语。但是，这种快乐没有持续多久。结婚五年后的那个春天，张丽娟突然生病，没有任何征兆地成了一个精神病人。杜永宽的生活顿时陷入慌乱、无望，他带着妻子到各大医院治疗，都没有效果。最后，杜永宽放弃了，把妻子从医院带回去。从此，那个原本沉默寡言的女人便开始了一生的喋喋不休，只是丈夫和儿子都不知道她到底在对谁说，到底在说什么。

后来，杜永宽给母亲写了一封信，把张丽娟的情况如实告之。接到儿子的信后，那个从未走出过村子的女人，顺着信封上的地址找到杜永宽在月城的家。当杜永宽打开门看见母亲时，整个人都惊呆了。他问："你怎么来了？"

"我来看看丽娟。"

杜永宽把母亲迎进来，带她来到阳台上。此时，张丽娟头发蓬乱地靠在窗口，望着朦胧的远山叽叽咕咕。杜永宽大声说："张丽娟，妈来看你了。"

张丽娟无动于衷，仿佛根本就没听见丈夫在喊她。

杜永宽的母亲见状，哗啦一下瘫软在地上号啕大哭。

那一年，杜永宽的母亲五十五岁。十来分钟后，她终于在儿子的安慰和开解下，安静地坐下来。她沉默片刻，然后对儿子表达了真诚的悔恨。

原来，当媒婆要把张丽娟介绍给杜永宽时，村子里有人私下给他母亲说过张丽娟是个病人，犯起病来满山跑，完全就是个疯子。杜永宽的母亲不相信，因为她从来没有亲眼看见过张丽娟发疯。她认为那些人满嘴闲言碎语，是因为嫉妒自己能找到这么好的儿媳妇。所以，她一意孤行地促成了儿子与张丽娟的婚姻。

"你为什么非要我与张丽娟结婚？"

"我觉得她贤惠，能够照顾你一辈子。"

杜永宽的母亲怎么都想不到，张丽娟不但没有照顾儿子一辈子，反而成了他一生的累赘。那个五十七岁便去世的老人更没想到，张丽娟把疾病遗传给了儿子杜龙，给这个家庭带来毁灭性打击。

3

杜永宽曾经有两个儿子，现在他却只有一个儿子。

杜龙憨厚老实，不爱读书。十八岁那年，杜永宽动用所有关系为儿子安排了一个工作。单位虽然一般，但有个稳定的工作总是好事。妻子患病十多年，杜永宽既当爹又当妈，里里外外全靠他一个人，累得够呛。如今，杜龙参加工作，杜永宽终于有更多精力关心杜虎的成长。

杜虎与哥哥唯一相同的是都不爱读书，除此之外完全是天壤之别。杜永宽恍惚记得，他这个小儿子从来没有让自己放心过。小时候，把家里搞得乌烟瘴气的是他；读中学时，打架斗殴依然是他；辍学后，夜不归宿抽烟喝酒还是他。

十五岁那年，杜虎因为打群架进了派出所，被拘留了十五天。从拘留所回来那天晚上，杜永宽恼羞成怒暴跳如雷，他拉着杜虎来到阳台上，噼噼啪啪就是几巴掌。尽管杜虎性格倔强，但是面对第一次对自己发脾气的父亲，他只能低垂着脑袋，眼神里透出一股子不服气。杜永宽的怒气依然压不下去，看着呆愣的儿子，又狠狠地扇了几巴掌。最后，他郑重地发出警告："如果不好好做人就给我滚，有多远就滚多远。"

杜虎还是一声不吭。

这天晚上，杜永宽一宿未眠。看着身边鼾声如雷的张丽娟，他久久说不出一句话来。躺在月城温良的夜色里，杜永宽五味杂陈。他开始反省自己今晚的表现，没想到第一次动手打了孩子。这些年来，无论自己有多烦恼都能平静地度过，为什么今天火气这么大？可是，他又觉得如果不好好管教，杜虎这辈子怕是难以成才。其实，杜永宽也不指望儿子有什么出息，只希望一家人平淡相守过一辈子。不过，他总是隐约感觉这会是一种奢望。每当杜永宽在电视里看到各种年轻人犯罪的新闻时都会想起杜虎，担心这个从小就喜欢招惹是非的儿子会走上这条不归路。杜永宽长长地叹了一口气，希望明天早上起床后，儿子能够体会到自己的良苦用心。

第二天早上，杜永宽在厨房里煮好米粉喊两个儿子吃饭时，只有杜龙睡眼惺忪地来到桌子前。杜永宽喊了几声"杜虎"，却没人应答。然后，他转头问杜龙："小虎呢？"

"不知道。"

杜永宽把米粉端上桌子后来到杜虎的房间，却没有看见小儿子。他走进去，发现床铺整理得井井有条，被盖叠得四四方方。他立即觉得情况不对。杜虎从小到大都很懒惰，他的卧室从来都是乱如狗窝，今天怎么打理得这么干净？他梭巡一番，发现杜虎常背的那个包不见了，柜子里的衣服也拿走了，抽屉里的零钱一分不剩。顿时，杜永宽觉得事情不妙，疾步走出来问道："杜龙，今天早上你一直没有看见过小虎？"

"没有。"

杜永宽的脑袋乱哄哄的。他瞬间明白，自己那愤怒的几巴掌把小儿子扇走了。

从那天起，杜虎再也没有出现过。

这些年来，杜永宽想尽办法都没有找到杜虎。他到派出所报案，没有结果；他在电视和报纸上刊登寻人启事，杳无音信；退休以后，他每天都在月城的大街小巷转悠，始终没有看见那个熟悉的身影。从杜虎离开家的天，家里的电话号码从未更改，杜永宽希望某天电话突然响起，里面传来关于杜虎的消息。他曾经做过无数种幻想，猜测儿子身处的每一个地方和遭遇的每一种不测，最糟糕的情况是公安机关通知他去认领尸体。但是，这么多年来什么消息都没有，那个让杜永宽牵肠挂肚的儿子就这么人间蒸发了。

随着时间的流逝，杜永宽慢慢地接受了杜虎不再回来的事实。只是，他偶尔会想起一个问题，如果前一天晚上不打他几巴掌，杜虎第二天会不会离家出走？

杜虎离开后，家里正常的人就只剩下杜永宽和杜龙父子俩。已经犯病二十年的张丽娟不与丈夫和儿子说话，杜永宽和杜龙也逐渐变得沉默，有时候一整天都不说一句话。日常生活中，他们的交流也仅限于"吃饭了"、"上班去了"等简单、机械的对白。到后来，这种礼节性的语言也变得弥足珍贵。杜永宽觉得这样的日子特别难熬，只盼着杜龙早日成家立业和自己退休，然后与一帮老人没事就喝茶、下棋。但是，命运似乎不想给他这个机会。

杜虎离家出走三年后，家中又生变故。杜龙病了，而且是遗传了母亲的癫痫病。

当杜永宽知道杜龙生病时，整个人轰然坍塌。

那是个夏日的晚上，月城的夜空闪烁着明亮的星星。晚饭后杜永宽一直在厨房里收拾碗筷，一番忙碌走出厨房，他发现杜龙站在阳台上自言自语，却又听不清到底在说什么。杜永宽站在厨房门口问道："小龙，你在说什么？"

杜龙没有回答父亲，甚至没有回头看他一眼。

"小龙，你在跟谁说话？在打电话吗？"

杜龙依然望着远处朦胧的楼群，嘴里不停地念叨。杜永宽的心里感到莫名的慌乱，他觉得事情有些蹊跷，于是上前拍了拍杜龙的肩膀："你一个人站在这里干什么？"

这是杜永宽永远难以忘记的一个夜晚。当杜龙慢慢转过身来时，他从儿子的表情里看到了张丽娟曾经的影子。杜龙长得像母亲，但是他从来没有像今天晚上这样露出与母亲犯病后一模一样的神情。顿时，杜永宽双腿颤抖，歪倒在地上，这些年来构筑的心理防线终于崩溃。他坐在地上，粗糙的双手捂住脸庞，泪水无声地流淌。

二十年来，杜永宽内心一直藏着莫名的恐惧，担心妻子将疾病遗传给孩子。看着杜龙和杜虎一天天长大，杜永宽的心情终于慢慢放松。没想到，已经二十四岁的杜龙，还是没有逃脱母亲带给自己的厄运。

第二天一大早，杜永宽带着杜龙去医院检查。虽然他在心里默默祈祷，但是诊断结果依然那么无情。杜龙病了，与母亲患了同一种病。杜永宽用颤抖的手拿着病历，不甘心地问医生："是他妈妈遗传给他的吗？"

"目前无法确定，但应该与他母亲有关系。"

杜永宽不再多问，结果已然明了。他拉着杜龙的手，默然地走在回家的路上。

残酷的事实摆在眼前，但杜永宽明白自己不能垮掉，否则这个家就彻底完蛋了。一家三口两个病人，他成为没有选择的顶梁柱。还有五年退休的杜永宽提前办了手续，他发誓要带儿子到全国最好的医院治疗，只要有一线希望都不放弃。

十四年来，杜永宽带着杜龙走遍了全国各地的大医院，尝试了各种偏方，用光了家里的积蓄，依然没有让儿子的身体彻底康复。不过，上天并没有斩断所有希望。经过十多年的检查、诊断、治疗，杜永宽终于找到一种药能让儿子的病情得到短暂的控制，但前提是必须每天服药。只要某一天忘记吃药，杜龙的身体就会出现与母亲同样的状况。

时间一天天过去，杜永宽接受了杜龙的病情和现状，就像曾经接受杜虎莫名地消失一样。只是，随着年龄的增长，杜永宽明白必须帮儿子找个女人结婚，否则自己撒手人寰之后，谁来照顾杜龙呢？他可是一天都不能停药的人。

4

杜龙最近一次相亲已经过去三天，他还没有接到那个女人的电话。他自己倒是没有放在心上，因为他知道对方不会打电话，就像以往任何一次相亲一样。所谓考虑几天，不过是托词而已。但是，杜永宽每天晚上睡觉前都要问一遍："今天给你打电话了吗？"

"没有。"

第二天，杜永宽又问："今天给你打电话了吗？"

"没有。"

第三天，杜永宽来到杜龙的房间，还没有来得及问，杜龙就干脆地回答："别人不会打电话的。"

杜永宽没说话，默默地退了出去。

第四天晚上，杜永宽刚刚吃完饭，电话就响起了。他一看是老杨的电话，便对杜龙说："应该有戏。"

杜龙没有回应父亲，转身回卧室去了。

接通后，杜永宽忙着询问杜龙相亲的结果，搞得老杨哭笑不得。电话里，老杨告诉杜永宽，她只负责把杜龙和那个女孩约到一起见面，至于他们能不能成事可不管。杜永宽忙不迭地解释，那个女孩到现在都还没有给杜龙打电话，让老杨能不能从旁打听一下。老杨拒绝了杜永宽，她说那就再等等吧。老杨不知道杜永宽的心思，他答应杜龙这是最后一次让他去相亲，所以心里急切地想知道结果，即便那结果可能会让自己失望。

"今天不说杜龙的事。"老杨说。

杜永宽问："那说谁的事？"

"你的。"

"我有什么事？"

"我给你介绍个老伴儿吧。"

杜永宽捏着电话，无法相信自己的耳朵，半天不知道说什么。片刻后，他在电话里让老杨别乱开玩笑，他是帮儿子找对象，而不是自己想要再婚。老杨大概想象到杜永宽错愕的表情，在电话里扑哧地笑起来。她说："我没开玩笑，我的确是想给你介绍个老伴儿。"

"杜龙这里都还没有结果呢。"

"这是两回事。"

杜永宽被噎住了。

接下来的半个小时里，老杨在电话里说了很多。她说，你辛苦半辈子了，应该找个女人安享晚年；她说，你找个好的女人，将来如果你先走她还可以照顾小龙；她说，人这一辈子，不要太憋屈自己了；她说，你都六十六岁了，还有多少快乐日子过呢？

杜永宽安静地听着。

最后，老杨说："你倒是说句话啊。"

"有什么好说的？"

"你愿不愿意出来与人家见面？"

"与哪个见面？"

"一个同样需要找老伴儿的老太太。"

"我要考虑下。"

"那你考虑吧。如果觉得行，明天傍晚就在南桥见面。每天下午六点，她准时到南桥跳广场舞。"

这天夜里，杜永宽又一次通宵失眠。他安静地躺在床上，看着身旁的张丽娟，往事一幕幕涌上心头。四十年前阴差阳错的婚姻，二十年前杜虎离奇地消失得无影无踪，十四年前杜龙突然犯病，所有事情似乎都是命运的捉弄。面对一次次打击，他始终泰然处之，积极面对。但是，正如老杨所说，自己还剩下多少快乐的日子呢？杜虎大概不会回来了，杜龙也只答应相最后一次亲，张丽娟的养老院也已联系好，所有人他都做到尽心尽力、无怨无悔，找个老伴儿过清净日子也未尝不可。但是，他心里总觉得这事儿有点不合时宜。

起床后，杜永宽照例来到厨房煮米粉、剁海椒。阳光依然很好，一丝丝照在厨房里，就像一朵朵灿烂的花儿。二十分钟后，他和杜龙坐在餐桌上沉默地吃着。杜永宽心里很忐忑，他认可老杨的说法，希望找个老伴儿过几天好日子。可是，他却不知道怎么对儿子说，担心杜龙不同意。杜龙吃得很快，呼啦几口一碗米粉就只剩下一半。杜永宽呆愣地望着儿子，没有动筷子。杜龙无意中抬头看见父亲的神情，问道："怎么不吃？"

杜永宽没有回答，用手中的筷子挑了几根米粉，却没有送进嘴巴里。

"昨天杨阿姨打电话说什么？"

杜永宽支支吾吾，没有说清楚。

"我猜她是代替那个女孩回话，觉得她不适合我。"

"不是。"杜永宽放下筷子，"她是想给我介绍个对象。"

杜龙似笑非笑地看着父亲。半晌，他才说："好事呀。"

"有什么好的？"

"我觉得很好。"

"你妈怎么办？"

"我妈呀，她哪里明白你再婚的事。更何况，你把她的养老院都落实了。"

"你的婚姻还没落实呢。"

"不是在等电话嘛。"

杜永宽想笑，却没有笑出来，沉默着吃完米粉，辣得满头大汗。

尽管老杨和儿子都支持自己去相亲，但杜永宽觉得还是有些荒唐，循规蹈矩一辈子，他不想在晚年闹出什么笑话。这天，他在客厅、卧室和阳台之间踱着步子，一刻也停不下来。太阳很好，晒得人皮肤生疼。张丽娟坐在阳台上，沉默地望着楼下往来的人群。杜永宽来到妻子身边，想跟她聊聊天。他喊了几声，她没有应答。但是，杜永宽还是把自己打算相亲的事给张丽娟说了。他知道她根本没有听自己说话，即便听见了也不会明白其中的意义。最后，杜永宽对张丽娟说："我们还是夫妻，我们永远都是夫妻。"

　　下午五点半时，杜永宽提前吃了晚饭。他没有收拾打扮，穿着一双布鞋就出了门。从家到南桥有二十分钟路程，慢慢走过去应该差不多。老杨早已在小区门口等候，看见杜永宽时她说："看你这身打扮，一点都不重视。"

　　"如果我们双方都觉得不错，"杜永宽答非所问，"我也只想找个伴儿说说话，不会与她结婚。"

　　"我只是负责把你们约到一起见面，接下来的事情看你们自己咯。"

　　杜永宽没有说话，与老杨肩并肩朝南桥走去。

　　南桥下，一群老太太正在摆弄音响，欢快的广场舞马上开始。老杨指着一个穿红色衣服的老太太说："就是她，今年六十二岁。二十年前离婚后，一直单身。"

　　杜永宽眯着眼睛仔细瞧着，陷入长久的沉思。他的思绪穿越四十多年的时光隧道，回到属于自己的美好年华。往事历历在目，泪水在眼眶打转。不知什么时候，音乐已经响起。在金色的夕阳里，他从那个舞动的红色身影中，看到了熟悉的翠娥。如今她头发花白，面目沧桑，但是杜永宽明白，她就是自己曾经错过的那个女人。

蒲公英

1

六月的天气，傍晚溽热的风还藏着太阳的毒辣，炙烤了一天的城市依然热气腾腾。我和晓晓并排走在沉闷的大街上，汗水如注，头发和衣服中都能拧出水来。一路上，我不断地撩起T恤抖动，期望衣服的震动能带来一丝凉风。这时候，街灯还未开，淡淡的暮色如罩在城市上空的面纱。一辆辆汽车狂躁地呼啸而去，热浪一次次向四周扩散。

暑假的头一天，我与晓晓就这样散漫地走着，在熟悉而陌生的大街上、小巷里。我一言，她一语，交谈如涓涓细流，不激烈也未中断。记忆之中，我们的交流一直如此。这个酷暑的傍晚，晓晓喋喋不休地说着学校里的趣事与学习的感想，或者一些小麻烦。她的语气始终很轻松，交织着天真与调侃的味道。我仔细地听着，间或报以微笑和点头。不过，在我们目光偶尔的接触中，她的眼神有些躲闪。这是以前从未有过的。

我和晓晓一边走着、聊着，同时也在思考着如何安排晓晓的假期。我们平时见面的时间不多，她住校，周末才回家一次，而我又总是被没完没了的工作纠缠，并非每个周末都在家。所以，每一年的暑假和寒假，我都特别看重。特别是假期的第一天，无论我有何等重要之事，都要抽时间陪晓晓，哪怕是一个小时，一刻钟，或者一分钟。这当然不是时间长短的问题，而是说明我在意她，关爱她。晓晓在我心中是任何人都无法替代的。

天气真是太热了。来这个城市二十年了，仿佛这是最热的一年。我用手抖了抖T恤说，这鬼天气，实在是太热了。晓晓看了看我，眨巴着眼睛问，电视上说这是三十年来最热的一年，是这样吗？我满脸茫然，陷入了沉默，不知该如何回答她。

对于这座城市，我觉得三十年实在太长了。那么久远的历史，与我没有半点关系。三十年前，我生活在另外一个遥远的地方。但是，我曾经又告诉过晓晓，自己在这个城市生活整整四十一年了。我对她说，我从来到这个世界那天起就生活在这里，我属于这座城市。过去的几年里，我一直就这样用谎言对晓晓讲述自己与这座城市的故事和情感。可是，这个六月的夜晚，她的问题让我哑口无言。

我依然沉默着。我们的脚步在沉闷的夜空下显得迟疑、摇晃，影子跳跃、闪烁，恍惚不定。突然，晓晓快步移到我前面，说了一句让我惊惑的话。她说，我想回乡下过暑假，城市里太热了。我怔怔地看着她，还是沉默。接着，晓晓又说，妈妈说乡下空气好，清新自然，很凉快，不像城市里，人们每天呼吸的都是毒气。

我的心下意识地往下一沉，隐约觉得妻子对女儿说了什么。但是，我依然心存侥幸。毕竟，我与妻子有过约定，她不会轻易违背诺言。我小心翼翼地问，回乡下？我看见晓晓脑袋的影子晃动了几下，她点着头说，特别想回乡下，讨厌这个热烘烘的城市。

顿时，我紧张起来，喉咙好像被石头堵住了。我心跳加快，汗水"啪嗒啪嗒"地往下掉。半晌，我才嗫嚅道，乡下又没有家，你去乡下住哪里呀？晓晓停顿了一下，然后镇定地说，住爷爷奶奶家呀。我苦笑着说，爷爷奶奶都还寄居在姑姑家呢，你还不嫌拥挤，跑去凑热闹吗？

晓晓长长地叹了一口气，失望在昏幽的灯光中如野草般疯长。她望着我，嘴角蠕动了几下，但却什么也没说出来。我木然地看着她，不知所措。片刻后，晓晓慢慢转身，独自默默朝前走去。她一边走一边用脚踢着路边的石子，鞋子与地面烦躁的摩擦声在夜里格外清晰。这个十岁的孩子，背影中透出了一种难以言说的忧郁和彷徨。

呆愣片刻，我小跑几步跟了上去，与晓晓的影子靠在一起。直觉告诉我，妻子当了叛徒，向晓晓说了我的秘密。这让我感到恼火，愤怒在心里翻滚、震荡。我边走边问，妈妈对你说什么了？晓晓仿佛没有听见我的话。我悄然加快步伐，紧追了两步。我提高了嗓门，生硬地问道，你妈怎么对你说的？晓晓蓦地停下脚步，回头望着我。她说，爸爸，你不应该骗自己的女儿，这样做太让人失望了。晓晓的口气像一个老成持重的成年人。说完，她转身继续朝前走去。不过，她的步伐比先前快了许多。

我住在平安大街幸福巷66号，穿过这条悠长的巷子，再左行三十米就到家了。这个晚上，我觉得巷子突然变长了，仿佛我用一生也走不完。夜越来越深，也越来越闷。我紧跟着女儿晓晓的背影，走在回家的路上。不过，几分钟后，她一溜烟就跑出了我的视线。我看着空荡、昏暗的巷子，心中莫名地怅惘。

2

我多年来刻意的隐藏伤害了女儿；我的形象在她的脑子里已经支离破碎了。这让我沮丧。我爱晓晓，她寄托了我所有的希望。孩子是父母生命与梦想的延续，可以这样说，我把晓晓看成了另一个自己。我实现不了的愿望，她将替我实现；我的生命终结了，她将代我继续活在世间，继续着生命的接力。这是个自私但却真实的想法。当然，这也是我隐藏那个秘密的主要原因。这个秘密是压在我心底的巨石，二十年来，我从未将它卸下。所以，我不想晓晓再为此受累。我想将它埋葬，就像处理一堆尸骨一样。不过，这个闷热的夏夜，我知道妻子已经让自己的努力前功尽弃了。

不知道过了多久，当我从遐思中挣脱出来时，才发现自己依然站在幽暗、狭长的巷子里，竟然忘了回家。我摸出手机看了看，八点十六分。然后，我重新迈开了回家的步伐。在巷的尽头，一个搂着小狗的女人与我擦肩而过，留下一串劣质香水味与狗的骚味。我立刻跑了起来。如果再不逃走，我想自己随时都会晕倒。

上楼的时候，我的心里很复杂、矛盾，不知道该如何面对妻子和女儿。我告诫自己要冷静，理智地面对一切。但是，当我推开房门时，怒气还是一股脑儿地往外蹿，压都压不住。晓晓坐在沙发上，心不在焉地瞅着电视。这是一档魔术揭秘节目，那个戴眼镜的主持人一脸阴笑。康薇坐在空调正对面，风吹得她头发全都飞了起来。她不胖，但却怕热。每年夏天，她都恨不得把空调抱在怀里。进屋后，我径直朝书房走去。路过康薇身边时，我拍了拍她的肩膀。我说你进来，我有话要问你。康薇二话没说就跟了进来，看来，她早就料到与我有一场不可避免的交锋。

康薇随手掩好房门，踱步来到书柜边的椅子上，顺手把空调打开了。她平静地坐下来，眼神飘忽不定，东张西望。我感觉自己的愤怒已经沸腾了，即将与康薇展开一场激烈的战争。我返身走到门边，确认门是否关好了。我不想让女儿听见自己与妻子的争吵。其实，这是掩耳盗铃。一扇门就能关得住所有的秘密？

我折身回来，站在康薇前俯视着她。我怒火中烧，但又要憋着喉咙尽量压低音量，所以发出来的声音很干瘪、扭曲。我居高临下地诘问康薇，你到底想搞什么？怎么将生死约定捅出来了呢？我视我们之间的约定为生死约定，我曾对康薇说，今生今世，我们都不将真相说出来。她信誓旦旦地答应了。可是，十年之后，她却将誓言抛到九霄云外了。

我以为康薇会跟我一样，憋着喉咙不让晓晓听见。但是，结果却截然相反。康薇似乎一直在等待这个爆发的时刻，她猛地站起来，脑袋差点撞着我的下巴了。我对她的反应很诧异，但是，她接下来的表现更是让我瞠目结舌。

康薇摇身一变，成了一头发情的犀牛，指着我的鼻子就是一通怒吼。她愤怒地说，我不想再信守什么鬼诺言了，我愿意做一个毫无信用的人。告诉你吧，这些年来，我受够了。难道你不觉得累吗？每当我看着你在晓晓面前编织谎言时，我的心就憋闷得慌。说实话，我真希望你哪天说漏了嘴。遗憾的是，你总能自圆其说。不过，我却背负不起了。我们不能欺骗孩子，这对她不公平。在学校里，老师让学生写关于故乡的作文，唯独晓晓的脑子里一片空白。当她一次又一次地缠着我追问自己的故乡到底在哪里时，我不想再欺骗她，我不能像你那样敷衍了事地随便指一条街。

康薇劈头盖脸地发泄完之后，我凝视着她的脸，半天说不出一句话来。她的怒火浇灭了我的怒火。我打开房门，颓丧地穿过客厅走到卧室，然后沉重地倒在床上。身体很软，仿佛精力全部随着汗水流失了。路过客厅时，我看见晓晓若无其事地斜躺在沙发上看电视。可我明白，她的心里一定不平静。

这个夜晚，我做了一个长长的梦，从闭上眼睛开始，一直持续到天亮起床。

我梦见自己默默地走在一条宽阔、空寂的大街上，两边高楼林立但却不见人影，整个城市空空如也。突然间，天空飘起了蒲公英。一朵接一朵，整个天空都被蒲公英填满了。我伸出双手，想要抓住那些飘飞的白色冠状花朵。但是，它们就飘浮在我的头顶，但却始终都抓不住。转眼间，蒲公英的种子在风中缓缓飘落，如一场不期而至的梦幻雨。我摊开手，看着它们落在手里，但却瞬间又化为乌有，始终两手空空。我感到无限地怅惘、失落，继续心思散漫地朝前走去。我穿过一条又一条大街和小巷，最终在城市的一个角落里，发现了故乡的小镇。然后，我走进了故乡，走在狭窄、干净的青石板路上，走在杂草丛生、百花齐放的田野。高楼大厦不见了，宽阔大街不见了，只有蒲公英依然缠绵在天地之间。

3

第二天是个接近燃烧状态的星期六。太阳似乎整晚都没有休息，天还未亮就爬到了天空。早上七点，强烈的阳光穿透窗帘射到了我的床上。我猛然惊醒，用手摸了摸额头，并没有找到蒲公英。接着，我伸了一个长长的懒腰，打了一个长长的哈欠，酸软的身体像堆烂泥，仿佛昨夜自己真的回了一次故乡。

康薇和晓晓在客厅里忙活，母女俩一直在轻声细语地说话。我靠在床头，竖起耳朵偷听她们到底在说什么。我一夜之间变得警觉起来，特别在意康薇和晓晓的言行。从她们的谈话中，我知道康薇和晓晓要到东郊去。康薇的父母住在东郊的一个镇上，距市区有一个小时的车程。以前，康薇半年回一次。晓晓出生以后，回去的次数就多了。我发现晓晓很喜欢在外婆家的生活，每次回来都要给我眉飞色舞地讲她在外婆家的快乐。

没过多久，康薇走了进来。她说，你要跟我们一起去吗？我揉了揉眼睛，又伸了一个懒腰。我说不去。康薇点了点头，表示明白了。她转身就往外走，刚走几步又折身回来。她对我说，要不我们一起去吧，你很长时间没去看望他们了。而且，哥哥打电话来说，爸爸的身体又出毛病了。我想了想说，这个星期比较累，我想在家好好休息一下，下个周末去。康薇很失望，她的神色充分地说明了这一点。她无奈地说，那好吧。

十多年来，我一直都不太愿意到岳父母家。当然不是因为他们曾经阻拦过我和康薇的婚姻，而是我觉得那个家与自己毫无关系。每次去的时候，我都感到很生疏、空落，没有一点家的感觉。

康薇和晓晓离开之后，我又有些后悔没与她们一道前往。首先，康薇刚学会开车，驾驶技术不好，我对她们的安全有些担忧；其次，我认为自己应该与孩子度过一个愉快的周末。回首这些年，我给晓晓的其实不多。或者说，我只在物质上尽量满足她，可精神上呢？自己一直在逃避。特别是现在谎言已被戳穿，我们之间势必会产生隔阂，那么，这个周末就是消除隔阂的最佳时机。这么想着，心中怅然不已。

妻子女儿不在家，我才发现这套并不宽敞的房子太空寂了，仿佛能够听见阳光中尘埃飞舞、摩擦的声响。我从未如此感到寂寥，抽着烟在屋子里走来审去。从卧室到客厅，从客厅到书房，然后周而复始，不知疲倦。我渴望有人给我打个电话，即便是陌生人的邀约，我也会毫不犹豫地出去消遣。喝酒或者唱歌都可以，尽管这些我都不擅长。可是，我的电话却始终奄奄一息地躺在那里，像只濒临死亡的老鼠。后来，我终于觉得腿酸了，腰痛了，才把身体交给了那张有些陈旧的沙发。

人在寂寞时，最害怕陷入回忆。这个六月的周末，我就遭遇了这样的痛苦。我不知道自己在沙发上躺了多长时间，墙上时钟的指针规矩而躁动地向前走着，而我的思绪却顺着回忆的通道朝着故乡艰难地跋涉。

想不清从什么时候起，故乡成了我心中的一个忌讳和禁区。我不想提起它，进入它。它就像一颗钉子，一碰就痛。我把自己放逐在遥远而陌生的城市里，就像飘荡的蒲公英那样。不仅如此，我也不愿意康薇和晓晓闯进这个禁区。刚结婚的时候，在康薇的再三要求之下，我带着她回去过。但是，也仅仅这一次。而后的日子里，她再也没有提起过那个小镇。我想，她大概看出了我的心迹，所以也就不再勉为其难。晓晓出生之后，我与康薇约定，不要告诉她我来自异乡。起初，康薇并不理解，甚至觉得这是荒唐、无聊之举。经过我一番苦口婆心的解释之后，她勉强答应了。

　　我之所以这样做，完全是出于自己的心理体验。虽然我摆脱了穷乡僻壤，在这个繁华的都市生存下来，而且如果用物质标准来衡量的话，我算得上成功人士，但是，我却未感到安稳、踏实。我觉得自己的心灵是一块漂忽在海上的浮冰，不仅找不到一个停靠的地方，而且时刻都会融化并消失掉、蒸发掉。因为我的根不在城市，无论外部世界如何改变，我的内心依然驻守在遥远的故乡。不过，对于故乡，我的心里又充满了矛盾。我讨厌那个贫瘠、封闭的小镇，但是，自己又时刻牵念着它；我牵念着它，却又不愿意回到它的怀抱。这个问题一直困扰着我，使我深深地陷入痛苦之中。

　　只有真正地遗忘了根，才不会有任何牵绊，才不会处于漂泊之中。我不希望女儿重复着我的人生状态，于是想把故乡那个小镇彻底在她的心里抹除。我觉得这样合情合理，从表面上看，那个遥远的小镇确实与她没有半点关系。

　　可是，现实却充满了无奈和残酷。

　　这个城市中的大部分人，都是来自异乡的漂泊者，即便他们像我一样在城市中安家落户，过上了富足的生活，但是，他们依然念念不忘心底温暖的故乡。每逢节假日，人们都带着家人，回到生养他们的地方。特别是春节，这个城市俨然成了一座空城，寂寞的大街上没有行人和车辆，偶尔会出现一条夹着尾巴的狗懒洋洋地走着。每次收假之后，学校里的孩子们都会滔滔不绝地谈论他们父母或者祖辈生活的地方，都会谈论着与自己生命有着复杂关系的另一片土地。两年前那个春天的夜晚，女儿拉着我的手问，爸爸，我们的故乡在哪里呀？那个地方好玩吗？

这个问题如一粒石子，搅动了我封闭的内心。短暂的心悸平息之后，我佯装平静地说，就在西郊的那片老工业区里，不过，没什么好玩的。小时候的日子过得很枯燥，平时也就是与几个同龄的小朋友一起在院子里玩陀螺、滚铁环。多年以前，我就做好了准备，把故乡那个小镇搬到了这个城市，把它安插在一个并不存在的地方。

我不知道当时自己的表情是什么样子，只记得脑子乱哄哄的。我转眼看了看康薇。她的眼神很慌乱，短暂的四目相对之后，她便目不转睛地看着墙壁上的时钟，像是在细数指针的每一次跳动。

回忆让我感到窒息。

我想出去走走，尽管现在烈日当空，太阳毒辣得似乎要吃人。每当我心里感到烦忧时，就会到街上四处行走。只要双脚踩在地上，我的心里就会踏实下来。我迅速起身，拿好香烟和手机，风一样冲进了火热的太阳里。

4

度过一个周末之后，晓晓仿佛变了个人似的。一个十岁的孩子，突然变得世故、啰唆起来，开始了无休止的纠缠。只要一见到我，她就嚷嚷着要回老家，或者要我给她描述故乡的样貌。她问，爸爸，故乡有山吗？有河吗？是不是蓝蓝的天上飘着朵朵白云？是不是随时都有鸽子飞翔？面对女儿，我真的无计可施。有几次，我实在有些不耐烦，皱着眉头问她，你回去干什么？她满脸喜悦，兴奋地对我说，同学们都说他们的故乡很美，我也想看一看美丽的故乡。

整个暑假，我觉得晓晓都在逮我，就像猎人寻找猎物一样。只要我一进家门，她就在我的耳朵边喋喋不休。很多时候，我的鞋子还未脱下来，她就扑了上来。不过，我忙碌得像一只马不停蹄的苍蝇，成天焦虑、慌乱地飞舞着，很少给晓晓机会。

今年春季以来，我又恢复了以前忙碌的工作状态。我是一家房地产公司的销售主管，领导着一批青春、活泼而充满理想的年轻人。我欣赏自己亲手组建的团队，他们都憧憬着美好的未来。他们都来自异乡，都来自偏远的农村，梦想着在繁华的都市里拼出一片天地。事实上，他们用行动证明了我的眼光没有看错。过去几年里，我们一起为公司立下了汗马功劳，利润增长率一年更比一年高。

但是，自从去年金融危机席卷全球之后，房子就很难卖出去了。我和这个年轻的团队，度过了很长一段苦闷的日子，承受着别人难以想象的压力。那些豪情万丈的年轻人，慢慢地都像被霜打了的茄子一样，眼神无光，面如菜色。我深知现在他们最需要的是鼓励，于是，每次会议都变成了动员大会。我热情洋溢地对大家说，你看还有那么多漂泊的人没有房子，我们的房子就不怕卖不出去。毕竟，谁不想拥有一个家呢？在这个城市中奋斗的人到底是为了什么？还不是希望有朝一日能够在这里安家立业。

熬过一个漫长的冬季，在春暖花开的日子，我们迎来了明媚的阳光。房地产市场出现了回暖的迹象。人们都认为金融危机即将过去，部分人开始试探性地买房。为了打好春季攻坚战，我重新做了策划，全力宣传家的概念。每年春节，中国都有大批人，如候鸟一样千里迢迢地回家与亲人团聚。无论有多么艰辛，这样的迁移都从未中断。所以，家在人们心中的位置非常重要。在春节之后的第一次动员会议上，我发表了《人人都是蒲公英》的演讲。我性格内向，少言寡语，也没有演讲经验，但这次演讲却是如此生动、感人，触到了所有人的心灵。

我在演讲中说，蒲公英飘到哪里，哪里就是它的家，然后在那里生根发芽。漂泊是蒲公英的宿命，既然无法抗拒命运的安排，当然就只有就地生长。今天的我们，同样也是如此。我们来自四面八方，因为各种各样的因素飘到了这座城市。无论你是否喜欢这个陌生、冷漠的地方，但有一点必须承认，我们已经对这座城市产生了依赖。厌恶它，但却离不开它；抗拒它，却挣不开它。所以，我们一直漂泊着。这就是宿命。怎样才能结束漂泊呢？当然是需要一套房子，一个家。有了家之后，漂泊的心就能停泊、靠岸，然后在宁静的港湾里休憩。

我的演讲获得了雷鸣般的掌声。当然，接下来的销售也让人满意。不过，我知道自己在说谎。我是个骗子。蒲公英的漂泊宿命是无法终结的。我从一个遥远的山村，飘到了繁华的都市。我拥有了梦寐以求的城市户口，拥有了属于自己的房子，但是，我漂泊的心依然没有停下来。一直以来，我的心在故乡与城市之间迁徙、奔波。我厌倦了这个令人窒息的城市，但是，我又从未鼓起勇气回到原来生活的地方。大概有那么几年，我逢人就说，等自己挣够了钱就回乡下去生活。可是，钱这东西，多少才算够了呢？这样的话说了一年又一年，结果，我依然彷徨于城市的大街小巷，就像一只从乡村到城市觅食的小鸟。

天气越来越热，天气预报隔几天就要发一次高温橙色预警。有时候，我真怀疑地球就快要燃烧起来了。比高温更让我难以承受的是，我始终无法摆脱晓晓的纠缠。暑假快过完一半的时候，晓晓打起了情感牌，她突然对我说，爸爸，我想回乡下去看爷爷奶奶。她成功地在我面前放了一道障碍，而且她知道我跨越不了。

晓晓的话让我的心仿佛被一只巨大的手紧紧地扼住，我快要停止呼吸了。女儿让我没有了退路，但我很清楚，妥协只能让自己粉身碎骨。这使我进退维谷。

5

无论晓晓如何央求，或者挖空心思地寻找让我带她回故乡的理由，我都没有答应她。我知道，妥协就是失败。这些年来，我把自己流放在一片繁华的荒原里，像一朵永远漂泊的蒲公英。在这样流放的状态里，我过得并不快乐。爸爸妈妈和在乡下居住的妹妹，他们都羡慕我过着城市生活。但他们不知道的是，我永远在一个不属于自己的环境里漂泊、流浪。我想让晓晓代我真正地拥有这座城市。

我的工作情况并不乐观，刚刚反弹的房地产市场只是昙花一现。夏天还没过完时，市场又萎缩了。我的蒲公英概念引起了人们的反感，他们似乎看透了我的心境，并受到了传染。既然有了家也不能结束心灵的漂泊，那么还买房子干什么。

我又进入了去年冬天时的工作状态，焦急、慌乱、手足无措。我像只慌不择路的兔子，每天带着那帮已经快支撑不住的年轻人东奔西走，寻找新的突破口。四处突围，但却处处受阻。形势越来越严峻，老板稳不住了，他下达了销售任务，而且要求必须完成。在重压之下，人心涣散，几名员工辞职而去。我的团队在不可避免地走向瓦解，但是，我们依然在苦苦支撑。

冬天的寒风还未吹来时，我在深秋便失去了工作。萎靡的市场彻底击溃了我，我主动提出辞职。这是一次完败，我输给了自己。

二十年来，我始终处于马不停蹄的奔忙状态。而今，当我突然停下来时，却没有轻松的心境。我的心里仿佛塞着一团淤泥，堵得慌。康薇听说我主动辞职时，世故的她狠狠地数落了我一顿。她说你傻啦？金融危机了，大家都在为找工作而苦恼，你却放弃千辛万苦奋斗而来的岗位。你不是很聪明的吗？怎么突然脑袋进水了？面对妻子的讥讽与诘问，我沉默不语，只能一根接一根地抽闷烟。

在惆怅与茫然中，秋天远去了。凛冽的风和光秃秃的树干，无不显示出冬季的残酷。我从不怕冷，但今年除外。在寒冷的风中，我头戴宽大的灰色帽子，身裹一件厚厚的羽绒服，瑟瑟地徘徊在这座城市的大街小巷里。我像一只迷失方向的蚂蚁，艰难地寻找一个生活的出口。如今，我才猛然发现，自己陷入了有生以来最大的困境。即便是二十年前从故乡的小镇第一次到城市时，也没有今日的迷惘与彷徨。我的人生在走回头路，越是努力越不如从前。这实在是一个讽刺。

在这样的情绪里，生活失去了颜色，整个世界灰蒙蒙的一片。晓晓依然是周末回家，但我们之间没有了曾经的温暖；我和康薇的感情也随着气温变得寒冷了。在干冽、冰冷的空气里，我们过上了沉默的生活，失去了昔日的恩爱。我的婚姻似乎正如我一直担心的那样，正在不可避免地走向决裂。

十多年前，康薇的父母极力反对康薇和我在一起。原因很简单，我是来自农村的穷小子。尽管我无数次向他们表明自己的理想与抱负，告诉他们自己出来闯荡就是不甘平庸，但他们还是黑着脸不同意。好在康薇始终站在我这一边，才最终促成了这段来之不易的婚姻。但是，我的内心一直很内疚。我与康薇结婚，并非我爱她。我们的结合，暗藏着一个不可告人的秘密。事实上，当初为了与康薇结婚，我忍痛放弃了另一段刻骨铭心的爱情。这仅仅是囿于自己一个与感情无关的私欲。

与康薇结婚后，我的户口顺利地迁到了城市；后来，我们有了女儿，买了房子、车子，一家三口其乐融融。看着我在这个陌生的城市闯出了一片属于自己的天地，康薇的父母也慢慢地接纳了我。但是，我从未对这段婚姻抱有太多希望，我总觉得它有朝一日会破裂。那个阴谋就像恶臭的垃圾一样，始终污染着我的心灵。

这个寒冷的冬天，我的生活发生了天翻地覆的变化。苦心隐藏十多年的秘密，最终被无情地撕裂开来；一帆风顺的事业，也在金融危机中一败涂地；与女儿之间的天伦之乐，也因为自己的自私而化为乌有；我和康薇的夫妻之情，也如我担心的那样，没有好的感情基础，稍遇风雨就飘摇不定。

6

这个冬季，我一直沉浸在书海之中。我在另一个世界里跋涉与寻找。

我已经好多年没有这么认真地读书了。不过，二十多年前，我却是整日以书为伴。记得在县城读中师时，我创造了连续七天待在图书馆里看书的纪录，让整个学校的人都刮目相看。而且，我还在图书馆里邂逅并爱上了美丽、淳朴而善良的王小菲。我们的媒人，是我们都喜欢的奥地利作家弗朗茨·卡夫卡。当时，我看见王小菲捧着卡夫卡的《城堡》，一时兴起就上前与她交流起来。没想到，我们一见钟情。二十多年后的这个寒冷的冬季里，我又喜欢上了阅读。我重新走进了偶像弗朗茨·卡夫卡的世界。整个冬天，我都在阅读《变形记》《审判》《城堡》《地洞》《饥饿艺术家》《女歌手约瑟芬娜或鼠民》等经典作品，以及《卡夫卡传》。阅读让我避开世事的纷扰，忘记了所有烦恼；阅读让我想起了与王小菲一起度过的难忘岁月。

春节之前，我给爸爸妈妈打了电话，告诉他们今年不回家过年了。但是，这个春节，我注定了还得回去。有些事情，真的是命中注定，逃也逃不了。

大年初六时，我接到父亲的电话。话筒里传来一长串咳嗽声。咳嗽半天后，爸爸说这两天他照顾妈妈，夜里没休息好有点着凉。这让我惊慌。我忙不迭地问，妈妈怎么啦？爸爸说，初四那天，她出去玩时摔断了腿。我急着问，现在怎样了？爸爸说，去医院治疗了，刚回到家中。这个电话让我心情非常郁闷。我对爸爸说，我马上回来一趟。

我没有经过任何思考，就做出了返回故乡的决定。

挂断电话之后，我就开始收拾行囊。很简单，没有多少东西。这时候，康薇和晓晓从外面逛街回来了。看着我慌乱的样子，康薇问，你在干什么？我把情况说了，康薇立即说，我们全家人都回去吧。我看着她们，半天没有说话。康薇说，春节嘛，我们也应该回去给两位老人拜年。晓晓在一边兴奋得手舞足蹈，她说，爸爸，我终于可以回自己的故乡看看了。我苦笑了一声，我说你奶奶腿摔断了你还那么高兴？她即刻沉默不语了。

我一边收拾东西一边对康薇说，你和晓晓就不回去了。康薇的脸哗啦一下就沉了，她说，你这是什么意思？我说，你等几天就要上班了，过一段时间，晓晓也该上学了，我不想让你们马不停蹄地奔跑。康薇气冲冲地说，我愿意奔跑，晓晓也愿意奔跑。难道你不知道咱母女俩都是属马的吗？晓晓在旁边咯咯地笑。

面对母女两人，我哑口无言。

初六的下午，我带着妻子女儿朝故乡走去。这是一趟特别的旅程。前方的路既是已知的，又是未知的。我曾经对那个地方很熟悉，那里留有我成长的足迹；我现在对那个地方很陌生，我把心灵流放到了另一块不属于自己的土地。多年以后，我带着复杂的心情，踏上了灵魂的归程。

因为路途太远，我没有开车。我们要先坐十几个小时火车，然后坐五个小时汽车才能回到故乡的小镇。拥挤的火车上，坐满了疲惫的人们。没有人能够看出来，我比任何人都疲惫。看着对面的一对青年男女，我想起了二十年前的景象。二十年前，我坐在一列跟现在一样拥挤的车厢里。只是，列车行驶的方向跟现在相反。当年，火车带着我从封闭的小镇到遥远的城市追寻梦想，而今，我却带着一身疲倦走在回家的路上；当年，与我同行的是王小菲，而今却换成了康薇。而且，二十年后的我已经身为人父，女儿晓晓已经十岁了。沧海桑田，二十年的时间改变了一切。

二十年之后，王小菲变成什么样子了？

火车呼啸，汽笛声不断地敲击着我的神经。我心潮起伏，往事一幕幕涌上心来。藏在心底的记忆，慢慢地泛了起来。它迸发出一股强大的力量，撞击着我的心房。我心跳加快，血液似乎也奔涌起来。二十年了，我从未出现这样的心情。忽然之间，我萌发了对故乡的思念。这是一种久违的冲动。二十年来，由于我心灵的抵触、封锁，那个贫瘠的地方已经逐渐在我心里淡忘，它不再是我生命的一部分。可是，此刻故乡又影影绰绰地在心里闪现，忽明忽暗。于是，我开始努力地回想在故乡生活的每一分每一秒。

我想起了狭窄、凌乱的小镇，想起了镇上悠闲的人们；我想起了那座让人流连忘返的山，想起了在山上对着远方呼喊的激情；我想起了漫山遍野的蒲公英，想起了蒲公英飞舞的迷惘岁月；我想起了绿油油的稻田，想起了沁人心脾的稻香和夏日里动人的虫鸣；我想起了金灿灿的油菜花，想起了欢快飞舞的蝴蝶；我想起了风吹麦浪的惬意，想起了与伙伴们快乐追逐的幸福童年；我想起了白云朵朵的蓝天，想起了天空里尽情飞翔的鸽子……

7

我带着妻子女儿回来，爸爸妈妈很高兴，他们一直在忙着对村子里的人介绍康薇和晓晓，就像是在向人们炫耀财富似的。虽然晓晓第一次回来，但她却仿佛对这里非常熟悉，成天如蝴蝶一样在镇上飞来飞去。

回来后的第二天，我拜访了几位长辈和亲戚，接下来就待在宁静的小镇上。小镇看上去没有太大变化，依然是狭窄的街道，依然是低矮的房屋，依然是林林总总的商铺。但是，我却想不起它原来的样子了。每一处都似曾相识，每一处又都记忆模糊。

那天下午，我悄然出门，独自在小镇上漫步。沿着街道一直向东走，就到了小镇背后那座低矮的山。它曾经有个情意绵绵的名字，据说这是镇上大部分年轻人谈恋爱的必选之地。慢慢地，它演变成了一种爱情的象征。传说只要来过这座山的恋人，都能终成眷属。不过，二十年后，我却记不起它的名字来了。

与王小菲热恋的那几年，我们俩是这座"爱情山"的常客。微亮的晨曦或者美丽的黄昏里，我们喜欢到这里咀嚼爱情的甜蜜。多年以后，我在一个阴冷、潮湿的下午，独自来到了山坡上。

山坡还是原来的那个山坡，长满了葱茏的树木和茂盛的杂草。只是，草丛中的那条小路越来越窄，快要被淹没了。在杂草中，我一眼便看见了蒲公英。这个季节，它还枯萎着，没有开出白色花朵来。我和王小菲都喜欢这种普通的植物，摘一朵轻轻一吹，便可看见蒲公英种子漫天飞舞，然后慢慢散落到各个角落里。它们有着不同的命运，有的落到了肥沃的土地里，有的落进了荒芜的杂草中；有的则飘进了石头缝，再也没有继续生长发芽的机会。后来，我也成了一朵蒲公英，飘到了陌生的城市。

我茫然地坐在山坡上，跟二十年前一样。唯一不同的是，二十年前，我的身边坐着王小菲。二十年后，我却孤身一人。我望着天空的浮云，往事扑面而来。童年时的快乐与忧伤，年轻时的梦想与迷茫，以及对外面世界的向往与恐惧。它们交织在一起，在我的脑子里翻腾。最后，我又想到了王小菲。十几年来，她的形象总是偷袭我，不断地侵占我的大脑。

中师毕业后，王小菲跟我一起到镇上当了教师。她不是我们镇上的人，如果不是因为我，她不会到这里来工作。可以说，她是为了我们这段感情而放弃了回到家乡的机会。在镇上，我们度过了一段难忘的时光，没有人不羡慕我们这对金童玉女。可是，好景不长。后来，我厌倦了小镇上封闭的生活。我渴望外面的世界，梦想着到大城市去奋斗。

相当长的一段时间里，我都在不厌其烦地给王小菲描绘外面精彩的世界，以及我们将来可能拥有的美好前程。王小菲说，你走了我怎么办呢？我说，什么怎么办？我说的是我们一起出去奋斗。王小菲张大了嘴巴，她问，你让我也辞掉工作，跟你一起到外面去流浪？我牵着她的鼻子笑着说，是奋斗、拼搏，是去创造美好的未来，而不是流浪。王小菲腼腆地笑了笑，出神地望着天边绚烂的朝阳。

尽管王小菲始终处于怀疑和犹豫之中，但是，她最终还是跟我一道乘上了开往异乡的列车。几天之后，我们来到了一个陌生的城市。我们对这里不熟悉，甚至一无所知。在懵懂之中，一对不谙世事的年轻人在城市中开始了他们艰难的生活。

在陌生的他乡，我和王小菲每天风尘仆仆地为理想而奔忙。但是，我们没有高学历，没有好人脉，单凭一腔热情很难闯出名堂。一晃过了四五年，我和王小菲依然两手空空。无论我们怎么努力，都只能找个普通的工作，艰难地维持生计。这当然不是我们想要的结果。我们千里迢迢地来到这里，是要闯出一番属于自己的天地。我们想在这座城市立足，想融入这座城市，想拥有这座城市。

这时候，王小菲气馁了。第五年大年三十的晚上，我们窝在简陋的出租屋里，无精打采地看着春节联欢晚会。出来打拼以来，我们已经五年没有回家了。这天晚上，王小菲垂头丧气地说，我们还是回去吧，教一辈子书也是很好的。虽然小镇贫穷、封闭和落后，但是，我们拥有一份稳定的工作，可以过安稳的日子，不像现在这个样子，背井离乡的，真的好凄凉。在这个万家团圆的日子，王小菲的话触动了我。不过，虽然我也有些心灰意冷，但却不甘心。我不会轻易放弃的。

时间又过了一年，我们的情况依然没有得到改善。慢慢地，我也泄气了。这时候，我遇到了周东，他是我曾经的一个同事，也飘在这座城市。两年前，我们在同一个单位打过半年工，之后各奔东西。

与周东的重逢，是我人生的转折点。那天晚上，我们就着一碟花生米没完没了地喝着劣质啤酒。周东酒冲天地说，哥们儿，像我们这样来自异乡的人，想在城市里生存下来不容易呀。我不停地点头。接着周东又说，兄弟我教你一招，让你少奋斗几十年。他又喝了一口酒，然后打着酒嗝说，找个城市中的女孩结婚吧。

周东的话如一道闪电，狠狠地击中了我的神经。我仿佛找到了成功之道。不过，我的面前却横着一道巨大的鸿沟，那就是我和王小菲之间真诚、淳朴的感情。而且，王小菲先是为了我到我们的小镇教书，后又为了我跑到城市中来流浪，我怎么忍心丢弃她和这段感情呢？我陷入了彷徨与苦恼。后来，还是周东点化了我。他说，城市是物质的，城市不相信爱情。如果你想在这座城市中拥有自己的位置，最好就按我说的办。

三番五次地思考之后，我听从了周东的建议，放弃了王小菲。那段时间，她正在闹脾气，后悔跟我到城市中来受罪。我趁机与她提出了分手。分手？王小菲问，你要与我分手？我说是的，经历了这么多，我才发现我们不适合在一起。王小菲的情绪即刻失控，她愤怒地说，你怎么不早说啊？这么多年了，你才说我们不合适。我结巴了，我说，我……她打断了我的话，立即着手收拾起行囊来。她一边收拾一边大哭，一直哭到远离我的视线。

　　王小菲拒绝让我送她，独自神情落寞地回到了小镇，回到原来的工作单位。后来，经人介绍，我认识了康薇。康薇拥有我想要的一切，经济基础和城市户口。经过艰苦奋斗、拼搏，我过上了梦寐以求的生活。可是，我却发现自己并不真正地快乐和幸福。

　　二十年后，当我重新回到故乡时，妈妈告诉我王小菲还在学校教书。我迟疑地问，她就在这么贫穷的小镇上守了一辈子？妈妈点了点头，她说，王老师回来后不久就结婚了，丈夫憨厚朴实，在镇上做小生意，而且一做就是十几年。我"哦"了一声，陷入了长久的沉默。妈妈接着说，现在，王老师的孩子都成人了，比她还高呢。妈妈停了停，接着又说，王老师是个能干人，教了不少好学生。逢年过节时，她的学生都会去看望她。而且呀，听说王老师还在搞文学创作，在报纸杂志上发了不少作品呢。我吃惊不已，心里一阵震颤。在读中师时，我和她都立志要好好搞创作。可如今，坚持和收获的却只有她一人。

　　往事如呜咽的风，打在脸上让人生疼。这天，我独自待到夜幕降临。回家的时候，我特地朝王小菲家那条路走去。现在，她家修了两层楼房，就在小镇南边。我的心情异常复杂，在心里想象着见到王小菲时的情形。她还认得我吗？她还会恨我吗？我像一只负罪的蜗牛，心事重重地朝王小菲的家爬去。

二十分钟以后，我看到了妈妈描述的那幢楼房。在忧伤的暮色里，王小菲的家显得那样让人心生眷恋。我远远地望着，不想离开。王小菲的家里亮着灯，灯光中人影绰绰。我看得很清楚，那是她以及丈夫和儿子。三个人似乎在说着什么，她的儿子高兴得振臂欢呼。这是一个幸福的三口之家。

有那么一刻，我想去敲王小菲家的门，与她打个招呼，聊上几句。可是，后来我又放弃了。我不想看到她宁静而又充实的生活。坦率地说，我羡慕她，嫉妒她。如果当年我与王小菲一起回到小镇，那么，今天晚上我将是幸福的主角。这个暮色苍茫的夜晚，我明白自己苦心追寻的生活，比起王小菲的日子差远了。二十年之后，我才发现自己想要的竟然是曾经拥有的平凡生活。这是个讽刺。这让我羞愤。

我仿佛是在逃命，撒起脚丫子疯狂地跑开了。大概跑了二百米之后，我才气喘吁吁地慢下来。我迈着惆怅的脚步，孤独地走在漆黑的夜里。

8

正月的乡村，依然笼罩在一片潮湿、寒冷之中，偶尔蓦然而至的太阳，也带着丝丝凉意。时间过得很快，初十那天，康薇对我说，我们该回去了。我说明天吧。可是，第二天我依然对康薇说，明天吧。康薇瞪着眼睛说，我看你怎么有点不想走的意思呢。我的心里立即"咯噔"了一下。我木然地问，我不想走吗？

康薇猜透了我的心思，我真的不想离开小镇了。我早已厌倦了城市的喧嚣、聒噪，我被无处不在的物欲折磨得快要喘不过气来了。如果不是因为患上了城市依赖症，我早就逃跑了。如今，我这朵漂泊了二十年的蒲公英，终于飘到了故土，又怎么舍得离开呢？

正月十二那天早上，康薇怒气冲冲地说，我们该回城了，我要上班了，晓晓也要上学了。我没有再说"明天吧"，我说是的，时间快要来不及了。但我接着又说，我好多年没有回来了，还有些师长和朋友需要拜访。你先与晓晓回去吧，我过几天就回来。我的话让康薇火冒三丈，她说，你早干什么去了？你这几天不是闲得慌吗？成天像幽灵一样独自晃悠。我没有被呛住，我说老师们很忙，他们要过几天才有时间。康薇觉得我在无理取闹，没有再与我多说什么，带着晓晓就回去了。

我没有告诉爸爸妈妈自己失业了，我不想让他们知道自己的困境。我对妈妈说，我是公司的主管，可以多休息几个月。妈妈笑得眼睛都眯成了一条线，她说那当然好。于是，在接下来的几个月里，我顺理成章地逗留在故乡的小镇上。无所事事的我，像个游手好闲之徒，在小镇上晃来晃去。美妙的春天，在我虚无的脚步里缓缓地流逝。我走完了正月，走完了二月。

康薇每隔两天就要打电话催我，她问我是不是迷路了，不知道该怎样回家。她在调侃、讽刺我。我不知道该怎样回答，只能长时间地保持沉默。我们的交流常常就这样陷入了无效之中，然后电话断了，"嘀嘀嘀"的声音异常刺耳。到底是她挂的电话还是我挂的电话？我从来没有搞清楚。二月的一天，当康薇再次打电话催逼时，我直截了当地对她说，我暂时还不想回去。这句话把她惹恼了。她在电话里咆哮着说，蒋林，你他妈的这是什么意思？我陷入了惯常的沉默。她又吼了起来，蒋林，你告诉我，你他妈的到底是什么意思啊？

随后，我和康薇的感情就像一堆逐渐腐烂的垃圾，散发出让人恶心的臭味。我们在电话里展开了一场奇特的拉锯战，她始终在催促我回城，并扬言如果我不听劝告，她就要与我离婚。我则摆出一副无所谓的态度，她的话就是耳旁风，从未放在心上。

三月了，阳光明媚，春暖花开。沉睡了一个冬季的大地开始复苏，四处弥漫着春天的气息。枯树发新芽，野草开百花。我呼吸着清新的空气，神清气爽，仿佛回到了年轻时的岁月。我在小镇宁静的街道上漫步，在弥漫着泥土芬芳的田野里飞奔，在山坡上伸展四肢尽情欢呼。城市中的焦虑、浮躁和漂泊，全都烟消云散了。我变成了一只快乐的小鸟，在属于自己的天空里自由地飞翔。我感到前所未有的平静、充实和幸福。我忘记了外面的世界，感觉自己从未离开过这片土地。

一天傍晚，我又独自来到山坡上，坐在这里看夕阳从容、优雅地滑向天边。偶然间，我发现蒲公英开花了。我兴奋极了。除了在梦中，我有二十年没有亲眼看见蒲公英了。我伸手摘了一朵，轻轻一吹，美丽的蒲公英就在空中飘飞起来，像一群可爱的精灵，在天空中跳着华丽而欢快的舞蹈。

劫　后

1

经历了漫长的冬季，销售业绩终于在春暖花开时迎来转机，这让白洁有种劫后余生的侥幸。作为销售部经理，半年来她承受了太多压力。其他部门每天准时下班，唯独白洁带领团队加班加点地开营销总结会，直到很晚才结束。不管怎么说，她庆幸自己挺了过来。但是，意想不到的麻烦也如影而来，悄然而迅猛地缠绕着白洁。几乎在一夜之间，她陷入舆论的旋涡，遭受来自四面八方的围剿。

后来，白洁把这形容为一场灾难。

那是一个凉风习习的春夜，空气中洋溢着花香。白洁迈着轻快的步伐走在回家的路上，越来越好的业绩让她心情舒畅。她为奋力拼搏的员工感到骄傲，为自己的坚韧而不妥协感到自豪，隐秘的笑容在浓郁的夜色里悄然绽放。因为从家到单位一条地铁直达，所以白洁选择乘坐地铁上下班。从地铁站到家有三公里路，她打算步行回去，权当锻炼身体。几个月来，忙于工作而无暇顾及身体的白洁，感觉生命被严重透支，时常胸闷气短呼吸困难。

昏黄的灯光把喜树街照得妩媚动人，穿过这条长达八百米的街道，白洁便能顺利到家。她住在平安大街幸福巷66号，去年夏天才搬过来。她开始想象晚餐的美好，以及与心爱的人相视而笑的温馨和浪漫。男朋友康伟早已在电话里告诉她今天的晚餐十分丰盛，全是她喜欢的食物，算是犒劳被工作压得喘不过气的爱人。白洁与康伟从相识到相爱，已经携手走过三年。在他们的计划中，两人明年春节就将步入婚姻的殿堂。

在喜树街与茶树街相交的十字路口，白洁看见了一个小女孩。女孩扎着小辫子，戴着粉色眼镜，穿着嫩绿色上衣和灰色裤子。她站在路边左顾右盼，单薄的影子在春夜的街头拉得很长。白洁看了她一眼，但脚步并未停下来。刚走几步交通信号灯变成了红色，她便停在路口等待。红灯等待时间从六十秒慢慢减少，五十九、五十八、五十七……在还有四十六秒就变成绿灯时，白洁回头看了一眼女孩。那一瞬间，她觉得女孩也在看自己。那是一种奇妙的感觉，仿佛在短暂的接触中产生了微妙的交流。迟疑了几秒钟，白洁转身朝女孩走了过去。然后，她问："小朋友，你一个人在这里干什么呀？"

"我在这里等爸爸妈妈来接我。"女孩的声音有些耳熟，但白洁想不起在哪里听见过。

"你与爸爸妈妈说好了的吗？"

"没有。"

"那你怎么知道他们会来接你呢？"

"他们会来的。"

"爸爸妈妈在哪里呀？"

"我不知道。"

"你一个人出来的吗？"

"我吃了饭出来玩，跑来跑去就跑到这里来了。"

"你把爸爸妈妈的电话号码告诉我，我打电话让他们来接你。"

"我爸爸的电话号码开头是139，妈妈的电话号码开头是135，但是我都记不清后面的数字。"

"那你知不知道你家住在哪里？"

"我忘了那条街叫什么名字。"

"从这里出发，你知道怎么走吗？"

女孩摇了摇头。

"你什么都不知道，阿姨怎么才能帮你呢？"

女孩哭了，"哇"的一声让昏黄的夜色颤抖起来。

白洁明白了，这是一位走失的女孩。现在时间是晚上九点十二分，白洁觉得小女孩独自一人在街头很危险。前几天，蜀城刚刚才破获一起拐卖儿童的大案，被拐儿童中大部分都是四五岁的小女孩。白洁决定留下来陪她，并想方设法从与对方的交流中获得有效信息，帮助她顺利回家。"你再想想，你是怎么来到这里的。"白洁对女孩说，"然后，阿姨带着你原路返回，就能找到家了。"

女孩·脸茫然，仿佛陷入沉思。

一辆白色汽车开过来，缓缓停在白洁和小女孩身边。车窗缓缓落下，一颗脑袋隔着副驾问道："你们在干什么？"

白洁低头弯腰对女孩说："他是你爸爸？"

"不是。"

"他是你舅舅还是叔叔？"

"都不是。"女孩说，"我不认识他。"

白洁以为那个中年男人是女孩的亲人，结果他们压根就不认识，短暂的欣喜瞬间消失。

中年男人打开车门，朝白洁走过来。朦胧的夜色中，白洁看见对方留着平头满脸胡茬，魁梧的身材像一截粗壮的树桩，浑身上下充满江湖气。他们之间离得越近，白洁越觉得对方身上散发出逼人的气势。他晃晃悠悠地停下来，与白洁保持着一米左右的距离。他看着她，半晌才问："你是她妈妈？"

"不是。"

"是她姑妈？"

"不是。"

"那应该是她舅妈咯？"

"也不是。"

"那你是她什么人？"

"我不认识她。"

"你刚才在与她说什么？"

"我问她是不是一个人出来玩走丢了……"

"如果她是单独出门，你是不是要把她带走？"

"你在说什么？"

"是不是？"

"我不明白你到底在说什么。"

"我怀疑你在拐卖儿童。"

"你简直胡说八道，我明明是想带她回家。"白洁的脑袋瞬间乱哄哄的，"小妹妹，你说我是不是在帮你想办法？"

"是的。"小女孩说，"阿姨在问我住在什么地方，爸爸妈妈在哪里。"

"小孩子先别说话，我在问她呢。"中年男人向白洁靠近了点，指着她说，"我观察你很久了，发现你鬼鬼祟祟地纠缠着这个小女孩。如果不是图谋不轨，为什么缠着不放？"

"我刚好路过这里，看见她一个人在街上，想帮帮她。"白洁皱起了眉头，"你怎么说我拐卖儿童？"

"那应该说是在贩卖儿童？"中年男人在黑夜里翻白眼，"这样说对不对？"

"我再说一遍，这个小女孩走丢了，我想帮她找到回家的路。"白洁的情绪有些激动，"我是一片好心啊。"

"所有骗子都披着善良的外衣，所有恶人都满口仁义道德。"中年男人说，"如果小女孩说父母不在家，如果她说这里离她家很远，你是不是立刻就把她拖走？"

白洁被气得浑身颤抖，她想不到自己一片好心却惹来无端的攻击。从早上八点到现在，她忙得几乎没有停下来过，此刻正饥肠辘辘浑身乏力。面对如此不讲道理的人，她不想与他多说。白洁扭头看了一眼十字路口，交通信号灯正好是绿灯，可以通行的时间还有二十二秒。既然热心肠遭遇冷水，她不想把时间耗费在无聊的争吵中，立即转身而去。刚出地铁站时，康伟就打过电话询问她回家的时间，现在他或许早已坐在餐桌上耐心地等待自己回家。但是，白洁并没有顺利离开现场，反而一只脚踏入了纷争和麻烦。

刚迈开一步，白洁的胳膊就被扭住，一股疼痛迅速像电流一样传遍全身。她的尖叫声仿佛是一道闪电划破朦胧的夜空，让路边静立的花草树木悄然地打着哆嗦，似乎它们都在喊"痛"。白洁的愤怒瞬间冲破脑门，在熟悉的街头与陌生的人展开唇枪舌战。那个来路不明的男人始终认定白洁是在拐卖儿童，在他的言语中她是个不折不扣的人贩子。白洁越是争论，他越是笃定地认为她刚才是在用言语和行动引诱路边的女孩，在赢得女孩的认同后实施行骗。

白洁毫无还手之力。她身体单薄，无法挣脱那只粗壮的手臂；她言辞匮乏，找不到还击的话语。她唯一质问的是对方到底何许人也，有什么资格干涉自己帮助他人。但是，对方一句"伸张正义"像一柄利剑刺中白洁的喉咙，让她瞬间奄奄一息。推搡之中，白洁的衣袖被撕开一条口子，像两片枯黄的树叶在夜风中飘荡。僵持几分钟后，白洁鼓起全身力气扯起嗓子眼喊道："放开我，你这个流氓。"

这句话像一根引线，刹那间点燃了一颗炸弹。遗憾的是，它不仅没有让中年男人知难而退，而是让白洁引火烧身。

"快来人呀，抓人贩子啊。"中年男人的声音在夜色里格外雄浑有力。

喜树街旁边有一条绿化带，面积大约一千亩。葱茏的树木和优美的环境，让这里成为附近居民散步的优选之地。中年男人一声抓人贩子的怒吼，就像一道命令迅速向四周扩散，散落在绿化带里的人宛如夜猫一样纷纷从树林中窜出来。几分钟后，白洁的身边便聚满了围观的人。最开始，他们对白洁与中年男人的争执冷眼旁观。不知道从什么时候开始，他们便自告奋勇地加入其中。让中年男人和白洁都没想到的是，所有人都把枪口对准白洁，轮番攻击着这个势单力薄、孤立无援的女人。

"我要怎么给说你们才相信呢？我不是人贩子，我是想帮她。"白洁声嘶力竭，"我是想帮助她。"

"她叫什么名字？"

"她爸爸叫什么名字？"

"她妈妈叫什么名字？"

"她几岁了？"

"她家住哪里？"

白洁脑子里乱哄哄的，感觉有成千上万只苍蝇在面前狂乱地飞舞。那些尖锐而鲁莽的质问仿佛是锈迹斑斑的钉子，一颗一颗地扎进她的胸腔，却流不出血来。无论她怎么解释，一切都无济于事，就像是掉进泥沼，越是挣扎陷得越深。白洁嘶吼道："你们怎么都不讲道理？"

"你这个人贩子好猖狂。"一个人开了头，大家七嘴八舌地说起来，"我们不讲道理？难道你拐卖儿童还有理了？"

顿时，现场混乱起来。

不知道是谁先动手，白洁的背上挨了一拳，她感到锥心的痛。接着有人砸她的脑袋，踢她的小腿，扯她的头发。在推搡下，白洁东偏西倒，求救声淹没在愤怒的声讨中。那些与白洁素不相识的人，在漆黑的街头对一个陌生的女人拳脚相加。白洁拿出手机给康伟打电话，她刚把自己身处的街道说完并要求他报警时，手机就被打在地上，屏幕碎裂通话中断。她蹲下身想捡起手机，结果有人在背后朝她蹬了一脚，使她双膝跪在地上，两只膝盖痛得她仿佛马上就会死去。白洁尝试着站起来，但是身体里已经没有力气。于是，她索性匍匐在地上，任由那些人粗暴地践踏。

警笛声划破长空，从远处的楼宇间传来。围观和施暴的人作鸟兽散，狼藉的现场在苍茫的夜色里格外凄冷。当警察把白洁扶起来时，她发现那个中年男人居然没走。他站在自己的汽车面前远远地看着两个警察和白洁，就像在看一场事不关己的闹剧。

2

派出所的白炽灯很亮，白洁的脸变成了一张白纸。一绺头发搭在脸上，仿佛是某个孩子用铅笔随意涂抹了几笔。白洁散乱的头发和无助的神情，都在无声地诉说着荒诞的经历和遭遇。康伟站在旁边，与中年男人靠得很近。他脸色铁青双眼怒瞪，看起来随时可能上前暴揍对方一顿。白洁真担心康伟会动手，她知道他的脾气，外表斯文的他被逼急了也会暴跳如雷。在经历一次劫难后，她不想再节外生枝。她只想尽快完成调解，马上回到温暖的家。

现在已是晚上十点二十三分，白洁还没有吃晚饭。

这是白洁和康伟第一次进派出所，浑身上下感到十分别扭。做笔录的过程很漫长、复杂，民警慢声细气地询问整个纠纷的前因后果，细致到具体时间和地点。遗憾的是，中年男人不承认自己打了白洁。他说他只是怀疑她是人贩子，打人的是那帮看热闹的人。不过，白洁自己也不能确定对方是否对自己动手。她面无表情地回忆说："当时，莫名其妙地来了很多人，大家就像约好了的一样，你一拳我一脚。我不知道他们是谁，我不知道是谁在打我。"

办案民警面露难色。看起来，这是一桩找不到责任人的斗殴事件。

做完笔录后，白洁才知道中年男人名叫叶盛，没有正当职业，买了辆车拉散客维持生计。她怀疑他撒谎，不敢说出自己的工作单位，以免牵连自己的饭碗。不过，叶盛坦承整个事件因他而起，愿意接受民警的协调，并承诺支付白洁的医疗费。叶盛心里明白，即便他的初衷是担心小女孩被拐卖，但的确给白洁带来了伤害。但是，叶盛同时强调："如果白洁真的是人贩子，请警察一定要将她绳之以法。"

"你这个混账王八蛋。"康伟呼的一下从凳子上跳起来，"闭上你那张臭嘴。"

"坐下。"民警猛然抬头，抽了抽鼻梁上的眼镜，"不要冲动。"

"你他妈的信口雌黄。"康伟喘着粗气，"你亲眼看见她拐卖儿童了？"

"我是说假如。"叶盛执拗地说，"如果她真的拐卖儿童，就应该接受惩罚。"

康伟一个箭步冲上去，掐住叶盛的脖子。他刚挥舞拳头准备砸下去时，却被慌忙转身的白洁抱住。她叹着气说："你冷静点。"

"我看着他那副样子，就冷静不下来。"

低垂着头的叶盛似乎被康伟激怒了，做出一副要大打出手的架势。幸好民警及时制止，他说："这里是派出所，不是菜市场。"

康伟与叶盛之间的距离还不到一米，如果民警的提醒和劝止迟到两秒钟，两人或许就在派出所里上演全武行。

真的安静下来了。但是，康伟和叶盛还在暗中较劲，仿佛要用眼神杀死对方。他们的眼神在空中对视，然后收起，接着又是对视，都不甘示弱。只有白洁呆滞地盯着自己的双脚，漂亮的高跟鞋上沾满尘土。

一个女民警突兀地走过来，她说刚刚接到报案，有人家里的孩子走丢了。从穿着和年龄判断，可能就是这个女孩。白洁、康伟和叶盛，同时把目光对准女民警。

女民警来到小女孩面前，轻声问道："小妹妹，你叫什么名字？"

"我叫张婷婷。"

"就是你啦。"她说，"我马上给你爸爸打电话，让他来接你。"

"她是人贩子吗？"康伟对着叶盛怒吼，"你看清楚了，她是不是人贩子？"

叶盛没答话。

办案民警再次抽了一下眼镜，他说："一场误会。"

"误会就要打人？"康伟的声调越来越高，"这个世界还有没有公道？"

"当然有公道。"民警笑了笑，"公道自在人心。"

一直沉默的白洁哭了。她从椅子上滑落，咚的一声歪倒在污迹斑斑的地板上，身体不断地抽搐，就像患了癫痫病。康伟忙不迭地跑过去，一把将她搂在怀里。他安慰她事情已经过去，他说公道自在人心，他说事实证明她不是人贩子，他说她是个善良的人。白洁对康伟的话无动于衷。那些温暖的安慰之词仿佛是一种催化剂，反而激发了白洁内心的委屈和悲伤。她的哭声由呜咽变成嘶吼，尖厉的声音在狭窄的空间里疯狂地涌动，最终变成呼天抢地。

所有人都感到措手不及。

康伟没有任何办法能制止白洁的哭泣，他只有无助而沉默地抱着她，随着她的颤抖而颤抖。叶盛窝在角落的椅子上一声不吭，魁梧的身材萎缩成一个具有呼吸和心跳的雕像。那个总是担心眼镜掉在地上的民警，一会儿看着叶盛，一会儿又看着康伟和白洁。他站起又坐下，坐下又站起来，并时不时地抽鼻梁上的眼镜，样子显得十分尴尬和滑稽。

一辆汽车在派出所的院子里停下，一男一女急匆匆地跑进来。他们异口同声地问："我们的女儿呢？"

张婷婷被女民警领进了休息室，忐忑地等着爸爸妈妈的到来。她不知道康伟与叶盛的冲突，不清楚为何白洁悲伤哭泣。张家夫妇的到来，化解了现场的尴尬。办案民警猛地站起来，朝着休息室呼喊女民警的名字。张婷婷跟在女民警身后走出来，短暂的惊愕后，她冲进妈妈的怀里哇哇大哭。

看到失而复得的女儿，张婷婷的父亲不停地表达感谢。短暂的交流中，他得知了白洁与叶盛的误会。他对叶盛说："这是误会。"

叶盛尴尬地笑了笑，没有说话。

"白女士，真是对不起。"张先生立即将话题集中在白洁身上，"我想带你到医院检查身体，所有医疗费由我承担。"

"不用了。"白洁的哭泣终于停止，"我的身体没问题，不用检查。"

"我刚才听警察同志说，有人打了你。"张先生说，"为了保险起见，我还是建议到医院做个检查。"

"当然要检查。不过，检查的费用不用你承担。"康伟指着叶盛，"应该由他承担。"

"我早就说过只要她不是人贩子，我愿意承担医疗费。"叶盛站起来，"走吧，我们现在就去医院。"

"我带她到医院。"张先生说，"你们都是为了婷婷好。"

"应该由他负责。"康伟再次指着叶盛，"如果不是他，一件好事就不会变成现在这样子。"

"你们都别说了。"尽管白洁很愤怒，但吼出来的声音却不是她想象的那样有力，"我不用去医院，我只想早点回家。"

短暂的沉默。

"我们要去医院，万一身体被打出问题，将来我们找谁呢？"康伟拍了拍白洁的肩膀，"去一趟耽搁不了多少时间，我们很快就会回家。"

"我想回家。"白洁的眼泪悄然地滑下来，她的脸庞犹如一朵被霜打的野花。

"做完检查就回家。"康伟看着白洁哭红的眼睛，"相信我，很快的。"

白洁拗不过康伟，最终同意去医院检查身体。

张婷婷的父母和康伟交换了联系方式，他们表示会来看望白洁，并对她提供后期所需要的帮助。康伟面无表情，机械地点了点头。然后，叶盛开着车，载着康伟和白洁来到派出所附近的医院。

时间来到深夜十一点四十八分，医院里灯火通明、川流不息，每个人的脸上都写着沮丧。从排队、挂号到检查完毕，耗费了两个小时。整个过程，白洁板着脸孔目光无神，表现得十分不耐烦，不断地催促医生。甚至，她还说了一句"我没病"，搞得医生一头雾水。

回到家时，已是第二天凌晨。

康伟把饭菜重新热好，两人端坐在餐桌前吃这顿晚了五个小时的晚饭。白洁扒了一口米饭，看着康伟说："你说我是不是吃错了药？明明是一片好心，结果却弄得这么狼狈。"

"吃错药的不是你。但是，我们都吃错了饭。"康伟挤出一丝微笑，"现在是凌晨一点过，我们这顿饭是晚饭还是早饭？"

两人相视无语。良久，继续埋头吃饭。

3

白洁请了一天假。

康伟也跟着请假。

白洁和康伟都很忙，而且在单位都处于关键时期。如果不是这场突如其来的事故，他们不会停下来休息。康伟是一家科技公司的产品经理，三个月来为即将上市的一款新产品操碎了心。老板早已或明或暗地放话，如果新产品再不能赢得市场打开局面，康伟带领的整个团队就将解散。甚至，这家公司的命运也会发生改变。老板做广告起家，多次表示想回到老本行。康伟不想失业，更不想成为公司坍塌的罪人，每天做梦都在琢磨产品的细节。白洁曾对康伟开玩笑说："产品比你的生命还重要。"

"与生命一样重要。"康伟认真地说，"这次像是一场劫难，不知道能不能顺利化解。"

上午十点，康伟和白洁才从疲倦中醒来。四月是个美好的季节，空中充满丝丝清甜。阳光像个羞涩的少年，含情脉脉地从窗外飘进来。康伟在厨房里忙活，准备两人的早餐。无论工作多忙压力多大，或是现实多么艰难，康伟对生活始终洋溢着热情。白洁很喜欢康伟这种人生态度，感觉只要跟他在一起，即便在最幽深、黑暗的隧道，也能见到光芒。

白洁一头扎进书房里。她打开电脑和手机，登上QQ和微信，与同事和客户保持沟通。她耐心地为员工安排工作，细致到营销方案的制订和工作经验的总结；她耐心地与客户交流，为自己生病而不能亲自前来拜访而真诚地道歉。白洁对同事和客户撒谎，说自己昨晚突发疾病住进医院，搞得大家都为她的身体状况担忧，纷纷劝她好好休息。她不想把实情告诉别人，因为自己都觉得这件事情荒唐到似乎只有在电影中才能看到，说出来是个天大的笑话。

吃过早饭，白洁和康伟两人同时来到书房，都进入工作状态。一个多小时里，白洁通过电话、QQ和微信不断地发出和接收与工作相关的信息。康伟则沉默地盯着电脑屏幕，为产品的某个细节而焦头烂额。其实，他明白这款产品已经完美到没有任何瑕疵，只是他不敢轻易地将它交给老板和投放市场。在这场关键战役中，作为公司的一员老将，康伟显得犹豫不决。他不是个完美主义者，只是输不起。

十一点二十一分，康伟的手机响起。看着屏幕上闪烁着的"张"字，他明白这是张婷婷的父亲打来的。康伟没有接，他不知道该与对方说些什么。电话再次响起，康伟拿着手机朝客厅走去。张婷婷的父亲对康伟说，他已经到小区门口，希望能到家里来看望白洁。康伟觉得既然对方已经来了，执意拒绝显得有失礼貌。犹豫片刻，他只好答应下楼迎接。回到书房，康伟对白洁说："张婷婷的爸爸来了。"

“张婷婷是谁？”

“昨天晚上那个女孩。”

“哦。”白洁愣了一下，“他来干什么？”

“看望你。”

“我需要看望吗？”

“昨天晚上的事情，或许他有些过意不去。”

“与他有什么关系？”

“毕竟，这件事是因为张婷婷而引起的。”

“张婷婷是无辜的。”

康伟的舌头突然打起卷儿，喉咙也仿佛被堵住。他望了一眼窗外，明晃晃的太阳让人感到头晕目眩。

“你告诉他，这件事情已经过去。”白洁慢悠悠地说，“而且，我的身体没有问题，用不着来看望。”

“他已经来了。”康伟的眼神从窗外拉回来，看着白洁，“已经到小区门口了。”

白洁怔怔地看着康伟。半晌，她笑起来：“那就让他进来吧。”

康伟下楼后，白洁在逼仄的书房里踱着步子。窗外阳光灿烂，院子里一片翠绿。每天早出晚归，她竟然不知道庭院里开满了绚烂的花朵。白洁坐下来喝了一口水，再次来到窗前。康伟领着一对中年夫妇，穿过葱茏的树木径直走来。那是两个陌生的面孔和身影。在派出所里，白洁没有看张家夫妇一眼。即便在街上相遇，她也认不出他们，更无法确认他们曾以这样的方式产生过短暂的交集。

两分钟后，门铃响起。

白洁走出书房，穿过客厅，站在门前整理头发、衣着，顺便琢磨如何迎接这对夫妇。她并不希望他们前来看望，觉得这种情形与昨晚一样荒唐。但是，他们已经站在门外，打开房门是唯一的选择。她长出一口气后，果断地拉开门。白洁勉为其难地笑着："你们怎么来啦？"

"我们特地来感谢你。"

"为什么要感谢我？"

"你帮了我们家婷婷。"

"我没有为她做什么啊。"

"可是，你因为这件事被人误解。"

"甚至，我还被人打了。"白洁说，"是不是这样？"

"现在的人，都很冲动。"

"所以，你们不是来感谢我，而是我被人打了觉得过意不去，来看望我。"

康伟觉得气氛不对，立即招呼着他们喝茶，借此转移话题，并用眼神暗示白洁说话别总是带刺儿。白洁也觉得自己有失待客之道，即便素不相识也应懂得来者是客的道理。停顿片刻，她说："谢谢你们的这份心意。"

"到医院检查后，身体没有问题吧？"张妈妈说，"昨天太晚了，所以我们没有再给你打电话。"

"没有问题。"康伟说。

"本来就不用去医院。"白洁幽幽地说，"我知道没有问题。"

这天上午，张家夫妇在白洁家里待了大半个小时。后来，他们的交流不再拘泥于昨天晚上发生的事。慢慢熟络后，他们开始聊工作、生活以及各种社会现象，话题宽泛得就像重逢的老朋友。

张婷婷的父亲叫张海生，母亲叫刘芳。张海生是一家游戏公司的老板，主要做游戏研发与运营。刘芳是注册会计师，在一家会计事务所工作。康伟得知张海生刚刚获得了一笔风险投资，并与韩国某游戏公司达成战略合作，新产品即将在东南亚发行。康伟接着张海生的话题，谈了很多对游戏行业的看法。这让张海生很吃惊。他问："你也是做游戏的？"

"不是。"

"但你对游戏很了解。"

"我喜欢玩游戏，平常比较关注行业态势。"

快到十二点时，张海生和刘芳起身告辞。两个人分别说了很多感谢之词以及保重身体的祝福，并要求两家人保持联系经常来往，感觉像是认了一门亲戚。突然，刘芳把一个纸袋子放在桌子上。她说："这是我们的一点心意。"

康伟和白洁四目交汇，他们瞬间明白里面装的是钱。从袋子的厚度上看，他们猜测里面至少有上万元钞票。短暂的错愕后，康伟抓起袋子追上即将出门的张海生。他说："这个你拿走。"

"这是我和婷婷她妈的一份心意，请你们收下。"张海生说，"我们不知道用什么方式表达感谢，希望这样不算冒昧。"

"我们不能收钱，一分都不行。"康伟扭住张海生不放，"心意领了，钱不能收。"

康伟和张海生在门口你推我攘，互不相让。白洁走上来，她淡淡地说："张先生，我们无论如何都不会接受你的钱，所以你一定要拿回去。你们来看我，我已经十分感动。"

"这样我们心里会不安的。"刘芳见丈夫呆愣着,便接着白洁的话说,"你为了我们家婷婷,平白无故地受到伤害。"

"伤害我的是那些过路的人,那些不明真相的人。"白洁有气无力地笑着,"你们为什么要不安呢?"

"那些人不会对你负责。"张海生说,"而且,你也找不到他们。"

"我不会找她们。"白洁笃定地说,"事情在昨天晚上已经结束。"

张海生一声长叹:"原本是件好事,怎么就弄成这样了呢?"

一片沉默。

4

无论是检查结果还是自身感受,白洁的身体真没问题。在这场莫名其妙的纠纷中,她除了被撕烂的衣服外,真没有太大损失。休息一天后,白洁又马不停蹄地投入到堆积如山的工作中。她常常鼓励员工大难不死必有后福,所以熬过市场的寒冬后,他们要在春暖花开之际大干一场,力争秋天有个好收成。刚刚走进办公室,同事们都一窝蜂地围过来,询问白洁的病情。她笑呵呵地说没事,临时编了个急性肠胃炎的幌子。看着她云淡风轻的样子,大家便不再多问。

康伟与白洁一样,重新全情投入到产品的研发中。他是个隐忍的人,从来不向白洁倾诉任何困难。事实上,最近半年来他一直焦头烂额。有时候,他也在思考未来的人生计划,甚至悄悄向其他公司投放简历。如果产品再次失败，难免会遭遇失业；如果丢失工作，他必须尽快投入到第二份工作中。康伟惧怕失业，康伟需要工作，否则他没钱举办婚礼。婚期已经一推再推，他无时无刻不在等待那个神圣时刻的到来。

这样的日子过了三天，一切看似又回到既有的生活轨迹。

第四天中午，同事廖燕敲响了白洁的房门。当时，她正在整理最近销售过程中出现的问题，准备下午召开分析会。看着廖燕鬼鬼祟祟的样子，白洁差点没有笑出来。她皱着眉头问："有什么事？"

"白总，你今天上网没有？"

"从早上起来一直忙到现在，哪有精力上网。"

"我刚才在微博上看见关于你的消息了。"

"微博上有我？我又不是网红。"

廖燕愣了一下，她说："都成热门话题了。"

白洁怔怔地看着廖燕，她问："热门话题？"

廖燕点了点头："你看看吧，这样对你不好。"

白洁感到事情不妙，立即放下手中的工作登录微博。在廖燕的指引下，她迅速找到那个命名为"当街暴打人贩子"的微博话题。那串刺眼的阿拉伯数字表明，参与讨论的人数高达二百三十七万。白洁顿时脸皮发烫双手颤抖，鼠标的指针左右摇晃很多次才点中话题。短暂的等待后，那条让她脑袋感到随时都会爆炸的微博立即跃入眼帘。

微博账号名叫"不三不四"，这个不知是男是女的人在微博中写道："活捉人贩子。看见大家挥舞着正义的拳头，愤怒之气终于消解。"下面配了六张图，每一张图都能看见白洁的无助和狼狈。特别是第六张，白洁披头散发蜷缩在地上，像一条濒临死亡的狗。

白洁怒火中烧，一把推开桌子上的文件和资料。精致的玻璃水杯被撞倒，玻璃碴儿混合着茶水，溅得满地都是。廖燕慌乱地往后退，差点撞倒身后的鱼缸。她从来没有见过白洁如此大发雷霆，只得手足无措地站在旁边。在同事们的眼中，虽然白洁干练而强悍，但从来不在公众场合下发怒。

半晌，白洁的情绪才慢慢平静。她抬起头问："其他人知道吗？"

"我没有告诉其他任何人。"廖燕颤巍巍地说，"我刚刚看到，感到非常惊讶，所以马上跑来给你说。"

"你相信这条微博吗？"

"当然不相信。"廖燕说，"可是……"

"可是什么？"

"上面有你的照片。"

"有照片不一定就是真相。"

"你是说照片中的人不是你？"

"是我。"白洁微微点着头，"的确是我。"

"那你真的被人打了？"

"是的。"

"那你真的拐卖儿童？"说完，廖燕倒吸一口凉气。

"当然不是。"

"白总，你说那到底是怎么回事呀？"

白洁靠在椅子上。沉默半晌，她说："你帮我把地上收拾一下吧。真是不好意思，我从来没有像今天这样失态。"

廖燕弯腰埋头，便开始整理文件，打扫玻璃碴儿，用抹布擦地。这个过程持续了七八分钟，白洁慢腾腾地向廖燕解释事情的来龙去脉。说完最后一个字时，她双手抱住脑袋，沉闷地叹气。廖燕张着大大的嘴巴说："原来是这样啊。我要到微博为你澄清事实，讨回公道。"

　　"你就别添乱了，回去好好工作吧。"

　　"好吧。白总，你千万别放在心上，不要跟那些小人计较。"

　　"我自有分寸。"

　　廖燕刚拉开门准备出去，又被叫住了。白洁说："今天下午的会议取消。"

　　"好。"廖燕知道会议的重要性，但她更明白此刻白洁的心情是何等糟糕。

　　窗外阳光明媚春风和煦，白洁却感到前所未有地窒息，即便在工作最困难时也没有这种感受。她吃力地站起来，把门窗全部关上，依然感到身体里有一股寒意在窜动。经过派出所的调解、医院的检查、张婷婷父母前来探望以及一天的休整，她原本以为这事已经随风飘散。没想到只过了三天，平息的波浪再度掀起，而且来势更加凶猛。这一次，她竟然不知道是谁在从中作祟。

　　白洁知道网络上鱼目混珠、泥沙俱下，思索再三，她认为不能任由事态发展。不过，她又能做些什么呢？她焦躁地在办公室里走来踱去，最终只能笨拙地在"不三不四"发的这条微博上向每一个网民做自我申辩。白洁打开微博，逐一向那些谩骂的人解释，希望大家删掉骂人的评论。

　　面对成千上万的讨论，这是一个浩大的工程。但是，白洁下定决心一定要自证清白。

白洁在电脑上打开一个文档,把事情的真相写好,通过复制粘贴的方式与网民交流。很快,她便与数百人进行了对话,耐心地向他们解释。但是,这种便捷的方式没有为白洁迎来转机,反而被人取笑。有人说,人贩子居然还会发微博;有人说,人贩子请不起水军,只得笨拙地复制粘贴。

看着冷嘲热讽,白洁气得七窍生烟。但是,她依然坚持回复每一个网民,试图让别人相信自己真的无辜。只是,那些人根本听不进去白洁的苦口婆心,以更尖酸、刻薄的语言反唇相讥。

半个小时后,"不三不四"终于露面。

"不三不四"回复白洁:"即便你有一千张嘴巴也无法洗脱罪名,我在现场,亲眼所见,有图有真相。"

白洁回复"不三不四":"我已经向派出所报案,并且证明自己不是人贩子,而是好心帮助那个小女孩。"

"不三不四"回复白洁:"这只能证明你犯罪未遂,逃过一劫。"

白洁回复"不三不四":"叶盛已经承认这是一场误会,并支付了我检查身体的医疗费。"

"不三不四"回复白洁:"叶盛伸张正义,你还讹人家一笔医疗费。你好意思吗?"

白洁回复"不三不四":"那个小女孩的父母第二天已到我家里探望,证明我并没有拐卖他们的孩子,而是孩子自己走丢了。"

"不三不四"回复白洁:"这个世道真的变了,鸡居然给黄鼠狼拜年。"

白洁浑身颤抖,真想把电脑砸个稀巴烂。但是,她又明白这无济于事，喘着粗气继续回复"不三不四"："你到底是什么人？难道与我有冤有仇？"

"不三不四"回复白洁："我与你素不相识，何来冤仇？我只是与叶盛一样，看不惯世间的丑恶现象。"

白洁头痛欲裂，她关掉显示器屏幕，眼泪默默地顺着脸颊滑下来。有人来敲门，白洁没有理会。片刻后，敲门的人窸窸窣窣地离开。公司里人来人往，同事们的身影急促地穿来穿去，好在白洁的办公室在最里端，关上门就是一个小世界，不受外界打扰。

慢慢地，眼眶里的泪水仿佛已经流干。白洁用纸巾在脸上胡乱抹了几下，拿起手机给康伟打电话。电话接通后，她只听见康伟"喂"了一声，悲伤的情绪瞬间便在心底涌起，眼泪再度喷涌而出。康伟一个劲儿地安慰白洁，但她只顾着稀里哗啦地哭泣。

康伟问："你怎么啦？"

白洁没有回答。

康伟问："遇到什么困难了？"

白洁依然只顾着哭泣。

康伟问："谁欺负你了？"

白洁把电话丢在一边，哇哇大哭起来。

康伟眉头紧锁，惶惑地等待白洁停止哭泣。不过，他似乎意识到白洁已经把手机放在旁边，根本没有听见自己的话。手机听筒里只有她的呜咽声若隐若现，时远时近。于是，康伟主动挂断电话，并立即回拨过去。接连三遍，白洁都没有接。康伟急得直跺脚，恨不得马上飞到白洁的办公室。手机没人接，康伟又拨打白洁办公室电话。这一次，白洁接了。

"这会儿忙吗？"白洁的鼻音很重。

"不忙。"康伟说，"你怎么哭了？"

"很多人在微博上骂我。"

"你惹着谁了吗？"

"我谁都没有招惹。"

"那到底是谁在骂你？"

"有人发了一条微博，大家都在微博下面留言骂人。"

"那些人骂你什么？"

"他们骂我是人贩子，还把别人打我的照片发在微博上。"白洁又哭了，"现在，网站做了一个热门话题，几百万人参与讨论。"

康伟明白了，那场纠纷并未烟消云散，反而以更加残酷的方式包围着白洁。他让她别着急，他有办法把热门话题删去。在科技行业打拼这几年，康伟在业务培训、行业峰会等各种场合认识一些人，积累了不少人脉。康伟刚好认识这家网站微博组的负责人，一个月前才在一次业务交流会上见过。康伟对白洁说："我争取半个小时搞定。"

"好。"白洁挂断了电话。

时间一分一秒地流逝。白洁在心里默默地数着，但这种拉着时间往前走的情绪让她感到焦灼和惶恐。她为自己倒了一杯水，放在桌子上却忘记了喝。她把窗帘拉开，又觉得阳光太刺眼，于是又立即关上。如此反复地折腾好几次，白洁终于妥协，歪倒在椅子上像一张衣着光鲜的皮囊。

白洁重新打开电脑显示器，登录微博界面，发现自己依然身处热门话题的旋涡，脑门上沁出一层细密的冷汗。她无心整理面前的文件，计划中的重要会议早已忘却。她的眼神始终集中在屏幕右下方的时间上，每隔两三分钟便刷新一次网页。尽管十多分钟过去，微博界面上的热门话题依然还在，而且参与者越来越多。下午两点十六分时，已经有三百六十三万人阅读这条微博，评论高达四千五百八十一条。这两个参数，白洁每刷新一次，就会大幅增加。

"怎么还没有删掉？"白洁忍不住，给康伟打电话催问。

"已经与朋友联系了，对方说马上就处理。"康伟安慰白洁，"别着急，肯定能删掉。"

白洁再次陷入焦急的等待中，并不断地刷新网页。两点二十四分时，当她再次刷新网页时，终于发现自己从热门话题中消失了。她长长地出了一口气，如释重负。康伟打来电话，让白洁安心工作，这事很快就会过去。白洁口头答应，注意力依然停留在微博上。

很快，白洁发现虽然热门话题删掉了，但是"不三不四"的微博还在，而且评论的数量依然在不断增加。在海量的辱骂中，她偶尔能看见替自己打抱不平的人。只是，那些正面的声音太微弱，瞬间便淹没在汪洋大海之中，就像一只蚂蚁掉进惊涛骇浪里。

"不能看着这些王八蛋胡言乱语。"白洁自言自语地说，"我得给'不三不四'发条私信，让他删掉微博。"

打开私信对话框后，白洁精心措辞，写了又删，删了又写。在这条私信里，白洁义正词严地表明自己被"不三不四"诽谤，要求对方立即删掉微博，否则将采取法律手段追究其责任。很快，"不三不四"便回信说："身正不怕影子斜。"

简短一句话，七个字就像七把利剑，朝白洁狂乱地挥舞。

白洁知道无法与"不三不四"讲道理，对方已经陷入疯魔，似乎一定要置自己于死地。无奈之下，她只好在自己的微博中发了一条声明，讲清事情的前因后果，阐述自己遭受的冤屈，并保留追究法律责任的权利。然后，她关掉电脑走出办公室。

午后的空气很沉闷、潮热，明晃晃的太阳让白洁睁不开眼睛。她在附近的大街小巷徘徊，对紧紧缠绕住自己的麻烦感到彷徨与无助。半个小时后，白洁走进地铁站，摇摇晃晃地朝家走去。她想自己要是拥有一种魔法该多好，就像电影中演的那样，心中默念"马上回家"后便出现在家里。此刻，白洁最大的愿望就是立即回家，那套紧凑而温暖的房子，能让她心神安宁。

5

路过喜树街时，白洁想起四天前的那个夜晚，没想到一次偶然的相遇给自己带来一场巨大的麻烦。如果当初没有发现张婷婷，如果当初径直穿过十字路口而没有回头，这一切是否可以避免？白洁不知道。不过，她不后悔。

路过茶树街的菜市场时，白洁顺便买了一些菜。她想做好晚餐等康伟回家，他们相爱这几年，她很少为他做一顿可口的饭菜。不过，当她打开房门后，便风一般窜进书房打开电脑，继续与微博上那些疯狂的辱骂者搏斗。

白洁的微博使那些愤怒的人转移了阵地，纷纷在她的"声明"中留言谴责这位被他们裁定为人贩子的女人。她一声苦笑，自己开微博这些年来，竟然这一条最具影响力。短短三个小时里，转发量为九百八十七，评论量更是破天荒地达到一千四百三十八。她不知道究竟是为什么，舆论的风向完全是一边倒。那些人仅仅是从"不三不四"那里撤离、转移，然后继续在白洁的微博下群情激昂地声讨。

从中午到黄昏，白洁的情绪早已不再狂暴，她明白对着冰冷的电脑屏幕咆哮是愚蠢的行为。她不知道别人姓甚名谁，她不知道别人身在何处。既然公开发表声明依然无法阻止事态的发展，那么只好耐心地沟通和交流。事情的源头在于"不三不四"那条微博，解铃还须系铃人，白洁便通过私信继续与那个虚无缥缈但又无比真实的人对话。她仔细地查看了"不三不四"的资料，年龄112岁，地域为爱尔兰。很明显，这些都是胡乱填写。既然如此，标注为"男"的性别也无法肯定。白洁不管这些，她只想耐着性子把道理讲清楚，把麻烦解决掉。

白洁在私信中写道："我不知道你是谁，但既然拍了照片，就说明你当时在现场。不过，你并没有真正了解事情的经过。当时，我路过喜树街时，看见那个叫张婷婷的女孩独自一人，便担心她有危险。我正在询问她叫什么名字家住什么地方时，叶盛便来到现场，并一口咬定我就是人贩子。其实，我真的是想帮张婷婷，没想到竟然被人冤枉。我猜你是中途才来到现场，并不了解事情的开端。但是，你这条微博给我带来了严重的负面影响，所以请你及时删掉，还我一个公道。"

五分钟后，"不三不四"给白洁回信道："没错，我在现场。我知道打人是不对的，所以我没有动手打你。不过，我拍了很多照片，希望更多人看到你的真面目，拯救更多的儿童和家庭。"

白洁知道对方避重就轻、答非所问。于是，她继续给对方发私信："虽然你没有打人，但是你发在微博上的照片，对我同样是一种伤害。这是一种变相的暴力。所以，我请你删掉这条微博。"

　　"不三不四"回信说："既然你敢做这样的事，就应该承担这样的后果。我在微博上曝光一个人贩子，有什么不对？"

　　白洁耐着性子回信说："你怎么确定我是人贩子？我明明就是好心人。"

　　"不三不四"回信说："一群人都认为你是人贩子，都在攻击你，难道你还想狡辩？还要抵赖？群众的眼睛是雪亮的。"

　　"别人认为我是人贩子，你就认为我是人贩子？"

　　"我相信大家的智慧。"

　　"别人都是傻逼，难道你也做个傻逼？"

　　"你才是傻逼。"

　　"你是傻逼，你是天下最大的傻逼。"

　　"你是人贩子，你是大傻逼。"

　　"你到底删不删这条微博？"

　　"耍赖不成，改成威胁了？"

　　"我既不耍赖，也不威胁。"

　　"那你这是什么意思？"

　　"我觉得你应该懂得宽容之心。"

　　"我懂宽容，但绝不纵容。"

　　"你是不讲道理的大傻逼。"

　　"你是死不要脸的人贩子。"

　　白洁想继续臭骂那个胡搅蛮缠的人，无奈被康伟的开门声打断。她把鼠标狠狠地砸在书桌上，气冲冲地跑出去。康伟看着白洁脸色发绿，问她又发生什么事情了。白洁一五一十地把与"不三不四"对骂的事情告诉康伟，他听后不断地唉声叹气。康伟把背包丢在沙发上，走到白洁身边，把她紧紧地抱着。他在她耳边轻轻地说："你没有必要跟八竿子打不着的人较劲。"

"那个傻逼死活不删微博。"

"你跟一个傻逼较劲，本身就是一件很傻的事。"

长达两分钟的沉默。

康伟走进厨房开始为二人晚餐而忙活，锅碗瓢盆响个不停。白洁在客厅的落地窗前伫立了好几分钟，然后她踱回书房，再次面对冷漠的电脑屏幕。她不再与"不三不四"纠缠，而是给每一个向自己胸膛插匕首的人发私信。整整一个多小时里，她耗费巨大的心力向陌生人敞开胸怀，发自肺腑地诉说自己的委屈，请求别人擦亮眼睛看清真相。值得欣慰的是，有一部分人表示持中立态度，在真相没有浮出水面时静观其变。白洁冲进厨房把这个信号告诉康伟，他一笑了之。康伟很清楚，白洁还没有从这场纷争中解脱。

吃过晚饭，康伟生拉硬拽地拖着白洁出门散步。他懂得互联网的生态，明白这个聒噪的场所会带给人怎样的伤害，所以害怕白洁沉溺其中越陷越深。他不想参与这场战斗，不是说自己懦弱，而是你找不到搏斗的对象，不知道隐藏在电脑背后的人到底是何方神圣。在离喜树街不远时，康伟眼看着前方就是四天前白洁遇见张婷婷的地方，便拉着她改变线路，从茶树街绕道海棠路，然后顺着国香街往家里走。

大半个小时后，康伟和白洁回到家。刚走进屋，白洁迫切地钻进书房。康伟摇了摇头，明白白洁依然执迷不悟。他默默地说："难道你是被魔鬼附身，非要张牙舞爪地与别人分出胜负？"

"他妈的，太过分了。"白洁尖厉的声音划破浓郁的夜色，"是可忍孰不可忍。"

"又怎么啦？"康伟有些不耐烦，但尽量保持温和的口吻。

"'不三不四'居然把我俩对骂的内容完全放在网上。"

"什么不三不四？"

"就是在微博上发照片的人，微博名称叫'不三不四'。"

"真是个不三不四的人。"

"明天，我要去派出所。"

"到派出所干什么？"

"我要派出所为我证明清白。"

"这个不好办吧？"

"我还要报案，网上有人诬陷我。"

"可以报案。"

"我不相信法律管不到这些信口开河的人。"

"我陪你去。"

康伟和白洁整个晚上都没睡好，两个人辗转反侧，难以入眠。但是，他们又都不说话，在漆黑的夜里各自盯着昏暗的天花板。第二天，两人分别请假，九点准时来到派出所。接待他们的还是那个眼镜仿佛总是要掉的民警，他似笑非笑，好像认出了康伟和白洁。

这趟派出所之行，并没有给白洁带来理想的结果。派出所没有给白洁出证明，那个民警不明白为什么要出这个证明，同时也没有先例。略感宽慰的是，派出所受理了白洁在网上受到骚扰的案件。

回去后，白洁发了一条微博，声称已经报警。她希望这条微博能起到提醒和威慑的作用，让"不三不四"放下手中的棍子，不再当一个十恶不赦的恶棍。

6

康伟叫白洁不上网不看微博，做到心静自然凉。他很清楚，隐藏在虚拟世界的人最怕没人理会，如果沉默以对，对方也会觉得无趣而偃旗息鼓。这一次，白洁听进去了。她不再搏斗，其一是早已累得筋疲力尽，其二就像康伟说的那样，你根本不知道在与谁搏斗。那是一股黑暗而飘忽的力量，仿佛是无数个鬼魅影子的集合体。她重新进入繁忙的工作，争取创造更好的业绩。这是一个需要业绩说话的时代，优胜劣汰绝不是一句空洞的口号。公司里其他几位经理，要么被炒鱿鱼，要么自暴自弃离开工作岗位。经过很长一段时间的奋力拼搏，白洁看到了力挽狂澜的迹象。

康伟成功了，他的新产品赢得了用户的广泛认同和接受，网上炒得一片欢腾。老板每次看到康伟都乐呵呵的，为他竖起大拇指。康伟不喜欢老板的表演，心想如果失败了呢，自己早就收拾东西滚蛋了。他窝在那把被灰尘覆盖的椅子上，一支接一支地抽烟。星期三下午，老板把康伟叫到办公室，口吐莲花地对他进行了夸奖，并安排晚上在某高档餐厅吃饭，庆祝他和他的团队大获丰收。康伟以身体不好为由，婉拒了老板的庆功宴。这个理由不但让康伟躲过一场喧嚣的晚宴，而且还赢得两天假期。肥头大耳的老板说：“那你休息两天，这段时间的确辛苦了。”

算上周末两天，整整四天时间里，康伟待在家里足不出户，每天为白洁做好吃的饭菜，与她看喜欢的图书和电影。星期五晚上，白洁举着酒杯对康伟说：“祝贺你。”

“劫后余生。”康伟苦笑着，“这是上帝的眷顾，感觉像中了彩票一样。”

五月初，白洁接到派出所的电话，告知“不三不四”的微博早已注销，无法查找背后那个诽谤和污蔑她的人。白洁有些失落，同时又略感欣慰。无论怎样，“不三不四”消失了，那条给自己带来无尽麻烦的微博消失了。为了庆祝这个好消息，康伟做了一桌丰盛的晚餐并买了一瓶红酒。他举着酒杯对白洁说：“这事儿总算过去了。”

“劫后余生。”白洁同样苦笑，就像康伟那样，“这也是上帝的眷顾，让我这个可怜的人终于获得安宁。”

不过，白洁和康伟太乐观了。这仿佛只是下一轮噩梦的开端，一切都在悄然地进行，就像一场精心策划的阴谋。

五月的第二个星期四，廖燕又在中午敲响白洁办公室的房门。白洁问她什么事，她支支吾吾，半天说不清楚。白洁又问，那个刁蛮的客户还在纠缠你？廖燕摇摇头。白洁脸色一沉，她问那到底有什么事？

“白总，你被人肉了。”

“什么？”

“有人在网上把你扒了个精光。”

白洁一哆嗦，她问：“微博上？”

廖燕点了点头：“嗯。”

白洁登录微博，顺着廖燕的指引，找到了那个微博。微博账号不是"不三不四"，而叫"撕面具的人"，头像是一个诡异的面具，藏在面具后的双眼发出的寒光让白洁全身布满鸡皮疙瘩。这个人在微博上完全曝光了白洁的工作单位、家庭地址和电话号码，甚至她上下班的时间和乘车路线都一览无余。白洁怔怔地看着，半天说不出一句话来。

"这太恐怖了。"廖燕直不愣瞪地看着白洁，"你是不是得罪什么人了？感觉有人在跟踪你。"

"没有。"白洁的声音像屋檐下的雨滴，"至少我自己觉得没有得罪任何人。"

"竞争对手？"

"不会。"

"无理的客户？"

"不会。"

"那到底是怎么回事？"

"我感觉还是那个上传照片的人。"

"你不是报案了吗？"

"或许正是因为我报了案，所以对方不服气，改头换面继续作弄我。"

"可是，那人为什么要跟你死磕到底呢？而且明明知道你是被冤枉的。"

"不知道。"白洁摇晃着脑袋，"我真的不知道。"

与上一次相比，白洁的愤怒有过之而无不及。但是，这一次她沉默得如同冬日里铺在地面的枯叶。没有声息，苟延残喘。她没有刻意强压胸中的怒火，那股火焰在体内疯狂地蠕动却始终无法冲出来。白洁紧握拳头，想扯起喉咙号叫，最终却只换来几声沙哑的嘶鸣。整个下午，她像一条游魂，精神恍恍惚惚，思绪飘飘荡荡。

回家后，白洁没有把这事儿告诉康伟。只是，她比以往任何时候都变得木然，透过落地玻璃窗看着院子里发呆。吃罢晚饭，康伟说："走吧，出去走一圈。"

"不去。"

"生命在于运动。"

"不想去。"其实，白洁心里想的是不敢去。只是，她没有这样说。

白洁不仅这天晚上没有出去散步，而且从此以后便对夜晚充满恐惧。她害怕浓得化不开的夜色，总感觉在某个漆黑的深处，有一双绿光闪烁的眼睛在盯着自己。每天晚上，她把家里的灯全部打开，所有房间一片透亮。对于白洁的变化，康伟看在眼里，却没有能力改变。他唯一能做的只有与白洁一起待在家里，哪里都不去。

六月的一天晚上，白洁接到一个陌生人打来的电话。对方是个男人，来源地显示为长沙。电话接通后，对方问："请问你是白洁吗？"

"对呀。"

"两个月前，你是不是在街上遇见一个女孩……"

"你他妈的到底是谁？"白洁咆哮着，"如果你还算个男人，就要敢作敢为，不要做缩头乌龟。"

"白洁小姐，你听我说。"男人含含糊糊地说，"我刚才在网上看到你的消息，对你的遭遇深感同情，因为我跟你遇到的情况一模一样。"

"哦。"白洁似乎不相信自己的耳朵，"一模一样啊？"

"你说我该怎么办？"男人清了清嗓子，"我们该怎么办？"

"不知道。"白洁缓缓地摇头，"我真的不知道。"

挂断电话，白洁倒在床上沉沉地睡去。

第二天，白洁独自来到派出所。她再次报案，向民警提供了"撕面具的人"这个微博账号和网址。对于这场莫须有的诽谤和攻击，在一连串挣扎之后，心力交瘁的白洁唯一可以做的便是报案。

镜　像

1

十二月的午后阴沉沉的，弥漫在楼群之间的雾霾散发出呛人的味道。整个天空呈现出暗黄色，仿佛黄昏即将来临。实际上，现在的准确时间是下午两点。李杰原本想午睡一会儿，但躺在床上翻来覆去睡不着。他索性爬起来，眉头紧锁地站在酒店二十四楼的房间里，透过落地玻璃望着这座苍茫的城市，高低不齐的大楼在飘绕的雾霭中若隐若现，仿若海市蜃楼。空调孜孜不倦地吹着暖气，密封的房间让李杰的脑袋有些昏沉。几分钟后，他疲倦地在沙发上坐下，端起杯子把咖啡全部倒进胃里，然后双手轻轻地揉着太阳穴。

这是李杰第六次来到这座城市，第三次入住这家五星级酒店。不过，他以前每次都是来去匆匆，机械地重复着飞机、汽车、酒店和体育馆这条路线。这座城市的街道、夜景和空气，从未在李杰的心底留下印象，广为流传的美食也没有太多机会享用。但李杰唯一笃定的是，这里有很多自己的支持者。每当他出现在公众场合时，都会人山人海尖叫不断。李杰的经纪团队认为，这里是他的幸运之城。

李杰坐在沙发上，陷入漫长的沉思。忐忑、焦灼与期待交织在一起，混合成一种奇怪的情绪。这使他对于此次行动时而义无反顾，时而又瞻前顾后。他觉得很刺激，同时又有些冒险。如果出现任何差错，不但场面失控无法收拾，而且对自己的前途将会带来毁灭性打击。李杰心里很清楚，天下人都不会理解，一个如此成功的人为什么要干这种傻事。就像女朋友谢菲菲听到他的想法时说的第一句话那样："你怎么突然变傻啦？"

一番思索后，李杰还是决定按照计划行事。他不知道自己为何想做这样的冒险，一切就像命中注定，自从念头产生的那一刻起，就没有真正想要放弃。那些间歇性的摇摆和徘徊，不过是让内心更加坚定而已。

两个小时后，雾霾好像越来越重，天空被涂抹得浑浊不堪。李杰给助理欧阳佩妮打电话，让参与此次行动的人全部到房间里来。现在离晚上六点半还有一个多小时，有些细节还需要商榷，他必须确保万无一失。

十分钟后，欧阳佩妮带着三个人走进来。他们以为李杰要放弃这次行动，毕竟在他们看来，这完全是一场毫无意义的游戏。但是，李杰还没等他们坐下来就干脆利落地安排每一个人的具体工作。他们面面相觑，但没有反对。李杰坐在沙发上跷着二郎腿，把说过无数遍的话又重复了一遍。

在李杰的计划中，司机黄飞虎开车来到春熙广场后把车停在附近，以备紧急撤离时能第一时间赶到。欧阳佩妮躲在暗角里做记录，把观看演出的人数、男女比例、多少人付钱以及平均每个人观看的时间完整地记录下来。乐队的贝斯手周鹏客串摄像师，把整个过程全部拍摄下来。李杰笑着说，你们都记住自己的任务了吧？

三个人齐刷刷地点头，但都没说话。沉默片刻后，李杰说我们五点钟准时出发，现在还有半个小时，大家分头准备吧。三人又默默离开。李杰发现，在关门的一瞬间，欧阳佩妮回头看自己的眼神依然充满疑惑。

屋子里又只剩下李杰一个人，他的心里突然升腾起一股兴奋，整个身体变得轻盈起来。今晚的表演筹划已久，自从他看到葡萄牙球星克里斯蒂亚·罗纳尔多化装成路人在街头踢球的视频后，便萌生装扮成流浪歌手在街头表演的冲动。当他把这个想法告诉谢菲菲时，她捂住肚子在床上来回翻滚笑了很久。然后，她一脸严肃地问，你为什么要这样做呢？李杰思忖半天，他说只是想知道有多少人能在夜晚的街头认出自己。谢菲菲又问，认不认得出来，有什么区别和关系吗？

李杰没有回答。

接下来的一段时间，谢菲菲开始了漫长的说教，想尽千方百计劝阻李杰的实验。她把他的计划和表演称为实验，无非是想体验在人群中被人认出来的虚荣。那天晚上，谢菲菲义正词严地说，你现在膨胀了。这句话像一根针扎在李杰的心脏上，他对她的态度感到极度失望，没想到她会这样看待自己。谢菲菲对李杰的过去有所了解，在一起后他也有意无意地提起当年的坎坷与辛酸。时至今日，李杰依然记得谢菲菲当时被感动得泪流满面，她紧紧地拥着他说："不经历风雨，怎么见彩虹？"但是，现在她居然说他有点膨胀。李杰不知怎么回答她，任何回应都可能引来口角之争。他不想与她争论，担心影响两人之间的感情。李杰唯一能做的只有沉默与坚持，直到谢菲菲无奈地同意了他的决定。

2

　　四点五十五分时，欧阳佩妮、周鹏和黄飞虎已经在酒店楼下等待。穿着风衣的李杰戴着墨镜、帽子和口罩，抱着一把吉他出了门。他没有刻意地装扮自己，若无其事地钻进汽车汇入人海之中。从酒店到春熙广场有二十多公里路程，离开酒店后，除了周鹏不断地通过导航给黄飞虎提示路线之外，李杰和欧阳佩妮都没有说话。

　　如果天气好，此刻的天空应该洒满余晖。从小到大，李杰对黄昏都十分沉醉，常常仰望着天空看太阳慢慢坠入云层，那种凄绝、残忍的美深深地烙在他的心底。成名以后，他写了一首名叫《黄昏》的歌曲，深得歌迷喜欢。但是，这个隆冬的傍晚，整个城市被厚厚的雾霾罩着，欣赏不到黄昏的美丽与哀愁。

　　李杰出神地盯着车窗。汽车很豪华，但车窗却被薄薄的灰尘覆盖。不知是谁用手指在车窗上写了一个"大"字，李杰的眼神透过"大"字的中间，看着外面的高楼和行人。刚过五点时街灯便亮起来，匍匐前行的汽车大部分都开了灯，整个城市被笼罩在苍茫之中。刚到体育馆时，车速便慢下来。黄飞虎嘀咕了一句，李杰没有听清楚，大意是这个城市的拥堵名不虚传。他看了看手表，现在离开始的时间六点半还早，便又呆呆地望着窗外。

　　汽车几乎是走一步停三分钟，速度还赶不上街边走路的人。离体育馆大门还有五十米远时，一幅硕大的图片映入李杰的眼帘。朦胧之中，他看见了自己，但又觉得那不是自己。图片中的李杰酷炫十足，穿着西装的他露出结识的胸膛，桀骜不驯的眼神看着每一位路人。这是李杰本次演唱会的主题宣传海报，充满科技感的设计让他看上去仿佛来自另外一个星球。李杰不喜欢这张图，但经纪公司出于市场考虑坚持要用。其实，这么多年来，他对自己的每一次造型都不满意，因为一点都不像真实的自己。李杰曾经突发奇想，就用一张普通的生活照做宣传。但是，经纪团队中没有一个人同意。

十来分钟过去后，汽车还停留在体育馆附近，只是那张图片已经不在李杰的视野。黄飞虎担心时间来不及，问周鹏还有多少公里。周鹏答非所问，他说万万没想到居然这么堵，要不然早点出发。然后，他回头看了一眼李杰，又看了一眼欧阳佩妮。李杰靠在车窗上，微微闭着眼睛，没有人知道他在想什么。

雾霾和拥堵都没有让李杰对这座城市丧失好感，因为这是他的福地。李杰想起第一次到这座城市开演唱会的情形，那是五年前的一个寒冬。五年前的演唱会，又缘于八年前的那场歌唱比赛。

八年前，李杰从一档歌唱节目中脱颖而出，苦尽甘来的他被很多人看作是未来的巨星。经过多年的历练后，他觉得自己有能力成为一个时代的偶像。不过，事情并未朝着理想的方向发展，长相出众、歌声动人的李杰拼尽全力也没有迎来梦想开花结果的季节。在一千多个日日夜夜里，李杰努力练歌积极宣传，但是他终究没有成为在舞台上一呼百应的明星。没有多少人买他的唱片，更没有多少人去看他的演唱会。经纪公司感到纳闷，为什么这么好的歌手和作品无法得到市场的认可呢？随着一次次失败，整个团队对李杰感到非常失望。第三年，李杰失去了合约，成为一个无人问津的歌者。解约那天晚上，他找到童年时一起看黄昏日落的玩伴大醉一场。送走朋友后，他窝在家里哭得稀里哗啦。

　　前途受挫的李杰十分消沉。他想过放弃，试图找个工作开始另一种人生，但是无论做什么心中都无法放弃对音乐的眷恋。陷入迷惘的李杰，每天黄昏时分出发，扛着吉他在地铁里忘情地歌唱。他不指望人们施舍，只是享受唱歌带来的快乐。几个月之后，他自降身价与新的经纪公司签约。当时，经纪人问他有什么要求，他沉默半晌后说，实现梦想。

　　五年前的那个冬天，李杰签约新经纪公司三个月后，他来到这座城市举办演唱会。对他来说，这不仅仅是一场演唱会，更是一次决定人生的考试。如果再不受歌迷欢迎，音乐的梦想必然胎死腹中。为此，他战战兢兢地排练了两个星期，每天累得筋疲力尽。奇妙的是，这里成了李杰腾飞的起点。那天晚上，能容纳四万人的体育馆座无虚席，密密麻麻的荧光棒感动得他在舞台上数次流泪。改变了唱腔和舞台形象的李杰，凭借一首首动人的歌曲赢得了山呼海啸的欢呼。一夜之间，他从一个地铁站里的流浪歌手成为万众瞩目的明星，从一个舞台的弃儿变成光环照耀的王子。从那天开始，李杰就爱上了这座城市。每一次巡回演唱，这都是必选之地。

　　汽车依然缓缓前行，速度比先前略快。李杰望着沉沉的暮色，眼里闪烁着泪花。他双唇紧闭，强忍着不让眼泪掉下来。作为一个公众人物，他已经学会不在任何公开场合显露自己的弱点。即便是面对谢菲菲，很多时候他也不得不隐藏。有一次，他说到对某个歌手的评价时，只说出了歌手的名字便觉得不妥，后面的话被自己强行咽在肚子里。

　　六点十分时，李杰一行人离春熙广场还有十公里路程。欧阳佩妮见李杰始终沉默不语，便叮嘱黄飞虎和周鹏，一定要按照计划行事。她说，只要是老大的事情，我们都只准成功不准失败。黄飞虎没说话，周鹏回头对欧阳佩妮说，欧阳姐，你就放心吧。其实，他还想说只要李杰不犯错，整个事情就会顺利开始圆满结束。李杰似乎明白周鹏的心思，他淡淡地说，我相信我们会干得非常漂亮。这是他从酒店出发后，说的唯一一句话。

3

十公里路程，耗费了二十五分钟时间。六点三十五时，李杰带着三个人终于到达春熙广场。在李杰的印象里，春熙广场是这个城市的地标，总是与繁华、时尚紧密地结合在一起。但是，当他从汽车里钻出来时，看到的景象与想象和传说不一样。周五的傍晚，空气冰冷，昏黄的街灯让雾霾显得更加浓稠。车停在东上街，与春熙广场隔着一座天桥。李杰决定今晚的街头表演就在天桥上，于是便吩咐黄飞虎和周鹏去做准备。

看着黄飞虎和周鹏抬着音响和麦克风朝天桥走去，李杰转身对欧阳佩妮说，如果你能把听众的表情都记录下来，就非常完美了。欧阳佩妮眉头紧锁，她用凝重的语气说，我做事你放心，绝对按照你的要求做好。停顿片刻，她又补充说，我到现在还是不明白，作为一个风光无限的明星，你为什么要做这么一件常人无法理解的事。李杰在茫茫夜色中怔怔地看着欧阳佩妮，冰冷地说，我不需要任何人理解。

这个寒风呼啸雾霾飘绕的夜晚，李杰五年来第一次用这样硬邦邦的口吻对欧阳佩妮说话。自从五年前成为自己的助理后，李杰和欧阳佩妮关系非常好，工作中是明星与助理，私下却以兄妹相称。李杰对刚才的话有些后悔，但话从口出如覆水难收，而且他又没有心思向她道歉，只是给了她一个充满歉意的微笑。

黄飞虎和周鹏把设备放好后，默默地看着李杰。他立即明白他俩的意思，轻声对欧阳佩妮说，走吧。她跟在他身后，朝天桥走去。天桥共有十八级台阶，李杰脚步缓慢，每一步都走得那样认真和谨慎，就像十多年来的梦想之路。

来到天桥上，李杰背靠栏杆呆呆地站着。他暗自做了一个深呼吸，温柔地摸了摸琴弦。然后，他抬头望了望站在不同角落的欧阳佩妮、黄飞虎和周鹏，他们分别用不同的表情和手势告诉李杰，一切都已准备妥当，表演可以开始了。李杰心领神会，他拨弄琴弦开始唱歌。

这次表演，李杰颇为用心，就像对待每一场演唱会那样认真。每一首歌曲的选择和排序，他都做了思考。今天晚上，他唱的第一首歌是自己的成名曲《为你痴狂》。这首旋律悠扬歌词清朗的歌曲，把李杰从事业的低谷拽了出来。唱片发售不久，满大街好像都能听到《为你痴狂》。但让李杰没有想到的是，成名以后的他装扮成一个流浪歌手站在天桥上唱这首《为你痴狂》时，却出现了另一番情形。

曾经给李杰带来无限光环的《为你痴狂》，今晚并未为他赢得路人的瞩目和掌声，唱到一半时才有一个人看了他一眼。而且，对方并未停下匆忙的脚步，仅仅是歪着脑袋斜着眼睛瞅了瞅。戴着墨镜的李杰望着路人渐渐远去，消失在苍茫的夜色里。一曲唱毕，李杰看了看天桥尽头装作路人的欧阳佩妮，她手里拿着笔记本和笔，木然地望着自己。

第一首歌如此冷淡地收场，李杰略显失落。他拿起水杯喝了一口，继续演唱第二首歌《远走高飞》。这首歌节奏欢快，适合边唱边跳。但是，身在天桥的李杰没有机会跳舞，他只是若有节奏地摇晃着单薄的身体，搅动着沉沉的夜色。《远走高飞》的境遇比《为你痴狂》略好，有三个人停下脚步聆听，其中一个三十来岁的女人向李杰付了十元钱。付完钱后，她看了一眼李杰，不过没有认出来。或许，她原本就不知道李杰是一个知名歌手。李杰很有礼貌，说了声谢谢并弯腰鞠躬。

　　接下来，李杰演唱了很多传唱率比较高的歌曲，几乎都是每一张专辑的主打歌。晚上八点后，人流越来越大，驻足观看的人也越来越多。有踽踽而行的中年男人，有穿着呢子大衣烫着大波浪头发的女人，有相拥而过的青年恋人，有背着书包一路飞奔的学生。不过，大部分人都是驻足看一眼，然后继续走自己的路。其中，那位挽着女朋友的男子给李杰付了二十元钱，这是他今晚收到的第二笔。从六点半开始到九点半结束，李杰总共只收到了两笔。

　　当李杰开始演唱第一张唱片的主打歌《心愿》时，他想起了第一次开演唱会的情形。那是七年前的一个夏夜，原本可以容纳一万八千人的体育馆显得十分空旷。李杰站在舞台上，抬眼望去到处都是空位置。人们稀稀拉拉地坐着，就像是他们因为无聊而到体育馆里相互聊天嗑瓜子一样。李杰心里很不是滋味，但是面对此情此景也毫无办法。整个演唱会持续了两个小时，李杰几乎是闭着眼睛唱完所有歌曲，他在脑海里把每一个空位置都想象成那里坐了一个人。两个小时下来，他不知道自己到底唱得怎样，不知道有多少欢呼和掌声，更不知道有一半人中途就已离场。后来，他从经纪人那里获得了令人沮丧的信息。一个星期后，在另外一个城市的演唱会如期举行。经纪公司为了攒人气，通过多种手段赠送了百分之六十的门票。那天晚上人倒是坐满了，睁着眼睛唱歌的李杰却眼睁睁地看着一个个观众失望地离开。从舞台回后台的路上，李杰偷偷溜进通道的卫生间里，忍不住哭出声来。

八年后，已经成为镁光灯宠儿和舞台王者的李杰，在陌生街头的天桥上再次品尝到曾经的苦涩、尴尬和失落。不同的是，这对他的前途不会造成丝毫影响，只要他神采奕奕地出现在公众场合时，依然是那个集万千宠爱于一身的偶像。

这天晚上，从第八首歌曲《仰望星空》开始，有个女孩一直站在天桥另一边的栏杆旁，隔着三米远的距离看着李杰。她身材高挑，戴一副黑边框眼镜，长长的头发遮住了大半张脸。夜色朦胧，灯光昏黄。李杰看不清她的脸，不知道她听歌的感受，不知道她到底在想什么。他一边深情地演唱，一边猜测她到底是谁，是否知道自己的真实身份。但是，她始终专心致志地听着李杰的演唱。当李杰唱完最后一首歌取下吉他时，她将了将头发转身朝春熙广场走去。

4

九点刚过时，天桥上便人流稀少，只有昏黄的路灯在寒风中瑟瑟发抖。九点三十五分，李杰抱着吉他回到汽车里。半晌，他说回去吧。黄飞虎发动汽车，朝酒店奔去。

一路上，交通十分通畅，除了等红灯基本上没有停下来。路过体育馆时，李杰再一次看见自己的巨幅照片。此刻，他觉得照片上根本就是另外一个人，完全看不到自己的影子。黄飞虎认真开车，欧阳佩妮和周鹏沉默不语。李杰却喋喋不休，不断地问他们今晚表演的具体情况，看上去比以往任何一场演唱会都关心。他问，刚才表演怎么样？三个人依次回答，但内容都只有"可以"两个字。李杰突然一声冷笑，他说难道你们就不能多说几个字吗。三个人又保持沉默。

汽车在一个路口停下来等红灯。李杰问黄飞虎，你觉得今晚的表演是成功还是失败？

黄飞虎说，没有被人认出来就算成功。然后，他猛踩油门，汽车飞速离去。

其实，李杰心想没有被人认出来也是失败。然后他说，我觉得那个一直默默地听歌的女孩，应该对我的身份有所怀疑。

周鹏说，如果认出来，她肯定会尖叫的，而且会找你拥抱和签名。

李杰说，我是说怀疑，没说她真的认出来了。然后，他又问欧阳佩妮，你觉得她怀疑我的真实身份吗？

面对李杰的问题，欧阳佩妮感到有些唐突。李杰不知道，欧阳佩妮不仅扮演着记录者的角色，她还悄悄地干了记者的活儿。当那两个向李杰付钱的人离去后，她不失时机地跟上对他们做了简短的交流。从交谈中，她得知他们都没有认出李杰。第一个付钱的女人，觉得这么冷的天还在天桥卖唱不容易，向李杰施舍了十元。第二个付钱的青年男子，因为他女朋友觉得李杰的歌声很动人，于是他慷慨地掏了二十元。但是，欧阳佩妮没有把这些情况告诉李杰。她只是淡淡地说，我觉得她不知道，但她很喜欢你的歌声，否则不会站在寒风中听这么久。

那么，今晚总共有多少人听我的演唱？李杰问，你都记录下来了吗？

记好了的。欧阳佩妮说，一共有六十七个人停下脚步听你唱歌，四十二个人停留时间不超过十秒钟，十七个人超过一分钟。其中，八个人超过三分钟，包括一直默默聆听的那个女孩。

李杰没说话。

片刻后，欧阳佩妮补充说，从六点三十五到九点三十五，从天桥路过的人有九百八十六个。

李杰"嗯"了一声。

汽车在陌生的街道穿行，李杰陷入了回忆的旋涡。某条巷子里传来了《为你痴狂》的歌声，但是一闪即逝，李杰没有听到。

十二年前，自小喜欢唱歌的李杰开始游走于各种选秀节目，希望获得出人头地的机会。最多的时候，他一年参加了三次选秀节目。那段时间，打开电视机，人们似乎都能发现那个满脸稚气却又特别倔强的男孩。但是，命运总是与他开玩笑。前两年参加的比赛，基本上在初赛时就被淘汰。第三年时，他进入了决赛，却在第一轮就第一个被淘汰出局。李杰觉得自己唱得很好，不明白为什么评委和歌迷都不给自己投票。好在他并不气馁，继续在选秀节目寻求发展的机会。第四年，李杰终于迎来转机。他在一档歌唱比赛节目中越战越勇，从初赛一路杀到决赛。虽然最终没有夺冠，但是给人们留下了深刻的印象，尤其在舞台上向广大观众倾诉四年来对音乐和梦想的不离不弃，打动了很多人。从此，李杰的身份变成了歌手。

在寒风中演唱了三个小时，李杰有些疲倦，而且明天晚上还要在体育馆面对四万人唱歌。回到酒店后，他倒头就睡。但是，十二年来经历的片段不断地在李杰的脑海里浮现。他分不清那是梦境还是自己的想象，只是整个人都在记忆的海洋里扑腾。这种思绪一直持续到第二天黄昏，他从酒店乘车到体育馆，从体育馆后台自信满满地踏上舞台。当时，偌大的体育馆里，几万人高呼他的名字，眼巴巴地等待他闪亮登场。

站在绚丽的舞台上，李杰深情地凝望着数万观众，沉醉在繁星般的荧光海洋里。乐队准备就绪，舞伴已经来到舞台。每一次演唱会，李杰的开场曲都是《为你痴狂》。这个夜晚，当旋律响起时，他却突然想起昨晚在天桥表演的情形，木然而过的路人一个个在脑海里闪现，原本倒背如流的歌词被苦涩的记忆吞噬。乐队有些慌乱，舞队有些茫然。李杰呆呆地站在灯光下，脑袋一片空白。几分钟后，当李杰从昨晚的记忆回到今晚的舞台时，他却听见现场四万人整齐划一地挥舞着荧光棒，齐声高唱《为你痴狂》。

故事或现实

1

　　许良没有想到，艾艾就这样悄然地走了，告别的话都没说一句。他呆坐在屋子里，怀里抱着与艾艾的照片。这是他们相恋三年来所有的照片，每一张都记录了那些美好的岁月。许良看着狼藉的屋子，除了照片，很难找到艾艾的影子了。他跳了起来，继续给艾艾打电话。可是，艾艾的手机依然关着，许良又一次失望了。突然，一股愤怒蹿上脑门，许良举起电话，用力地砸在地上，立刻，红色的电话机就七零八落了。他又急匆匆地拿起那些照片，使劲地撕了起来。一张，两张，那些美好的记忆就这样慢慢碎了，散落一地。

　　许良木然地站在屋子里，喘着粗气。他的眼睛像钉子一样钉在书桌上的那个相框上。那是一张大特写，艾艾在许良怀里，情意绵绵地望着他。许良冲过去，拿起相框，眼神像针尖。黑夜里，灯光照射在相框上，异常刺眼。许良感觉眼睛有一丝刺痛，这增添了他内心的愤怒。接着，他颤抖的双手用力地挥了一下，相框便怒不可遏地向灯飞去。"砰"的一声，灯碎了。屋子黑了，心也凉了。许良感觉全身开始变软，就像有漏洞的气球，最终瘫坐在地上。无边的黑夜包围了许良，他感觉喉咙被一只无形的手捏着，即将断气。

下雨了。雨点顺着夜色落在雨棚上，发出哀怨的声响，像极了女人的喋喋不休。这个夜晚，许良在地上坐了一夜，艾艾的突然离去，对他的打击确实太大了。

许良与艾艾很相爱。他们曾经谈过结婚的事，当时，艾艾答应了，但有个条件，就是要先买房子。于是，许良就一门心思挣钱。他想，钱挣够了，幸福就会包围着自己。许良是本市一家报社的记者，并为很多著名情感杂志写稿子。他之所以把房子租在郊区，就是为了安静地写作。许良夜以继日地写稿子，希望早点赚到买房子的钱。他粗略算了一下，差不了多少，就可以买房子了。但是，艾艾却没有给许良更多时间。半年前，艾艾认识了一个做服装生意的男人。这个男人许良见过，个头不高，扁脸，平时总是斜着眼睛，但很精明，一看就知道是个生意人。艾艾说对方是朋友介绍的，她想以后买衣服可以节省点钱，就认识了。但是，事实上却不是这回事。

一个月后，许良的朋友非常认真地说，许良，我发现艾艾跟那人好上了。许良当时觉得朋友的玩笑开大了，瞪着眼睛说，你就尽管瞎说吧。许良的确不相信朋友所说，他们当时正积极筹划着买房的事。有一段时间，许良和艾艾全城跑着看房，看来看去，觉得银行里的钱太少，于是，决定再等等，既可以再积累点钱，也可以看看房价是否下跌。可是，这一等就坏了，房价一路飙升。几个月后，许良觉得这房价降不了而准备购买时，艾艾却向他摊牌了，她告诉许良，他们不太适合做夫妻。许良当时傻了，急了，红着眼睛问，那我们适合做什么？艾艾轻描淡写地说，朋友。

艾艾的决定让许良不知所措，他纳闷，自己没少爱她，也没少挣钱，她干吗就不爱自己了呢？这么多年了，现在才觉得不适合？许良越想越觉得莫名其妙，他想找到答案，而且要艾艾亲口告诉自己。

许良问艾艾，我们哪里不适合做夫妻？艾艾一愣，她没想到他会这么问。愣了半天，艾艾轻微地摇了摇头说，我遇到他之后，真的发现我们不适合。你其实应该明白，我就是一个俗人，离开物质，我就会缺氧，而你不同，你可以沉醉于属于自己的精神世界。许良茅塞顿开，仅仅是一个做服装生意的人，就让艾艾否定了他们的爱和未来。他觉得好笑，就笑了出来。许良无奈地笑着问，我在物质上也不算贫穷落后啊？艾艾更无奈地笑了，她说，我就说了，你总是沉醉于自己的世界，总是容易满足，其实，比起别人……

许良武断地制止了艾艾的话，他明白了，彻头彻尾地明白了。

许良的明白让他和艾艾进入了尴尬的生活状态，他们没有说分手，依然生活在一起，但是，艾艾却似乎更加关心那个做服装生意的男人。而许良以为，艾艾现在举棋不定，不知该选择他，还是选择另外一个男人。许良认为自己的胜算大，毕竟，他们相爱这么多年了。

但是，艾艾的决定最终让许良猝不及防。当许良得到结果时，结局就已经定死了。

许良醒来时，已是凌晨时分。他觉得自己刚才睡了一觉，但似乎又没睡，迷迷糊糊的，记忆中还依稀有雨点打在窗户上的声音。许良忘了灯已被他砸坏，下意识地按了一下按钮，看到的依然是无穷无尽的黑暗。这个只有几平米的房间，在漆黑的夜里显得格外幽深与阴森。一股阴气袭击了许良，他不禁打了一个寒噤。这时候，许良脑子里才想起艾艾离开的事实。他长长地叹了一口气，颓丧地斜躺在冰凉的地上，回忆与艾艾相爱的点点滴滴。

2

天刚放亮，许良就出门了。他有一种逃出樊笼的轻松与快慰，情不自禁地呼吸了几口新鲜空气。许良搬到这条街不久，对一切都很陌生。这天早上，他才发现自己住在这条街的尽头，也是这个城市的尽头，再往外走，就是郊区了。他伫立在那片废墟上，遥望着远处。一片绿油油的田野，上面覆盖着污浊的空气，没有尽头。

许良已经戒烟很久了，但是，今天早上他又重新抽了起来。他叼着一根烟，朝远方走去。许良找到了记忆中的一天。那一天，他也是一个人独自向远方走去。同样没有目的，同样不知何处是尽头。许良还记得那张生动而纯洁的脸，她是他的初恋。但是，美好的感觉只有几个月，女孩就远走了，去了她爸爸的那个城市。女孩对许良说，我爸爸在城市里找到更好的学校，我要到外面的世界追求我的梦想。许良当时懵了，他看着她轻飘飘地走了，连一句话都没有说。

后来，许良心中一直纳闷，难道追求梦想就不能恋爱吗？难道城市与乡村之间就没有感情的纽带吗？这个纳闷一直陪伴着他发奋图强，也走了出来，走到了曾让他迷惑且向往的城市。可是，这个清冷的早晨，许良却走向郊区，他试图寻找一个让他的心灵可以休憩的地方。

许良在一个小溪边停了下来，他看着清澈的水缓缓地流淌着，没有因为他的到来而受到影响。他蹲下来，默默地看着水中的自己。许良看到了一张扭曲而憔悴的脸。面色蜡黄，双眼耷拉。他有点认不出自己了。许良用手拍了拍脸，试图唤醒曾经的自己。

整整一个上午，许良就蹲在溪边，看流水缓缓淌过。他在静静思考，许良不知道自己为什么莫名其妙地朝一条小路向郊区走去，更不可思议地想起了初恋情人。这些年，自从她在那封信中要他努力学习，走向繁荣的城市是他的唯一出路时，许良就忘记了她。但是，记忆为什么现在又突然窜了出来？最后，许良笑了。有些莫名其妙，有些无可奈何。

回去的路上，许良接到一个电话。

艾艾终于打电话来了。艾艾说，我已经到了另外一个城市，开始新的生活了。许良有些冒火，但没有发作。他知道这电话来之不易，于是，只有小心翼翼地问，你这是什么意思呀？显然，艾艾不想回答这个问题，也许，她认为许良问得太愚蠢了，所以，许良长时间听到的只有艾艾匀称的呼吸声。后来，许良又心平气和地问，我们不是一直好好的吗？干吗就一个人独自走了呢？艾艾终于说话了。她说，我们还好吗？我们早就不好了。许良有点沉不住气了，他说，就因为那个男人？你就为了他的钱？艾艾说，他有钱，而且我也喜欢他，这种结合不是很好吗？许良大声问道，那我们之间呢？几年感情就这样断了？艾艾的回答让许良感到惊诧，她说，金钱让我变得疯狂。

如果说之前许良还在等待对这段感情的审判的话，那么，艾艾的电话就算是宣判结果了。电话是许良主动挂断的，他似乎已经绝望了。他没有想到，艾艾如此迷恋金钱，更让许良恼怒的是，这几年自己竟然没有看清艾艾的真面目。这个想法让许良彻底失重，大脑处于懵懂状态。

3

懵懂一直持续了整整一个星期。这一个星期，许良没有去上班。他天天坐在阳台上，目光呆滞地看着这个世界。许良看到人们疲倦地行走，看到人们自杀，看到小姐出卖肉体，看到妇人偷情。许良看着人们在眼前一一闪过，留下若有若无的印记。这些印记使许良想起了他曾经构思的一篇小说。之前，许良很多次准备动笔写，但都遭到了艾艾的反对。艾艾对许良的构思不屑一顾，她实在不理解许良为什么要干这件既辛苦又不赚钱的事情。艾艾说，写点庸俗的东西挣钱吧。而今，艾艾已经不辞而别了，他又莫名地有了写这篇小说的冲动。

许良构思的这篇小说，主要想表达物质对精神世界的破坏，欲望对一切美好事物的摧残。他将这个主题巧妙地镶嵌在一个感情故事里，故事的女主人公年纪轻轻就继承了一笔遗产，但是，这笔财富却成了她感情世界的毒瘤。在选择男朋友时，她总是小心翼翼，害怕别人只是看重了她的钱。可是，她最终没有逃脱。

许良的小说的女主人公叫萧萧，结婚不到半年，她和丈夫的感情就出现裂缝。结婚之前的那些甜言蜜语与耳鬓厮磨不复存在了，两人逐渐开始冷淡。萧萧已经意识到感情的变化，主动与丈夫交流，可是，她丈夫却装模作样，说他对她的爱一如既往，甚

· 221 ·

至更加热烈。这让萧萧陷入了迷茫，于是便去找她的朋友。朋友与她的关系很好，也是她的媒人。萧萧把她的困惑说给朋友听，朋友瞪着眼睛大吃一惊，说萧萧得了恐惧症，天天害怕别人骗走了她的钱，连自己的枕边人也不放心。萧萧有些不好意思，她也想觉得自己有点过分了，成天心惊胆战的。

小说写得很顺利，许良很快就将萧萧置入到感情与金钱的旋涡里。他自己也受到了强烈的冲击。事实上，许良现在的心情最适合写这个小说。也许，这个小说一直没写，就是因为他还没有受到感情的伤害。许良想，他应该让萧萧受到感情的伤害了。

一个下着大雨的夜晚，萧萧的丈夫开始了他的阴谋与伤害。他坐在沙发上，跷着二郎腿，叼着昂贵的香烟，对萧萧说，我觉得，我们应该重新考虑一下我们的婚姻。萧萧一听，心里一紧，立即警惕地问，为什么？她丈夫狠狠地吸了一口烟，轻轻地抖掉烟灰，他漫不经心地说，我们不适合。什么？萧萧的脑袋顿时懵了。她大声嚷了起来，结婚之前你怎么没说不适合呢？他很冷静，掐灭烟头，弹了弹身上的烟灰，慢声慢调地说，婚姻嘛，当然只有结了婚才知道合适不合适了。萧萧彻底愤怒了，她直接吼出了心里的担忧，她指着他说，你与我结婚就是为了钱。这时候，他倒是显得很诚恳了，笑着说，既然你明白，那我也就不用隐瞒了，现在离婚，我可以分得一部分财产。萧萧得到了准确的答案，怒火中烧，她抓起茶几上的一个杯子，狠狠地砸向他。他一闪，杯子冲向地板，碎了一地。她哭了。他笑了。他冷冷地说，别那么冲动，我只是为了钱而已。

萧萧的感情死于金钱，她自己是这么想的。但是，她现在还没投降。萧萧在坚持，她宁愿要一份破碎的感情，也不愿意接受被人欺骗的事实。于是，她的生活里充满了战争的硝烟。

那天夜里，萧萧面对丈夫的又一次离婚要求，她又咆哮了，又摔杯子了。这次，她丈夫开始了还击。他指着萧萧说，你别太过分了。萧萧问，我别过分了？到底是谁过分？你过分！他瞪着她说，不就是离婚嘛，弄得这么复杂。要想离婚，除非你不要财产。萧萧也瞪着他。他哈哈大笑起来，半天才停下说，既然是夫妻，当然要分财产了。萧萧差点被气疯了，她扑过去，扭住他就打了起来。她一边打一边哭着说，你是个骗子，超级骗子！萧萧的扭打激怒了他，他也动了手，打了萧萧。两人扭成一团，萧萧的指甲像锋利的刀一样在他身上乱抓，他脸上和身上全是伤口。他一把推开萧萧喝道，停下。萧萧一愣，又冲了上去，乱抓了起来。他又一把推开萧萧，转身在客厅里找寻起来。他找到了一根绳子，来到萧萧身边，看了她一眼，就拖着她进了卧室。萧萧一边挣扎一边问，你想干什么？他阴笑起来，干什么？难道你还不知道吗？我要让你动弹不得。萧萧感到事情非常严重，她大叫起来，你这个混蛋。他立即给了她一巴掌，将她的两只手反扭到背后，并将一块布塞到她嘴里。萧萧的声音被阻隔了，淹没在她的喉咙里。他麻利地把萧萧捆了起来。

萧萧的手被绑在门后，她蜷缩在地上，像一条被丢在岸上的鱼，只能做无谓的挣扎。他出去了，去情人那里了。他的情人就住在附近，隔一条街，房子是他背着萧萧置的私产。萧萧对丈夫金屋藏娇的事一点也不知道，现在，她更无法知道他的一举一动了。萧萧知道挣扎没有任何作用，她只有倒在地上，默默地流泪。屋里没有灯，无穷无尽的黑暗与伤害袭击过来，萧萧从未想到自己会有这么一天，想打个电话求救都没法。此刻，她恨不得一头撞在地上，死了算了。

累了，萧萧倒在冰冷的地板上，泪水似乎已经冻结了。凌晨时，她丈夫才回来。他有些扬扬得意地看着萧萧，冷笑了一声，弯下身去扯掉了她嘴里的布。萧萧急促地呼吸了几下，就以命令的口吻说，快把我的手松开。他一点也不着急，坐在床边，盛气凌人地说，放也可以，但有个条件，就是离婚。离你妈个头，萧萧大声骂道。她说，老子就不离，你想怎样？他不吭气。萧萧接着说，想滚你就滚蛋，别企图可以得到一分钱。老子就滚，看你能撑多久。他愤愤地说。接着，他又将原来那块布塞到萧萧的嘴里，气冲冲地出去了。脚步渐渐远去，门合上时发出了巨大的声音。

萧萧又绝望地倒在地上了，黑夜漫无边际地包围了她。

4

许良突然停了下来，大口大口地呼吸。这个小说让他感到窒息，许良无法再继续写下去了，他想出去透透气。于是，许良关掉电脑，推门而出。但是，他却在门口停下了。许良看见邻居的门边有一封信，斜着躺在地上，似乎已经很久了。现在的人，还有几个写信的？而且，这间房子连个防盗门都没有，应该没人住。许良呆呆地站着，心里隐隐觉得事情有点蹊跷。想了半天，他也没想出头绪，于是，就"咯噔咯噔"下楼了。

走到二楼时，许良停下了脚步，转身又冲了上去。他觉得，既然没有人住，也就不会有人写信来，那么，是不是送信的人放错地方了？许良心里一阵慌乱，他觉得有可能是艾艾给自己写的信。信依然疲倦地躺在地上，许良一把抓了起来。但是，他有些失望，因为信封上连个字都没有。许良仔细打量着信，捏了捏，很薄，似乎没有内容。这更加激发了许良的兴趣，他有种必须要搞清事实真相的冲动。许良的手在发抖，他稳了稳情绪，想拆开信看个明白。这时，他才发现信封根本就没封口。许良立即从信封里抽出了那张薄薄的纸，映入眼帘的是两个扭曲的字：救我。

许良一下就紧张起来，谁在求救？一长串问号在他的脑子里盘旋。他的手抖得更加厉害了，许良左右环顾，并没有发现与以往的不同。此刻，许良的全身都颤抖起来，他有点后悔拆了这封信。如果不管，也就过去了，现在知道了内容，就必须想办法救人。可是，他又不知道如何救，甚至是救谁。一瞬间，许良感到一种强大的恐怖弥漫开来，他的心脏仿佛遭到强大压力的压迫。他转身往楼下冲，想逃出恐怖的束缚。

一口气跑到楼下，许良扶着墙壁喘粗气，好半天才缓过来。这时，他才发现写着"救我"的信依然捏在自己手里。许良有些莫名的气愤，随手将它丢了。他拍了拍胸脯，朝街上走去。不过，只走了几步，许良又鬼使神差地返回来了。他又捡起那封信，看了好长时间，仿佛想从这两个字里看出点蛛丝马迹。接着，许良拿出手机，打110报了警。

这里比较偏远，大概过了十多分钟，警察才来。一声声长鸣的警笛让许良彻底摆脱了恐怖，有些苍白的脸也渐渐恢复了。一个身材高大皮肤黝黑的警察站在许良面前，粗声大气地问，是你打的电话？许良把信递上去，小声说，有人求救，我不知道如何办，就找你们了。警察用不太信任的目光看了许良一眼，认真地读起来，好像那是一封很长的信。一分钟后，警察问许良，这封信是在哪里发现的？五楼。许良说时还用手指了指。警察一怔，招呼着另外一个警察上楼。许良也跟着上去了。不知从什么时候开始，附近的居民也围了上来，他们也跟着警察上了楼。顿时，狭窄的楼道里挤满了人。

两个警察在门边仔细观察着，想寻找一点与这封信有关的线索。他们一边寻找，一边看那封信，但一直没有结果。那个身材相对瘦弱的警察问许良，里面有人住吗？许良摇头，他说，自从我搬到这里，还没发现里面有人。警察又问旁边看热闹的人，大家都你看看我，我看看你，都摇头说不知道。片刻后，其中一个脸上沟壑纵横的老人说，以前有人住，是个女的，我认识她，但是，有三年没看见她了，可能因为她父母都死了，到沿海城市打工去了吧。警察脸上铺满了疑问，他问，以前真的有人住？是的。老人说。警察又问，真有三年没看见过她了？应该是三年多了。老人口气肯定地说。警察看了另外一个警察一眼，点了点头，开始呼叫总部派人来。

这次，警察的速度明显快了，不到五分钟，大概有十来个警察就冲上了楼。围观的人立即散开，但没走远，他们在翘首等待着一出好戏。警察们在商量解决方案，其中一个人用力擂了擂门，并大声喊道，里面有人吗？接连喊了五声，没有任何反应。最终，他对一群警察说，开锁，撬门。警察们都忙活起来。许良看着围观的人，他们也紧张起来了，都屏住呼吸，目光有点慌乱和不易察觉的急不可待。

很快，门就开了。围观的人们都在往前移动脚步，可是，警察制止了他们。其中一个看似领导的警察说，大家都散开，不要围在这里。接着，他又做了一个手势，示意进去看个究竟。几个警察鱼贯而入，立即，传来了大家的一片"啊"声。屋内一片骚乱，外面也骚动起来。许良也跟着大家移动脚步，想看个明白。可是，那个看似领导的警察用更加严厉的眼光制止了许良和所有人。房门只留了一条缝，许良踮了踮脚，但什么也没看见。

两分钟之后，一个警察出来了，他示意大家让开。许良和大家都后退了几步。接着，几个警察架着一个男人出来了。男人蓬头垢面，没有做任何反抗。后面的几个警察又抬着一个女人出来了。女人的手脚都被铁链锁住，衣衫褴褛，面有菜色，一看就是个几年没有见过阳光的人。大家都不约而同地"啊"了一声。

许良和众人跟着警察下了楼，来到了警车面前。大家都叽叽喳喳个没完，没人不对眼前的景象感到惊奇。甚至，有人夸张地惊天呼地了。许良也觉得太不可思议了，但他没有惊叫，而是陷入了沉思。他在想，这里面到底有着怎样的故事，隐藏了怎样的秘密？作为一个记者，敏锐的嗅觉让他对一切保持了高度的兴趣。许良慌忙掏出记者证，对警察说，我是记者，想对此做跟踪报道。警察接过许良的记者证，迅速看了一下，又看了看许良，点头同意了。许良上了警车，透过车窗，他看见围观的人群又出现了骚乱。随后，警车呼啸着驶过这条陈旧的老街。

5

犯罪嫌疑人很快归案，并对所做事情供认不讳，一切都水落石出。男人叫王刚，是他用铁链锁住了女人。当警察问他为什么要这样做时，他还愤愤地骂道，女人真他妈的贱。

被铁链锁住的女人叫周阳，几年前与王刚认识，并很快坠入爱河。但是，他们却迟迟没有结婚。后来，周阳的父母相继去世。她获得了一笔不小的遗产。不久，王刚对周阳说，他想做生意，让周阳把父母的遗产拿出来。周阳开始同意了，可是，她慢慢警觉起来，问王刚到底做什么生意。这一问就问出问题了，王刚一会儿说经营餐厅，一会儿又说买辆车开。这引起了周阳的怀疑。

周阳原本是个单纯的女人，但妈妈去世时的一席话改变了她。妈妈对周阳说，一个单纯的单身女人很危险，如果她再有钱的话，就更危险了。我留给你一笔遗产，是想让你过上幸福的生活，不希望它带给你麻烦和伤害，所以，你要时时警惕，处处小心。周阳妈妈的这几句话，似乎成了谶语。周阳日后的遭遇，全是金钱惹的祸。

王刚发现自己的阴谋被周阳识破了，就撕下戴了好几年的面具。他告诉周阳，我需要你的钱。难道你与我在一起就是为了钱？周阳反问道。王刚想了想说，也不是，你有钱，恰恰我也爱你。周阳说，你别闪躲，到底是不是主要看上的是我的钱，说不清楚，你就别想拿到钱。王刚哈哈大笑起来，他说，我以为女人都很笨，想不到你还很聪明，你的金钱对我确实是诱惑。周阳咬牙切齿地说，那你就别想拿到钱。王刚也咬牙切齿地回敬道，我一定要拿到钱。

王刚和周阳开始了他们的战争。

周阳不说银行卡的密码，王刚即便拿到存折和卡，也取不到钱。王刚开始对周阳采取各种折磨，他一改往日的笑脸与温柔，对她拳打脚踢。但是，周阳依然闭口不说。她想起了妈妈去世时说的话，对王刚很失望，对世界上的一切都失望。周阳没有想到，自己深爱了几年的王刚，竟然就为了贪图自己那点钱。甚至，周阳讨厌自己，恨当初看走了眼，被王刚的虚伪欺骗了。

拿不到钱，王刚气急败坏，人性顿时完全丧失。他把周阳绑起来，断绝她与外界的一切联系。王刚想，周阳一定经不起考验，迟早会说的。可是，令王刚意想不到的是，周阳硬挺了过来，死活不开口。一个夜晚，王刚问周阳，再给你一次机会，你到底说不说？周阳有气无力地冷笑了一声说，我不会向虚伪屈服，你死了这条心吧。王刚气得脸上横肉颤抖，他指着周阳说，好，好，你有种，你等着瞧。说完，王刚就出去了。

王刚再次回来时，已经是凌晨了。不知道他从哪里弄来了铁链，在屋里抖得哐当哐当直响。周阳听着响声，全身颤抖，她问，你想干什么？王刚阴笑着说，干什么？会让你知道的。周阳恐惧地说，你别乱来啊。王刚又阴笑着说，那要看你的表现如何，最后一次机会了，你到底说不说。周阳被王刚的阴笑再次激怒了，她口气决绝地说，你这条贪婪的狗，老子就是不说。

周阳的话音一落，身上就挨了几脚。王刚踢得真重，周阳的惨叫打破了夜的宁静。王刚立即用布堵住周阳的嘴。接下来发生的事情，就有点惨不忍睹了。王刚换掉周阳身上的绳子，用铁链将她绑起来。周阳挣扎了几下就放弃了，她知道一切都无济于事。她的手脚立即被铁链磨破了皮，血迹渗了出来。周阳倒在地上，像一只被捆住的鸡。

从此以后，周阳就过着度日如年的生活，她在黑暗中数着自己的心跳。三年多了，她和王刚展开了对峙。直到她趁王刚不在意的空当，艰难地写下了求救信。周阳在夜晚即将结束黎明即将到来时，把求救信通过门缝塞了出去。这几年，王刚只有在夜间出门，白天不敢露面。假如第二天没有人看见周阳的求救信，她将失去最后的希望。还好，许良在几番思量之后，没有错过拯救周阳的机会。

6

后来，许良所在的报纸上刊登了这个震惊世人的报道。周阳和王刚的事引起了全社会的广泛关注。报社的电话络绎不绝，没有人相信，在现代社会里竟然还会发生如此惨绝人寰的事情。后来，许良又写了很多后续报道，并联系医院为周阳做了身体检查，等等。

忙碌了一阵子，许良才又开始写他那篇小说。可是，他却找不到继续写作的头绪。许良重新阅读了前面的内容，但是，他依然很迷惘。因为，许良总是将萧萧与周阳重叠起来。他不想为萧萧安排一个像周阳那样的结局，太残忍了。但是，在许良的脑海里，萧萧已经变成了周阳。许良在电脑前呆坐了半天，抽完了一包烟，可是，却一个字都没写出来。后来，他干脆不写了。许良认为，周阳的出现，似乎就已经暗示他不需要再写这个小说了。他愤愤地关掉电脑，飞也似的冲出去了。

许良怔住了，他在自己门前发现了一封信。与之前那封信差不多，很薄，信封上面已经布满了灰尘。许良的心脏仿佛被电击了一下，呼吸顿时急促起来。他的腿慢慢软了，差点倒在地上。许良觉得奇怪，为什么最近总是发生这么多蹊跷的事？这一次又是什么？信为什么躺在自己的门前？与自己有什么关系？许良在心里默默地告诉自己，不要害怕，千万要冷静。接着，他慢慢向那封靠近，慢慢靠近。许良长长地呼吸了一口气，动作迅疾地抓过信，用颤抖的双手撕开了信封。

许良一看傻了眼。信是艾艾写来的，说她上当受骗了。

原来，艾艾一直爱着的那个做服装生意的有钱人，实际上是个骗子。艾艾不仅在感情上受到欺骗，而且，先前一直准备与许良一起买房子的钱，也被骗子拿走了。艾艾说，你的手机关机了，所以，我只有写信让你来接我。许良这才重新看了看信封，看清了上面的地址。许良狠狠地砸了墙壁一拳头骂道，他妈的。接着，他又骂，混账，全世界都混账。

艾艾在信中告诉许良，她联系上了当地的一个同学，暂住在那里。她说，你快来吧，我每天都会在门口等你。所以，许良乘坐飞机，用最快的速度到了艾艾所在的那个城市。这是个陌生、混乱、肮脏的城市，厌恶之感充斥着许良的身心。但是，此刻他却没空理会这一切，他只想第一时间见到艾艾。从接到艾艾的信到现在，许良才发现自己根本离不开艾艾，原来自己是如此爱她。一下飞机，许良看到机场大巴也不坐，直接打出租车奔向目的地。

许良老远就看到了艾艾，她就像一个孩子，眼神里充满了无限期待。艾艾大概是发现了许良，她用力地挥舞着手臂。片刻，她又冲了出来，与一路小跑的许良紧紧地抱在一起。艾艾哭了，许良也哭了。他们俩抱成一团，放纵地哭了。艾艾一把鼻涕一把眼泪地说，亲爱的，我对不起你。这句话她重复了一遍又一遍，可许良不知如何安慰她，只得紧紧地抱着她。这场突如其来的遭遇，将两个人的距离拉得如此之近。

第二天，就在许良和艾艾准备离开这个伤心的城市时，那个做服装生意的骗子落网了。得知消息后，艾艾号啕大哭起来，她执意要去痛斥那个狼心狗肺的家伙一顿，但却遭到了许良的反对。许良想让艾艾尽快忘掉一切，不允许她再与任何伤心事粘在一起。他对她说，早点回家，回我们那个温暖的地方去。

但是，许良和艾艾还未动身，警察就找上门来了。这让他们很惊讶，不知警察为何能找到自己。为了配合警察的工作，艾艾和许良还跟着警察去了。许良抱了抱艾艾说，没事，有我在一切都没事。下了警车，许良走得很快，他要尽快结束这一切。可是，在派出所里，许良的眼睛却死死地盯着一个女人。女人与欺骗艾艾的那个男人蹲在一起，手被冰冷而雪亮的手铐铐住。警察看出了许良的反应，指着那个女人说，她就是这个犯罪团伙的头儿。许良脸色铁青，慢慢地，整个脸都黑了下来。半晌，许良自言自语地说道，唐悦，为什么是你？这就是你所要追求的梦想？

许良神情恍惚地向前走了一步，他想仔细看看自己的初恋情人。可是，这张脸不再生动，不再纯洁。

梦游者

1

他思绪纷乱地驾着桑塔纳奔驰在回家的路上，舒适的车厢里回荡着班得瑞乐团的《仙境》。他酷爱班得瑞这张专辑，轻灵的音符能够常常使他进入一片宁静的天地。长期以来，他在车里只播放这一张专辑。

他是位作家，在文联供职。二十年来，他写出了不少具有穿透力的作品。在一次颁奖会上，评委说他的眼神极具穿透力，且伸向了社会的每一个角落。结果，那帮老朋友一聚会，就有人对着女性朋友打趣，说在他的眼里，她们都没有穿衣服。

站在门口，他并没有掏出钥匙开门，而是心神不宁地按着门铃。在泊车的当儿，他接到了一个失望的电话，现在还没有从中挣脱，心有余悸。这几天，他时刻都在思索着生活中的一些反常之处。在等妻子开门的时候，他脑子里还回想着刚才在电话里说的话。

妻子突然开了门，蓦然出现在他的眼前。他浑身一颤，仿佛被妻子从梦中惊醒似的。当然，他也没有发现妻子脸上那一丝尴尬与惊慌。

今天晚上吃什么？

他一边放文件包一边问，然后开始松像紧箍咒一样套在颈项上的领带。

"三小"的老师又打电话来了。

妻子答非所问。她说的是儿子学校的老师又打电话向家长汇报情况了。他们这个儿子，一点也没有遗传到父亲的文静，是学校里出名的捣蛋鬼。

他没有接妻子的话，沉沉地呼吸了一声，像个病人似的来到水池边，准备洗手吃饭。

她看着丈夫，想着他怎么就变了味儿呢？而且，这种感觉已有很长时间了。这么一想，自己倒真的战栗了。这战栗使她突然对饭菜了无兴趣。但是，她依然还算个冷静的女人，机警而巧妙地敷衍住了敏感的丈夫。她强迫自己镇定下来，努力提高对食物的兴趣。她明白，在丈夫眼里自己可是一个胃口常年保持良好的女人。

的确，他没有发现妻子那些微妙的变化，所以依然向她唠叨单位里那些令人喷饭的段子。这些段子他从不在外人面前讲，这是他逗老婆开心的制胜法宝。他说，我给你讲个出版社的笑话吧。她说，别让我四处喷饭啊。他笑眯眯地说，要的就是喷饭的效果。她佯装憎恶地瞅着他。他笑了笑说，女编辑对六十岁左右的男作家说，我觉得你那个东西不行。老作家回答说，可是我感觉很好啊。女编辑又说，翻来覆去捣弄很多次，总觉得不到位。老作家很无奈，红着脸说，那日后再说吧。

段子讲完，老婆没笑。他无趣地解释道，女编辑说老作家的那个东西，其实是他的作品，她所说的翻来覆去地捣弄是指审读与修改，而老作家所谓的日后再说，表示以后再说。半晌，他补充说，很多人以为女编辑和老作家上床啦！接着，他哈哈大笑起来。声音干瘪，畸形。

她依然沉着脸。一顿饭就这样了了收场。

在她洗碗的间歇，他坐在沙发上悠闲地抽着烟。但是，他却思绪复杂，总觉得生活里发生了什么事，或者说即将有事发生。特别是妻子，他总是感觉她变了个人似的，相濡以沫十几年的女人，突然变得陌生了。

恍惚间，一个闪念从脑子里划过，他又想起了刚才接的那个电话。

老李怎么回事儿？像丢了魂儿似的。

他没头没脑地吼出这么一句，把正在洗碗的妻子吓了一跳，那只盘子差点掉了。她转头看着隔着玻璃门的他，张着嘴巴说不出一句话来。如果他此刻到厨房去，定会看到自己的老婆变成了一尊雕像。

他以为她没听见自己的话，于是，深深地吸了一口烟，然后拿起电话，不停地拨老李的号码。但是，电话一直没人接听。他恼羞成怒，狠狠地掐灭烟头咆哮道，这个老李，连电话都不敢接了？

隔着一间屋子，她听着丈夫的咆哮，手不由自主地哆嗦起来，锅碗瓢盆之间的碰撞清晰可闻。只是，犀牛般愤怒的丈夫没有欣赏这美妙音乐的闲暇，同时也给她创造了一个瞒天过海的客观条件。好半天，她才逐渐从慌张中镇静下来。

他在书房、卧室与客厅之间焦躁地走来走去，那种坐立不安使家庭的气氛陡然间变得紧张起来。他不知道，老李怎么突然间变得不像自己的老朋友了呢？

老李与他相识近十年，同在文化部门工作，是老战友了。可是，这段时间，他发现老李总是躲着自己，像做了什么亏心事一样。不然，为什么总是找不到他呢？他能够发现老李的目光的躲闪与遮掩，在单位里，除了实在无法推脱的事情，老李绝对不到自己的办公室来。原本，他们相约这个周末一起吃饭，可老李总是以万般理由推托。这所谓的万般理由，在他看来全是扯淡。

他沉默地站在卧室里，凝视着那张承载着无数幸福的结婚照，回忆里夹杂着无奈与不解。不知何时，老婆的手缓缓地穿过了他的腰际，进入到他的回忆里。顿时，他的脸上铺满了夹杂着诡异的幸福。

的确，他是一个十分幸福的男人。仕途风顺，名利双收，家庭和睦。可是，这段时间他总是感觉到幸福正在逐渐偏离自己，就像地球失去了向心力。他仿佛进入了迷宫，但是想逃离的欲望强烈得使身体要爆裂似的。

确实太累了，他搂着依旧丰满的老婆进入了梦乡。

她没有睡意，思绪纷乱地看着这个带给自己无限幸福的男人，前所未有地彷徨起来。她为自己的过失感到战栗与恐惧。她知道丈夫知晓这件事情，只是作为一个男人，一个知识分子，碍于面子以及对整个家庭负责而没有将最后一层纸捅破而已。现在，她万般懊恼。但是，谁叫当初自己迷了心窍呢？错误铸成，无法改变。她躺在丈夫的臂弯里，感受已经不如从前那般踏实。她隐约觉得丈夫是在演戏，是在等待她主动检讨，而他一直正襟危坐是在保持属于他的尊严。想到这里，她竟然冷汗淋漓了。

不知怎的，他竟然有了赖床的习惯。今天是星期六，他一直睡到阳光已经毫无顾忌地穿射到卧室时才缓慢从梦中醒来，但他脑子里并没有实在的梦境。他感到莫名其妙，长久以来脑子里的那片空白使他犹如一具停止呼吸的尸体一般躺在床上。

与他一起赖床的还有风韵犹存的妻子，她平时可没有这习惯。半天，他才感觉自己的身体被老婆霸占着。这种被女人拽着的感觉让他忘记了昨天的失落，但是也增添了一丝困惑。她几乎使出各种手段挑逗他，竟然在阳光明媚的早晨疯狂地做起爱来。在他们十几年生活中，这是从来没有过的。

总之，从昨天到今天，他觉得生活又发生了一次天翻地覆的改变。

2

一个月后的一天下午，老李神秘兮兮地告诉他，说他有梦游症，而且言之凿凿表示单位里每一个同事都看见了他飘忽的身影。老李手舞足蹈，口若悬河。

听着老李绘声绘色的描述，他有种地球即将毁灭的惊惧。天哪，这是真的吗？他极其憎恨地看着老李，觉得这个最近十分反常的老朋友信口开河、胡言乱语。但是，老李仿佛就是要与他作对似的，将那些证人全部集中到办公室，一群人用漠然的眼神瞅着他。最后，他只得垂头丧气，默认了患有梦游症。

一个家伙故作腔调地说，我亲眼看到你从休息室出来，神情呆滞地在办公室巡视了一圈，又木然地回去了。当时，我们都不知道该怎么办，只有委托老李来敲门。敲了半天，你没有答应，可把大家吓着了。于是，老李就贸然进来看个究竟。结果，你竟然睡得沉沉的，还打着呼噜。

听着同事们议论，他神情凝重地看着这间休息室，实在无法相信发生在自己身上的这件怪事。他龟缩在休息室里，把门关得死死的。他无法面对那么多同事。梦游症是多么可怕啊！谁还敢与这样的人一起工作。这个一帆风顺的男人，自信心受到严重的打击。他孤独地在休息室里不断地抽烟，烟雾已经将整个屋子塞满。期间，只有老李进去看过他几次。每次，他都笑着对老李说自己没事，只是想静一下而已。但是，当老李出去之后，他就不得不用手摸摸自己的额头，拍打自己的脸庞。

那天，等所有人都离开了办公室，他才下班回家。一路上，他思绪混乱，几次差点造成交通事故。在泊车的当儿，他又接到了一个电话。他很反感，没有说话的兴趣。在别人的眼里，他这个时候的确需要安慰，但他自己知道，现在最需要的是安静。于是，他潦草地结束了谈话，然后果断地关掉手机。

他已经好几次拿错了开门的钥匙，于是只好按了门铃。只见防盗门闪出了一条缝儿，他就劈头盖脸地对老婆控诉那个可恶的老李，真他妈的不像话。妻子心头一怔，额头沁出了层汗水。她问，到底是怎么回事？他说，你别提了，这个老李真他妈的吃了豹子胆了，居然不给老子面子。

她记得这是丈夫第一次骂人，而且是骂他的好朋友老李。她一听这话，隐约觉得生活将要发生地震。那种心惊胆战的心理，使她的情绪瞬间低落到极点，竟然莫名地哭了起来。她带着哭腔问，你快说呀，到底发生什么事情了？他横着脸说，梦游症，梦游啊！你知道吗？她的哭声骤然停止，急不可耐地问，谁得了梦游症？他继续高吼着说，是你老公啊，就是每天睡在你身边的那个男人。

这下她可真的呆了，那种愣愣的神情可能与他梦游时没有二致。她根本无法相信自己的丈夫患有梦游症，那可是电视里面才有的啊。她抚摩着他清癯的脸部，仿佛在安慰一个受到惊吓的孩子。

此刻，他看起来真像个孩子。

过了片刻，她全身发抖，难道真的是他？那他岂不是看见了自己？她仔细地想了想丈夫这段时间的变化，他的言行举止明确地告诉自己一切。那么，这也预示着接下来将要发生天崩地裂的大事。她的脸时而红时而紫，她为自己的行为感到羞耻与恐惧。

顿时，这对平时谈笑风生的夫妻变得沉默寡言，他们都陷入了一种难以言状的恍惚。

他是相信事过境迁的，至少他经常这样对自己的老婆说。于是，他逐渐平息下来，镇静地对老婆说，没事的，这也不是什么大不了的事情。在本市人民医院里，有一位医生是他的忠实读者，是治疗梦游症的专家。他对老婆说，我正在联系，准备接受治疗。

事实上，他在撒谎。他觉得这事儿太荒诞了，说出去没有人相信的。而且，自己怎么能够让读者知道自己有梦游症呢？谁还敢读一个梦游症患者的作品呢？

无论是在单位还是家里，他都言之凿凿地说自己在医院里积极接受治疗。这使得除了他自己的内心以外，一切都归于平静。只是，从此以后，他坚决不再在文联那间休息室里午休了。

奇怪的是，他妻子也常常出没于医院里。只是，她绝对不与丈夫一同前往，而且她需要的东西也与他不一样。她在市内的几家大医院里都进行了咨询，几乎所有医生的答案都让她感到满意。但是，她还是不踏实，只要是医生，她都有前往咨询的冲动。慢慢地，她自己都感到疲倦了。

3

半年之后，一个异常平静的中午，他疲倦地坐在办公室里阅读当天的报纸。

这几天，本市几乎所有的媒体都对准了发生在市区里的一桩强奸凶杀案。这起案子就发生在他住的那个小区里，一个年仅十六岁的少女在小区花园的草地上遭到强奸，而且最终搭上了如花的生命。这是一桩轰动全城的案件，前所未有。因此，也引发了很多讨论，比如安保措施，比如人类生存中的警惕意识等等。文联这种闲暇无聊的地方，讨论更为激烈。但是，无论怎样讨论，案子却迟迟没有破。凶犯作案手段极其高明，几乎没有遗留任何蛛丝马迹，令警方的侦破工作无从下手。

他轻轻地合上报纸，为那个少女感到惋惜。然后，他呷了一口茶，微闭上眼睛，陷入了沉思。但就在这时候，他却听到了隔壁办公室传来令他浑身颤抖的话语。因为当时受到了强烈的刺激，他竟然忘记了此话到底出自谁之口。他怎么也想不通，自己怎么成了别人怀疑的对象呢？就因为自己有梦游症？

别人有梦游症嘛，法律也应该原谅他的。

他感觉到大脑遭到了某种病毒的攻击，那句话不断地在脑子里盘旋、翻腾。顿时，他感到极度恐惧，心跳迅速加快。

他以最快的速度逃出了文联，开着汽车游荡在人潮涌动的街头。他不知道自己要去哪里，看着涌动的人潮，头痛欲裂。他将车靠在路边，但并没有下车，而是坐在里面抽烟，任思绪漫无边际地飘荡。他想起这个社会的很多东西来，比如人们的虚伪，比如社会的荒诞，比如人们的罪恶，比如人们的生命实质等等。他突然感到一阵寒冷，烟灰随着抖动的手而悉数散落，宛若生命的消逝。猛然间，他觉得自己有什么事情需要回家处理，于是快速启动车子，向家的方向冲去。

开门！开门！

他一边急促地擂门，一边仓皇地喊叫。

干什么呢？丢魂儿了？

他似乎当老婆不存在，径直朝自己的书房走去。他翻出报道案件的所有报纸，将资料全部详细地看了。特别是那几幅照片，他更是目不转睛。他凝视着，仿佛凝视曾经的记忆。瞬间，他的大脑开始混乱了，曾经经历过的很多事情都一股脑儿地涌了上来。与老婆恋爱的那几年，在大学读书的时期，甚至自己小说中的人物等等，都在此刻打拥堂似的来到了他的脑子里。

他瘫坐在地上，仿佛脊髓被人抽干了一样。

她发现丈夫这么鬼使神差地回到家里，非常担心和惧怕，但他却不理不睬。她只好在旁边，安静地像看戏一样看着丈夫的言行举止。她看见丈夫虚脱地坐在地上，不知道是否应该过去看个究竟。说实话，她心里是虚的，而且也不想惹丈夫生气。半晌，等她下定决心过去弄清楚事情的缘由时，却遇上丈夫蓦地而起，拿着手提包"咯噔咯噔"下楼了。

他一边下楼一边打电话。他说，你现在有时间吗，我马上就过来，很重要的事情。看样子对方是同意了，他紧锁的眉头稍微松开了一点，并长长地吁了一口气。他接着说，我半个小时就可以到了。声音飘忽而颤抖。

事实上，还不到二十分钟他就到了医院。这是本市最好的医院，不知为何今天却门可罗雀。他很熟悉这家医院，这里有一个从美国归来的医生是他的忠实读者，也因此而成了他最好的朋友。不过，他有很长一段时间没有来这里了。他在门口想了想，嘲笑自己早应该来这里了，现在可是亡羊补牢。

尊敬的作家，到底有什么事情这么着急？

看得出来，这个器宇轩昂的医生对他确实充满敬意，他刚一进门，医生就这样关切地问。

朋友，我生病了。

他故作镇静，似乎担心这个年轻人会因为自己的焦急而慌乱。

如果是作家就不生病，那才不正常呢！

医生拉着他的手，示意他坐下好好聊聊，毕竟他们有那么长时间没有见面了。

你听我说，很严重，是梦游症，你是这方面的专家，应该知道后果的。

他专注地盯着医生，认真地观察着对方表情的变化。

医生的表情真的发生了天翻地覆的变化，接着意味深长地对他说，这个真的要引起重视了，你得好好调养了，如果你愿意听我的就应该好好休养。

身体不是最重要的，要紧的是我想让你帮我恢复这几个月来的梦境。特别是我梦游时的所见，这可能吗？

不可能！再说，你需要这样吗？医生一脸狐疑。

需要。他斩钉截铁地说。

听着，我的好朋友，看样子你的生活已经陷入混乱了，不再需要什么梦境，需要的是安静地休养。

不。我需要它，因为这与本市最大的案件有关。

说话的时候，他的心情异常复杂。他想起了同事说的那句话，这话使他更加慌张与忐忑。他真的想知道自己是不是在梦中杀了人。他的额头已经明显汗涔涔的了，在明亮的灯光下亮闪闪的。

这有关吗？医生感到纳闷。

有关。他似乎害怕医生没听见，接着又重复了一次。有关。

你未必是每天都梦游。

不。他轻轻地摇晃着脑袋。他说自己看着那些报道，总觉得就是自己曾经经历过的。特别是那些图片资料，那个死去的少女的表情，自己都非常熟悉。他相信自己应该与这起案件有着某种联系，至于具体什么联系，目前还不清楚。

考虑再三，他最后还是将办公室同事的谈话一字不变地给医生说了。这使得这个与他关系甚笃的朋友表情愕然，不自觉地倒退了几步，好半天才镇定下来。

可以吗？帮我找到梦境，看在我们友谊的分上，帮帮我了。

这个风光无限且几乎没有求过任何人的男人，在自己最忠实的读者和最好的朋友面前竟然这样哀求了。不过还好，他的朋友答应了。

遗憾的是，医生采取了医学界最有效的手段与措施，还是无法使他安然地睡去，安然地去寻找曾经的梦。

医生说，很遗憾，我无法使你彻底摆脱现实。

他问，为什么？

医生只有诚实地说不知道。他颓丧而绝望地坐在那里，因为他相信这个从美国学成归来的朋友。但是，在沮丧片刻之后，他却神情慌张地离开座位，冲下楼去，尽管医生努力追赶也无济于事。

他来到汽车里，拿出了自己最喜欢的班得瑞乐团的唱片。他对医生说，也许这个有用。医生做出惊愕的表情，认为他很可笑。不过，在他再三哀求下，医生也不得不试一试。

他安静地躺在实验床上，思维不自觉地迟疑了一下，虽然医生朋友并没有任何察觉。平心而论，此刻，他有点矛盾了。之前，他是那样迫切地需要找回自己的梦境，因为想为那含恨的女孩雪冤，也为自己讨回一个公道——尽管没有人将最终的矛头直接对准他。但是，他现在却不知道这样的行为是否妥当。另外，如果自己真的就是那个强奸并扼杀女孩性命的罪犯，到时应该如何面对事实呢？

开始了？医生朋友这样漫不经心地问。

他神情恍惚地回答道，开始吧。

根据他自己亲点的曲目，医生的实验室里响起了那首他异常熟悉的《仙境》。他感觉到自己置身于一片烟雾缭绕的天地，周围是永无止境的蓝色。蓝色里生长了很多生活中并不多见的植物。他仿佛觉得自己是一架勘探所用的机器，在这片蓝色里探索前进。他遇到了很多似曾相识的人和事，他甚至在喃喃地与他们对话，做着神秘的交流。

4

他看见了几个男人在路边撒尿。

凌晨时分，街头异常冷清。几个流氓气十足的年轻人一边聊天一边张狂地笑，看上去，他们喝了很多酒。突然，他们之中有人拉开拉链开始撒尿，接着其他几个人也学着做了起来。这时候，路边走过一对情人，大概十八九岁，女孩看起来很漂亮，尤其是披肩长发在夜的朦胧里特别美。女孩对那些人的行为感到气愤，脸涨得通红。女孩说你们这些男人真讨厌，男孩说我可是有品德的人啊！女孩调皮地噘起了樱桃小嘴。大概过了几分钟，男孩回头看着撒尿的那几个臭男人，听到了一阵嘹亮的口哨声，以及挑衅的动作。

　　他看见了大街边上停了一辆汽车。

　　没错，是一辆白色的汽车。周遭一片死寂，有冷飕飕的风在空中飘荡。几片枯黄的树叶随着风儿飘摇而下，落在了汽车的顶棚上。车子里面传来了男女亲昵的声音。然后，车子有节奏地摇晃了起来。好一阵之后，男人喘着粗气说，以后还可以见面吗？女人大概是不知如何回答了，半晌才嗫嚅道，要小心点，他明天就从北京回来了，他可是一个细致入微的男人。那个男人"哼"了一声，吃吃地笑了。

　　他看见了一位衣着褴褛的老人。

　　对，是一个单身的老太太，在寒风中踽步而行。天气如此寒冷，她为什么不回家？仔细一看，原来是个乞丐。老人放下乞讨的工具，有拐杖、饭碗，还有一个脏得看不出什么颜色的背包。接着，老人把脏得不堪入目的棉被铺在地上，摊开，然后将萎缩的身子放在半边棉被上，将另一半棉被翻过来，当作被盖。老人盯着路边的一棵大树，树枝在风中忧伤地摇晃。她的眼泪在布满沟壑的脸上酸楚地、静静地流淌。

他看见了几个人从一幢楼上爬了下来。

夜晚漆黑得怕人，可能没有任何人愿意在这样的夜里出没。这真是一群出色的盗贼，主人家的东西一件都没有落下，包括女主人的胸罩。其中一人看了看那只粉红色胸罩一眼，愤愤地将之摔在路边。另外一个长得邪门的清癯男人看着同伴的动作，哈哈地笑了起来。莫名其妙的是，这几个同伙最后竟然打了起来，嚣张的吼叫声搅乱了夜的宁静。可能是分赃不均吧，谁知道呢。

他看见了那个似曾相识的少女，就在自己居住的这个小区里。

夜深人静的时候，她疲惫地从外面回来。保安为她开了门，他们还相互问候了一句。可是，就在她即将上楼时，却被一只罪恶的手捂住了嘴巴，并被拖着往相对僻静的草地走去。她几乎使出了全身力气，但也无济于事。她的嘴巴被胶布封住，手和脚都被绳子绑住了。那个黑衣人露出了邪恶的笑容，然后用刀片将女孩的衣服划破了。女孩一丝不挂地躺在黑夜的草地上，身子瑟瑟发抖。黑衣人掏出了罪恶的家伙，很小心地套上了安全套，然后完成了对一个少女的摧残。兽欲满足之后的黑衣人正要离去时，女孩的嘴巴因为在地上不停地磨蹭，所以胶布被磨掉了。但遗憾的是，女孩那声本来可以让歹徒伏法的求救声，却被罪恶的歹徒用残暴的方法制止了。而且，一长串残暴的拳打脚踢也葬送了女孩的生命。然后，黑衣人小心翼翼地拿着安全套，以及作案时用的手套和面具，走向了垃圾桶。他想这应该是最安全不过的了，因为在凌晨时分，这些垃圾都将被运到郊区及时销毁，自己的罪恶将永远埋藏。黑衣人觉得还意犹未尽，禁不住回头用邪恶的眼神再次瞅了瞅刚才那个被自己奸淫的少女。想不到，他的行为被一个患有梦游症的病人看见了。

是这个畜生！就是这个畜生！

年轻的医生专注地看着他的面部表情，尽管他现在还沉浸在自己曾经的梦境中。他张大了嘴巴，露出了一口洁白的牙齿，仿佛是在呼喊。但是，他的嘴巴最终仅仅是夸张地翕张了几下，并没有发出任何声音。医生能够感觉到他在梦中的焦急，因为他面部肌肉不停地抽动，额头上冒出了硕大的汗珠。

《仙境》还在这间不大的实验室里缓缓流淌，他已经半天没有喃喃呓语了。看样子，他找到了自己想要的东西，正在慢慢归于平静。医生不想叫醒他，而且这个时候也不能贸然叫醒他。医生坐在沙发上，点上了一支烟，为自己的这次实验成功而高兴。

一个男人和一个女人……

年轻的医生被这么一句话给怔住了。因为之前的种种迹象表明，他快要从梦境中苏醒了。可是，他却唐突地冒了这么一句话来。

他看见了一个男人和一个女人。

这是春天的一个夜晚，街上灯火辉煌。他看见了一个丰满的女人，穿着时尚的裙子。还是初春时节，穿裙子的女人并不多。男人是那种典型的都市中年男子，体态臃肿，看起来好歹也还算是个知识分子。男人和女人仿佛好多年都没有见面了似的，在大概还有三米远时就激动地冲了上去。然后，他们忘情地热吻起来，干柴烈火。他能够感觉到这对男女在橘黄色街灯下的欲火焚烧。他亲眼看见了男人的左手插进了女人的裙子，右手还贪婪地抓住女人的胸部，使劲地搓揉着。不知道为什么，他没有离去的想法，他想知道故事的最终结局。他琢磨着，自己离男人和女人之间的距离大概有五十米，加上自己的眼睛有点近视，所以他需要向他们靠近，至少应该把距离缩短在十米到二十米之间。于是，他果断地向他们走去。想不到，他却不小心惊动了他们，也许是这对男女本来就很警觉吧。男人和女人都紧张地抬起头。这使得他惊慌起来：怎么是你？

老李——老李——

他在紧张、愤怒的叫嚷声中醒了过来，这可把那位年轻的医生吓坏了。医生立即俯身过去，为他擦拭脸上的汗水。他神情呆滞，活像个傻子，仿佛根本不认识医生似的。他突然伸出手，大声喝令医生立即停止播放那首《仙境》。医生立即关掉音乐，一切都在瞬间归于平静。

他虚脱地躺在实验床上。

随后，他对医生朋友说了声谢谢，将所有的关切与挽留抛在脑后。他向自己的汽车走去，途中电话响了。他凝视着手机屏幕，良久，果断地关掉了手机。

他坐在车里，想以最快的速度开车回家。但是，他却无法发动汽车，因为他看不清前方的道路。挡在前方道路上的，全是老李和老婆的影子。他们的影子像皮影戏一样，影影绰绰地演绎着他最不想看到的故事。他想怒吼，却无能为力。

谋杀者

1

从昨天晚上到现在，他犹如经历了一场浩劫。

他那美丽得让人想要用心房来呵护的女朋友，昨天晚上突如其来地告诉他，他们之间已经没有了感觉，还是分开吧。她说完之后，没有容许他询问一句，又武断地告诉他，如果他要想挽回的话，让他省省力气，一切将是徒劳无功的。然后，她决绝地挂上了电话。

他站在那里，一动不动，可内心却乌云翻滚。他似鲜艳的玫瑰遭受到霜灾，盎然生机瞬间烟消云散。他仿佛感觉洁白的墙壁突然间正层层掉落，这个世界即将陷落。如果不是烟火已经烫到手指，他定会永远沉浸在失去爱人和爱情的悲痛之中。灼痛与悲愤使他愤怒地丢了烟头，以及那部刚买不久的手机。手机是女朋友蕾蕾买来送给他的，在他们相爱七周年纪念日那天。她说，这手机可以随时听到他的声音，声音是从他心底发出的，这样她就可以随时触摸他的心了，纵使他在天涯海角。他看着七零八散的手机，心想，爱情已不在，要这部手机有何用？

此刻，他已万念俱灰。七年了，他对她是如此的了解，知道她决定了的都是无法更改的，就像她当初排除万难要跟自己在一起一样。但是，七年的感情积累，使他内心有一股强劲冲动，想要将事情的真相弄清楚。他无意挽回这段感情，但事实的真相，是受伤心灵最容易得到安慰的温床。

在不长不短的一个小时内，他从未停止过拨她的电话号码。但是，所有的努力都无济于事，"嘀嘀"声犹如长鸣的警钟，他久久没有等到她的接听。但是，这个夜晚，他表现出了超乎常人的韧性。

居然通了！她接听了？！当一切努力成为现实时，他却变得不太敢相信。半晌，他居然不知道该说点什么了，先前愤怒的责问突然间被卡在喉咙里，憋得他大口大口地吞口水。正在他为难时，倒是蕾蕾说话了。

蕾蕾说，相爱是一种感觉！我们之间没感觉了。感觉你懂吗？

他仿佛记起了自己想要说什么，但是，蕾蕾却不给他机会。

蕾蕾继续像打机关枪一样地说，我不是给你说过吗？如果你想挽回，一切将是徒劳的，省点力气吧，因为我们曾经相爱过，才这样劝诫你。明天，我就要和张亮去三亚旅游了，希望你以后不要来打扰我了。感情这东西，一旦没感觉了，实质就腐坏了。

电话再一次挂上了，急促的"嘀嘀"声如一根根被烧得通红的钢棍直插到他的心窝。他感受到了那种血液和肌肉被钢棍烙烧的"哧哧"的声音，所以，他痉挛似的坐在地上了。身体沉重地撞击了一下地板，他似乎感觉整幢大楼顿时坍塌下去了，自己坐在一堆瓦砾上，在尘土飞扬里走向死亡。

感觉！？爱情到底是什么感觉？

平时，他自以为是情感专家，可现在却发现爱情前所未有地面目狰狞。

他感觉世界完全颠倒了，天与地交换了位置，身体的重量全部集中到大脑上，这使他大脑涨得快要崩裂了。墙壁上他和蕾蕾的合影依然挂着，只是，他发觉蕾蕾正厌恶地看着自己。他眨巴了几下眼睛，努力想看清她的表情，可是却越来越模糊。

难道我们之间就真的没有一点感觉了吗？他挖空心思地想。

他根本无法相信，一个与自己相爱七年之久的女人，一个天天与自己同床共枕的女人，一个为自己三次怀孕又三次堕胎的女人，一个发誓要与自己天长地久的女人在接近婚姻的边缘时说他们之间没有了一点感觉，并决绝地离开了自己。

他更无法相信，一个与自己称兄道弟的人，一个与自己情同手足的人，居然在自己没有丝毫察觉的情况下，与自己的女人相爱了，并不可思议地与她一起私奔了。

他曾经最引以自豪的爱情和友谊，同时在他没有设防时不可思议地背叛了他。

2

从知道事实的真相，到第二天早上，昏昏沉沉的他成功地消费掉了不少酒精和尼古丁。两瓶二锅头，几杯大枣泡酒，还有半个月前没有喝完的几瓶蓝剑啤酒；地上横七竖八地躺了不少烟屁股，三五、骆驼和娇子，"烟体林立"纵横交错。他发现自己躺在客厅的沙发上，仿佛一个即将死亡的人，沙发就是死神，牢固地粘着自己，但他连拖动一下身子的力气也没有。他能够做的，就是慢慢地闭上眼睛。可是，他不想也不敢轻易地闭上眼睛，似乎一旦闭上就再也不能睁开了。在这种消沉和迷醉里，他失去了一切知觉。

大概过了一个多小时，他感觉呼吸稍微比之前匀净了一点。他费力地眨巴了几下眼睛，顺手去拿烟，可是，他接连掏了几个烟盒都没找到一根烟。他摇了摇头，想捡一支烟屁股应急一下。但他却拿起了茶几上的遥控器。

电视画面显示这是CCTV-6，他比较喜欢电影，当然这个频道就是他最关心的。可以说，在一百次开机里，画面至少有九十次是CCTV-6的。此刻，这个频道正在放着一个电影，仿佛是欧洲的。此刻，他已经无法分清楚电影到底是哪个国家的了。电影的格调很沉闷，但很有质感。故事情节算不上曲折离奇，甚至有些平淡无味，但是，却有一种魔力吸引着他。

故事发生在隆冬，萧条的枯木和呼啸的北风可以充分地证明。这是一个看起来很遥远的小镇。在一排欧洲风味非常浓厚的楼房前，有一条蜿蜒曲折的小路，路两旁的枯枝被北风蹂躏得像快要断气的病人。

在这排楼房的最里面，住着一个中年男人。这间屋子的布置尚可，但四处乱糟糟的，很明显已经很长时间没有打理了。没有打理的还有他的面容，同样乱糟糟的胡子可以证明他是一个非常憔悴和对生活已经丧失信心的人。但是，从昨天晚上开始，这个土木工程师的脸上多少泛起了些红晕和少男般羞涩而认真的笑容，尽管他的胡子依然在北风的吹拂中偶尔会颤抖得厉害。

电影的旁白说，这个中年男人叫迈克。一个非常俗气但很大众化的名字。迈克此刻正坐在电脑前，专心致志地与一个叫莉莎的少女聊天。他们是怎么认识的，迈克的记忆已经模糊了，但是迈克知道莉莎今年刚刚二十岁，中学毕业后在一家超市上班。令迈克兴奋不已的是，他们此刻正说着相互爱着对方的甜言蜜语。这些话对一个中年男人来说，应该不会激起他内心的涟漪，但是，迈克已经单身许多年了，他对女人的渴盼，使他此刻激动得像第一次向心仪的女人表白的少男。这个夜晚，迈克不知道时间过得有多快，总之，他感觉自己敞开了多年的心怀，对一个少女表露了自己的满腔激情。更让他后来乐不可支的是，莉莎在网上羞答答地答应抽个时间见面。大概聊了三个月，现在终于进入正轨了。

他依然躺在沙发上，身子似乎没有半点移动。他觉得这电影实在是平淡，但是，他又不愿意放弃。他承认，是迈克向莉莎表达时的心情吸引了他。这让他想起了七年前的那个月光如华的夜晚他向蕾蕾表白时的心情。那个夜晚，他第一次向心仪的女人说爱她，也是第一次接受了女人的吻。那尴尬、羞涩以及无限的心驰神往，就像他有一次看见邻家姐姐换衣服时的赤裸身体一样。可是，这一切的美好都似乎被欧洲那猖獗的北风刮走了。他想抽烟，可是屋子里的烟都被自己昨天晚上消耗光了。他想下楼买，可又不愿意放弃看电影。这可不是自己放DVD，可以随时暂停。他的腿在空中愤怒地弹了一下，嘴里不由自主地来了一个"靠"。

"咚、咚、咚"，有人敲门。

大约过了两分钟，敲门声依旧没有停止。他不知道自己为什么没有立即去开门，或许是没有听见，又抑或是自己还沉浸在对蕾蕾的回忆里。瞬间，他对这敲门声产生了好奇。在他的记忆里，几乎从来没有人来敲过自己的门。这是他和蕾蕾的爱巢，是没有人来打扰的。在这个城市里，他没有亲人，父母都在千里之外的小镇，有那么几个朋友，偶尔联系也是在茶馆、饭馆，很少有人直串对方家门的。难道？想到这里，他的心开始"砰砰"直跳动了。

他以为是蕾蕾在与自己玩捉迷藏，所以他一路狂奔着去开门。短短的几步路，却承载了他沉重的希望。可是，他强壮的身体似乎僵硬在门边，那是一张多么陌生的面孔呵！在他的记忆里，实在找不出这位不速之客的影子。

不速之客留着长发，脸部轮廓分明，手上捏着墨镜，看样子是刚刚摘下来的。不速之客的脸上半天才挤出僵硬的笑容，他说他女朋友就住对门，但是女孩的父母不同意他们交往，屡次将他拒之门外。可是，他们已经爱到无法分开了。女孩刚才给他打了电话，说她父母等会儿要出去，他们准备今天出发到另外一个城市去。

他眼睛鼓得大大的，脑子里一片空白。他问自己，邻居家有女儿吗？这个疑问使他异常茫然。他正想问不速之客，邻居家的女儿到底长什么样时，不速之客却询问是否可以在他家里坐一会儿，等女朋友的父母外出。

他顿了顿，极不情愿地让出了身子。

不速之客刚一进门，就立即捂住鼻子，皱眉头的同时还在不断地摇头。不速之客自作主张地坐在沙发的一端，这使得他再也无法让疲倦的身子躺下去了。他斜在沙发的靠背上，当不速之客不存在，继续看着迈克深沉内敛的表演。不速之客使劲地咳嗽了几声，掏出烟，给了房间的主人公。

他欣然地接过烟，开始的陌生感觉正慢慢退去。接着，他问，怎么称呼你呢？

不速之客打燃了打火机，说，我叫徐长风，然后问你呢？

他说，我叫陈昆。

徐长风呵呵一笑，说打扰了陈兄。

陈昆仿佛记起什么似的，然后问，你和你女朋友恋爱多长时间？

徐长风说，有些时间了，我们一直很相爱。

陈昆鼻息轻轻地"哼"了一声，说，她一定很漂亮吧？

徐长风得意地笑道，很漂亮，是那种一眼就让我心动的女人。

不知为何，陈昆有了一种羡慕和嫉妒的感觉。气氛一下僵住了，紧闭的窗户似乎使房间里的空气停止了流动。陈昆和徐长风一边抽烟，一边看那部电影。

迈克终于要与莉莎见面了，这个网络情人让他这几个月来魂牵梦萦，神魂颠倒。他拉开窗帘，干燥的气候使冬天的夜晚看起来有点像个女巫。但是，他却若有所思地望着深不见底的苍穹。深沉的一声叹息，使迈克感觉到自己苍老了许多。他抖擞着手从怀里摸出了一张照片。照片上是一个金发碧眼、长着樱桃小嘴的女子，迈克凝视着她，大概过了十多分钟，浑浊的眼睛里掉下了浑浊的泪水。

这女子是迈克的女朋友，早在五年前就分手了。但是，迈克却天天把她的照片放在身上。分手这五年来，迈克没有爱上任何一个女人。他说，他已经无法爱上别的女人了。他的朋友们开玩笑说，是她的照片在你的身上施了法术，折磨着你。迈克总是一笑而过。但是，今天晚上，他想放下这张照片了。他一直以为，有一天女朋友会回来替代那张照片，可是他失望了。五年，他为她痴情地守候了五年。这对一个中年人来说很不容易。

迈克将照片仔细地擦拭了一遍，放在抽屉最深处。可是，记忆深处的东西却是掩藏不了的。五年前那个夜晚的场景又浮现在眼前。

依然是凛冽的北风，但是，那个夜晚令迈克受到伤害的不是北风，而是女朋友的一句话。她说，在与你相处这么多年后，我依然发现你对我没有丝毫的了解，我始终无法感觉到我们俩人因为爱情而产生的共鸣，所以，我不得不离开你。迈克被女朋友的话袭倒，他没能阻止女朋友的离开，尽管他是一位出色的工程师。迈克只得望着女朋友消瘦的背影消失在北风里。

女朋友与自己这种不可思议的决裂，使迈克在以后的五年里对感情一直漠视，甚至他想方设法杜绝与爱情沾边。五年后的迈克，竟然神不知鬼不觉地爱上了一个根本没有见过面的女人。当他放下那张在身上放了五年的照片，感到前所未有的轻松。

迈克甜蜜地躺在床上，进入了梦乡。

莉莎来了，她摸着黑穿过客厅，轻轻地来到迈克的床边。此刻，迈克睡得很沉，没有感觉到莉莎的慢慢靠近。莉莎穿一条牛仔裙，精致的脸蛋镶嵌在蓬松金黄的头发里，轮廓分明的五官使她更像是一具雕塑作品，如果不是她正慢慢地向迈克靠近的话。当莉莎的小嘴轻轻触在迈克性感的嘴唇上时，迈克却鬼使神差地醒来了，他势大力沉地搂过莉莎，吻了吻，迫不及待地剥去了她的衣服。莉莎光洁如玉的胴体和浑圆的乳房散发出诱人的清香，使已经消沉很久的迈克突然生猛起来。此刻，电影的镜头移向了屋子的另一个角落，只有男欢女爱的声音在屋子里飘荡。

如果不是金色的阳光的刺激，迈克的梦会更加美妙。醒来后，他很自然地摸了摸身边的位置，感觉很空虚，莉莎以及她带给自己的快感都太遥远和虚幻。他自我解嘲地笑了起来。

陈昆看了看徐长风，也跟着"哧哧"地笑了起来。

这个奇怪的梦，使迈克对晚上的约会保持了高度的兴趣。现在，他唯一有点后悔的是，之前怎么没有索要一张莉莎的照片。这个充满后悔的想法，使迈克整个早晨都提不起精神来。后来，他又自我安慰道，这样更能够增加他们爱情的传奇性，生活中的精彩往往是由一些不确定因素构成的。这个安慰使迈克的精神好了许多。这天上午迈克看了很多书，有阿斯塔菲耶夫的《牧童与牧女》、亨利·米勒的《情欲之网》、巴巴拉·卡兰特的《意乱情迷》等等，甚至，他还有兴趣翻了一本来自中国的《庄子》。下午时分，迈克用了两个小时喝咖啡，看当天的报纸和杂志，感觉很休闲。然后，他很认真地坐在梳妆台前，修饰起自己来。他要在那个最惬意的时刻，给自己深爱的也是深爱自己的女人一个最完美的形象。

由于时间尚早，迈克感觉有点无聊。他坐在阳台上，望着天边的夕阳勾画莉莎的容貌。这种遐想使迈克浑身暖洋洋的，他感觉自己的那儿已经热了起来，并跃跃欲试的。迈克终于知道自己是多么期待一场激情澎湃的艳遇了。

迈克比约定的时间早了一刻钟到约定的地点，他为自己的绅士风度而扬扬得意。他专心致志地看着门口，每一个漂亮的女人都会让他心情激动。但是，迈克一次次看着那些漂亮女人头不偏眼不斜地走过，而自己的莉莎却始终没有露面。

正在迈克有点失落时，一个他既熟悉又陌生的影子远远地出现了。这个影子的出现，使迈克有点不好意思，如果对方知道自己是来与情人约会的话，她一定会笑话自己的。要知道，她平时总喜欢拿这些私人话题嘲笑自己。但是，对方却看到了迈克，并且真的露出了惊愕的表情。这时，迈克也不可思议地露出了惊讶的表情。天哪！她的打扮怎么和莉莎一样？迈克张大嘴巴吃力地问，尼丝，你怎么来了？

尼丝乐呵呵地笑道，迈克，你今天特别帅！

迈克极力地狡辩：我是乔治，不是迈克。

尼丝说，我现在也不是尼丝，是莉莎，就像你现在是乔治而不是迈克一样。

迈克看着这个满脸皱纹，头上隐约可见白发的妇女，顿时感到一阵强烈的恶心。哦，上帝，这就是莉莎吗？不，她是自己已经寡居多年的邻居。更可恶的是，他们一年难得见上一次面，这次竟然是在这样的地点，以及这样的方式约会。

乔治风驰电掣地逃跑了，只剩下尼丝在北风呼啸中声声呼喊：迈克，迈克，我是莉莎！

3

陈昆突然哈哈大笑了起来，这仿佛是他昨天晚上到现在唯一一次发自内心的笑。这时，他已经忘记失去恋人的痛苦。正在他转身看徐长风时，这位不速之客又给他递了一根烟。

徐长风给陈昆点上烟说，以前仿佛听过一个差不多的故事，是说一对在网络公司上班的男女，平时基本没有交流。他们都在网络上恋爱了，可等到见面时，才发现对方竟然是自己在生活里根本不想认识的人。

陈昆若有所思地说，很多人自以为了解了整个世界，其实，连他身边的人都没有看清楚过。

徐长风一怔，笑说，就是就是，现在的人真他妈难懂。

徐长风这一句粗话，倒使陈昆想多了解一下这位不速之客。可是，正在他想发问时，徐长风的电话响了。徐长风看了看电话，再瞟了陈昆一眼，警觉地走到门边上小声地接起了电话。不到二十秒钟，徐长风回头对陈昆说，女朋友来电话了，说父母都走了，他马上要过去。好长时间没见她了，怪想念她。

陈昆说，难道你们分别好多年了？

徐长风一顿，立即说，一日不见，如隔三秋嘛。

陈昆点了点头，走到门边，准备送这位朋友，顺便看看漂亮的女邻居。徐长风刚走出门口，回头对陈昆说了声打扰，然后重重地拍了一下陈昆的肩膀，表示感谢。

这一拍使陈昆感到有些眩晕，等他醒来时，发现自己睡在沙发上，就像早上醒来时一样。这使他感觉不速之客的到来像一场梦，而看到的那部电影也像梦。他跳起来，打开电视，这时候CCTV-6正在播放一则卫生巾广告，女主角正甜蜜地做着自己的美梦。他打开门，也没有发现徐长风。与此同时，他倒是对徐长风说的邻居起了兴趣。她到底是个什么样的漂亮女孩儿呢？立刻，陈昆感到格外怅然失落。别说不知道邻居的女孩子长什么样，事实上，他对与自己仅仅一米之遥的家庭几乎没有一点印象。自从买了这套房子之后，根本就没发现有人出入过。脑子隐约的记忆里，只是在卧室里听到隔壁有人做爱时荡气回肠的呻吟，除此以外，没有别的了。陈昆突然自个儿诡秘地笑了，暗想，徐长风也许正和女朋友做爱呢！这个他自己有亲身经历，以前和蕾蕾就是这样，一见面就冲动得很，三五分钟就纠缠不清了。

想起蕾蕾，陈昆的心情不免灰暗起来。七年的感情实在难以割舍。通过七年漫长的跋涉，陈昆自以为很了解蕾蕾了，也自以为感情很牢固了，但是，蕾蕾到底还是给漫不经心的陈昆来了个措手不及。

陈昆本在一家很有前途的公司上班，上个星期，公司还决定提拔他，当他听到这个消息时，飞奔着回家告诉蕾蕾。他顾不得蕾蕾的反应，一个劲儿地勾画着他们的美好未来。但是，仅仅一个星期之后，美好的未来已如海市蜃楼一样消失了。突如其来的绝望，仿佛抽走了陈昆的脊髓，使他在接下来的一个月一蹶不振。

在这一个月里，陈昆丢失了太多的良好习惯，而养成了更多的带有自残行为的坏习惯。没有了蕾蕾，陈昆觉得工作已经没有必要，所以他不再踏入公司半步，甚至连余下的工资都没要。他用缭绕的烟雾和酒精的迷醉为自己酿造了一个自以为安全的圈子，躲在里面幻想着世界末日的到来。蕾蕾和张亮的行为，不仅使陈昆失去了爱情，更让他对世界感到绝望。所以，他特别想世界末日到来，大家一起玉石俱焚。陈昆一共消耗掉了九条烟，啤酒瓶子在屋子里横七竖八地躺着，使足有三十平米的客厅看起来像一个封闭的垃圾场。

4

在一个吹着凛冽寒风的夜晚，他迷糊地从沙发上掉了下来。顿时，屋子里响起了稀里哗啦的一片，地板上满是玻璃碎片。陈昆醉卧在晶莹的玻璃碎片里，肩膀、腰部以及大腿上都渗出了血，血液使他已经差不多一个月没有更换的白色衣服突然变得鲜艳起来。但是，陈昆并不知道这一切，即便是他每个星期天的早上都会变得突然清醒。

无论陈昆醉成怎样，他都会在星期天的早上醒来，因为，以前的每个星期天早上，蕾蕾都会到他这里来，共度周末。这些天，陈昆依然在每个星期天的早上将门打开，等着蕾蕾奇迹般地出现。与此同时，他会拿起笔和纸，写下对蕾蕾的思念。但是，三个星期已经过去了，他等到的依然是阵阵凛冽的北风。

北风如陈昆的悲伤，缠绕着他，一刻也不曾离开；北风也如冰冷的刀锋，割开陈昆的胸膛，汩汩鲜血如丝丝思念流了出来。蕾蕾已经走了二十多天了，在逝去的三个星期天，他都让凛冽的北风贯穿自己的胸膛，都让思念慢慢流过自己美好的记忆。

今天是第四个星期天，北风依然，陈昆的思念依然。虽然，陈昆隐约有一丝不祥的预兆，蕾蕾似乎不是在玩捉迷藏，她的性格应该不是这样的。但是，陈昆依然敞开了他那扇今天只为蕾蕾敞开的门。

冷冷的风，使陈昆本能地颤抖了一下，他感觉到浑身已经僵硬。可是，陈昆却迎面而上，盘坐在门口，手上的纸顺势落在了腿上，他要坐在门口写下他今天对爱人的思念。

陈昆坐在地上，冰冷的风使他感觉自己已经成了一座雕像。陈昆呆滞的目光始终定格在楼梯口，因为那里可能出现自己的希望之光。突然，陈昆看见了蕾蕾。她正轻轻地朝自己走来。陈昆可以清晰地看见蕾蕾的脸上带着飘浮的笑容，仿佛在一个不合时宜的时机遇到了不想看见的人那样尴尬。但是，陈昆没有起身冲动地去迎接蕾蕾，而她也没有捉迷藏之后主动现身的淘气和调皮。就这样，陈昆和蕾蕾对视着，仿佛进行着一场决定生死存亡的较量，时间在他们之间凝固了。

不知过了多久，陈昆感觉自己热血澎湃，血流在瞬间冲开了冰封的身体。他猛然起身，要上去搂住失去已经差不多一个月的爱人。可是，他却自个儿趔趔趄趄地又坐回了地上，眼神儿晃晃悠悠的，等到回过神来，蕾蕾已经不见了。陈昆下意识地摇晃了几下脑袋。此刻，楼道里响起了一阵强烈的脚步声。陈昆很吃惊，这不可能是蕾蕾呀？

陈昆还在吃惊，脚步声已经将自己重重包围住。他看见了十几个警察堵在楼道上，其中几个双手紧紧握着枪。陈昆目光呆滞地看着他们草木皆兵的样子，觉得很是陌生。一个胖胖的警察目光尖锐地看了看灰头土脸的陈昆，转头对其他人怒吼道，打开门，大家小心点！陈昆看见三四个警察野蛮地撬开了邻居的门，在门打开的那一瞬间，所有警察同志都不约而同地倒退了几步，大家都捏着鼻子，厌恶地摇着头。然后，又传来了胖子警察的怒吼，冲进去，仔细查看！接着，邻居家那扇厚重严实的防盗门隔断了陈昆的视线和听觉，"砰"的一声仿佛地动山摇。

大概过了十几分钟，又有几个穿白色衣服的人进了邻居家的门，里面也由原来的叽叽喳喳变得安静起来。一会儿，所有人都鱼贯而出，楼道上充斥着众人移动脚步的摩擦声。在大家闪出的一条狭窄的空间里，穿白色衣服的人抬出了两具尸体。尸体的臭味弥漫了整个楼道，那些衣着工整的警察又一次不约而同地捏着鼻子摇起头来。其中，一个贼眉鼠眼的警察讥讽地说，狗日的死得还挺快活，还要光溜溜地合为一体到阴间，嘿，还是女上男下呢。

　　刚才说话总是提高嗓子眼吼的那个胖子最后离开，离开之前他自言自语地摇头说，都一个月了，哎！然后，他又回头看了看陈昆，有些浮肿的眼睛眨巴了一下。

　　陈昆看着刚才的一切，动也不动，即便那些警察都因为尸体腐烂发出臭不可闻的味道而怨声载道，即便那个胖子警察回头对自己眨巴眼睛。当楼道里又恢复平静时，陈昆感觉到今天这个楼道竟然格外宁静，仿佛世界末日真的就要来了。

　　陈昆依然呆坐在地板上，一直到了中午。这些年来，这是一个特别的星期天，没有蕾蕾的陪伴，也没像之前的三个星期天那样为蕾蕾写点什么。原本浓烈的思念，在今天似乎被凛冽的北风吹散了，以至于陈昆根本无法下笔写一个字儿。但是，陈昆却不愿意起身，他隐约觉得蕾蕾还是会出现。

　　突然，楼道里又响起了急促而凌乱的脚步声。这声音明显比刚才的要激烈一些，仿佛是跑着上楼的，而且人数也似乎要多很多。陈昆还是坐在原地，他好像在猜测即将要发生的一切，那又将是如何的出人意料，或者是惊险刺激呢？

　　一分钟左右，楼道里又聚集了二十几个人。依然是衣着工整的警察，只不过大家的表情更加严肃和紧张。这次，警察不是到邻居家，而是径直到了陈昆的家。陈昆根本来不及做出任何反应，就被几个壮硕的警察抓了起来，冰冷的手铐将他铐了个结实。旁边的两个鼻毛很长的警察手里举着枪，远远地瞪着陈昆。陈昆又看见了那个胖子警察，只见他像热锅上的蚂蚁一样焦躁地晃来晃去。然后，他站在陈昆的侧面，盯着陈昆身上被啤酒瓶刺伤而流血染红的衣服狠狠地说了一句，狗日的，走！

一大群人推攘着没有任何反抗的陈昆下楼了。陈昆是被拖下去的，他已经没有下楼的力气了。陈昆看见楼下停着一辆警车，上面的警灯还在不停地闪烁。陈昆感觉眼睛被蒙上了一层灰色的薄膜，此刻，世间万物在他眼里都是灰色的。但是，他依然能够看见，那些平日里根本看不见的人们在七嘴八舌地议论纷纷。在这里住了这么久，陈昆几乎很少同时看见这么多人，他有时候甚至怀疑这栋大楼里的居住率不足百分之三十，想不到人还挺多的。陈昆上了这辆威严的警车，但他依然感觉到背后的指指戳戳。

　　一路上，陈昆的脑子里都是空白的，所以当他到了派出所门口时居然不知身在何处。陈昆迷惘地站在那里，胖子警察不失时机地上来，狠狠地推了他一把，说快给老子滚进去！装什么神啊？

　　陈昆就这样踉跄着看到了蜷缩在屋子一角的徐长风，这使他想起了一个月前的那个早上。陈昆很是吃惊，但张大的嘴巴却说不出话来。徐长风微笑着站起来，看着陈昆半天也不说话。不知为什么，陈昆一见到徐长风就想起了那天看的那部电影，当迈克看见莉莎时的尴尬和窘境使陈昆竟然忍不住哈哈笑了起来。这放荡的笑声使整个派出所的警察都冲了进来，茫然而愤怒地看着陈昆和徐长风。

　　笑声在这间潮湿的屋子里浪荡着，似乎震荡得尘土飞扬。陈昆咳嗽着问，你为什么要杀他们？徐长风说，我也不想杀他，他曾经是我最好的朋友，但是他抢走了我的爱人，等于夺走了我的命，一命换一命再公平不过了。陈昆又问，那么，你为什么连曾经的爱人都要杀？徐长风哼了一声，说，谁叫她要袒护着他，不让我杀那个狗杂种？

　　陈昆没有再问什么，仿佛被抽走了骨髓一样，"咚"的一声坐在地上。突然，一阵凛冽的风肆无忌惮地灌进这间冰冷和潮湿的屋子里。